國家古籍整理出版專項資助項目

況周頤全集

一

況周頤 著
鄧子勉 編輯校點

人民文學出版社

圖書在版編目（CIP）數據

況周頤全集：全八冊／（清）況周頤著；鄧子勉編輯校點. -- 北京：人民文學出版社，2024. --（明清別集叢刊）. -- ISBN 978-7-02-019141-3

Ⅰ. I214.92

中國國家版本館 CIP 數據核字第 2024CR6614 號

責任編輯　葛雲波
裝幀設計　黃雲香
責任印製　張　娜

出版發行　人民文學出版社
社　　址　北京市朝内大街 166 號
郵政編碼　100705

印　　刷　三河市中晟雅豪印務有限公司
經　　銷　全國新華書店等

字　　數　3600 千字
開　　本　880 毫米×1230 毫米　1/32
印　　張　132.875　插頁 8
版　　次　2024 年 12 月北京第 1 版
印　　次　2024 年 12 月第 1 次印刷

書　　號　978-7-02-019141-3
定　　價　860.00 圓（全八冊）

總目次

前言……一
凡例……一

詞集編十五種

第一生修梅花館詞九種……一
新鶯詞一卷……五
玉梅詞一卷……一九
錦錢詞一卷……二七
蕙風詞一卷……三七
菱景詞一卷……四七
二雲詞一卷……六五
餐櫻詞一卷……八九
菊籬詞一卷……一一九
存悔詞一卷……一三五
玉棲後詞一卷……一四三
秀道人修梅清課一卷……一五三
蕙風詞二卷……一七五
存悔詞一卷……二一一
和珠玉詞一卷……二三七
集外詞輯錄一卷……二九三

以上爲第一冊

詩文編五種

香海棠館詠泉詩百篇十卷……三四五
集外詩輯錄……四〇七

附

澹如軒詩一卷朱鎮 …… 四二五

萬邑西南山石刻記二卷坿錄一卷 …… 四四七

集外文輯錄四卷 …… 四九一

詞學編二十二種

香海棠館詞話一卷 …… 五九一

餐櫻廡詞話十卷 …… 六〇三

玉棲述雅一卷 …… 六八九

珠花簃詞話一卷 …… 七〇七

蕙風詞話五卷 …… 七二三

纗蘭堂室詞話一卷 …… 八一九

詞學講義一卷 …… 八二九

以上爲第二冊

歷代詞人考略三十七卷 …… 八三九

卷二十七前爲第三冊

宋人詞話六卷 …… 一六八三

兩宋詞人小傳五卷 …… 一八五五

以上爲第四冊

織餘瑣述二卷 …… 一九八一

漱玉詞箋一卷補遺一卷坿錄一卷 …… 二〇二一

白石道人詩詞年譜一卷 …… 二〇六九

附

詞話叢鈔九種 …… 二〇八一

爰園詞話一卷明俞彥 …… 二〇八五

柳塘詞話四卷清沈雄 …… 二〇八九

遠志齋詞衷一卷清鄒祇謨 …… 二一三九

金粟詞話一卷清彭孫遹 …… 二一五七

花草蒙拾一卷清王士禛 …… 二一六一

皺水軒詞筌一卷補遺一卷清賀裳 …… 二一六九

七頌堂詞繹一卷清劉體仁 …… 二一八三

樂府餘論一卷清宋翔鳳 …… 二一八七

詞逕一卷清孫麟趾……………………二一九五

詞選編三種

薇省詞抄十卷坿錄一卷……………………二二〇一
粵西詞見二卷……………………二二九五
繪芳詞二卷……………………二三一三

詞評編十種

美人長壽盦詞集況評抄……………………二三八五
東海漁歌況評抄……………………二三九一
宜秋館詩餘叢抄況評抄……………………二三九九
況周頤批點陳蒙庵填詞月課……………………二四〇五
純飛館詞況評抄……………………二四一三
純飛館詞續況評抄……………………二四二三
東海勞歌況評抄……………………二四三一

附

歷代詞選集評・況評……………………二四三五
清詞選集評・況評……………………二四五七
歷代閨秀詞選集評・況評……………………二四六五

以上爲第五册

筆記編十八種

阮盦筆記五種……………………二四七一
選巷叢譚二卷……………………二四七三
鹵底叢談一卷……………………二五二九
蘭雲菱寱樓筆記一卷……………………二五四一
蕙風簃隨筆二卷……………………二五六五
蕙風簃二筆二卷……………………二六〇三
香東漫筆二卷……………………二六四七
曰辛漫筆一卷……………………二六八七
草間夢憶一卷……………………二六九九

說部擷華六卷……二七〇五
眉廬叢話十二卷……二九五五
以上爲第六册
續眉廬叢話四卷……三一一九
餐櫻廡隨筆十卷……三一七九
天春樓瑣語一卷……三二七五
天春樓漫筆一卷……三二八三
證璧集四卷……三三〇一
餐櫻廡漫筆十八卷……三三七七
以上爲第七册
天春樓脞語五卷……三六三三
陳圓圓事輯一卷……三七一五

附錄

附錄一　生平資料……三七四一
附錄二　詞學專論……三七六七
附錄三　詩詞題詠……三八五五
附錄四　詞林嘉話……三八七七
附錄五　序跋……三九八一
附錄六　詞話　詩話……四〇〇一
附錄七　書目　日記　信札……四〇二五
後記……四〇七五
以上爲第八册

前言

況周頤（一八五九—一九二六），原名周儀，因避清宣統帝溥儀諱，改名周頤，字夔笙（一作夔生、揆孫、葵孫），號秀道人、玉梅詞人、阮盦、蕙風詞隱等，臨桂（今廣西桂林）人。同治八年（一八六九）補博士弟子員，光緒五年（一八七九）成舉人，十五年任內閣中書。此後曾在湖北入張之洞幕府，在南京入端方幕府，其間又主講揚州安定書院，掌教武昌白巖書院和常州龍城書院。宣統二年至三年九月在大通（今安徽銅陵縣）皖岸榷運局工作。民國初移居上海，窮困潦倒，開設書肆，鬻文謀生，曾爲劉承幹嘉業堂校書編書。民國十五年七月十八日病逝於上海寓所，享年六十八，葬於浙江湖州道場山。

況周頤歷經清朝四代，入民國後，爲遺老。一生致力於詞的創作，尤其精於詞論。與王鵬運、朱孝臧、鄭文焯合稱清季四大詞家。況周頤著述頗豐，除詞學著作外，他還撰寫了大量的筆記，在報刊上連載。一九三一年三月二十八日《申報》『短訊』云：『故詞宗況蕙風先生遺箸、詩文、筆記、集外詞數十卷，請朱彊邨、馮君木兩先生閲定，卽行付梓。筆記十餘種，先用鉛字印行，陸續出版，《天春樓漫筆》、《玉棲述雅》二種，先行付梓云。』就今存本而言，除詞集、詞話著作被刻印外，筆記多是連載於報刊中，但與所言『十餘種』比照，還是非常有限的。此外，況周頤還善繪事，郭則澐《清詞玉屑》卷十二云：『況夔笙少習繪事，太夫人以妨治經爲戒，乃棄去不復爲。晚歲偶爾遺興，絕不示人。其門人蒙庵、巨來各得所繪梅花一幅，蒙庵以其畫無款，乞古微侍郎補題詞，侍郎卒，畫不可復覓。』按：一九二七年三月三日《申報》微笑《玫瑰之家》云：『四壁還挂了許多名人饋贈的書畫，吴昌碩的字、況蕙風的畫，當然是我們所聞名的。』況周頤哲嗣況維琦、維璟善書畫篆刻，當與此有關聯。

況周頤一生致力於詞學，在詞的創作、詞學理論等方面，多有建樹与突破。其詞學思想與觀念是通過詞話的編撰、詞學史的梳理、詞集的整理與詞人的研究、詞選的編纂、詞作的評批等，得以體現與傳播，在當時產生了廣泛的影響，推動了詞學研究的深入與展開。本書盡可能地全面彙集況周頤今存作品，包括詞集編、詩文編、詞學編、詞選編、詞評編、筆記編，後另附資料編。各類中所收著作大體依創作時間或刊刻年代編排，此就相關話題略作説明如下：

一　詞作的結集

況周頤的詞有多次的結集，彼此之間出入頗多，即使是書名相同者，也存在著這種現象。收入本編時，出入不多的則作爲校本，如《薇省同聲集》本《新鶯詞》之於《第一生修梅花館詞》本《新鶯詞》、《蕙風琴趣》之於惜陰堂刊本《蕙風詞》，出入多的則並存，有助於考察作者前後詞之創作的演化。

（一）《第一生修梅花館詞》

此書有四種本、六種本、七種本之分，扉頁所署年代卻均是『壬辰』，即清光緒十八年（一八九二）。四種本所收爲《新鶯詞》、《玉梅詞》、《錦錢詞》、《存悔詞》，六種本較四種本新增《蕙風詞》、《蓤景詞》二種，七種本較六種本增加《二雲詞》一種，其中六種本、七種本又與《香海棠館詞話》合一冊。三種扉頁雖均署『壬辰』，但所刻時間並不統一。據《二雲詞》前自識知，《二雲詞》刊印於民國三年。又自識云『《蔆景詞》刻於戊戌夏秋間』，知《蔆景詞》刊成於光緒二十四年。至於《蕙風詞》，趙尊嶽《蕙風詞史》云作於癸巳、甲午間，即光緒十九至二十年間。《新鶯詞》、《玉梅詞》、《錦錢詞》三種雖未言刊刻年代，但均屬於《第一生修梅花館詞》四種本，考彭鑾《薇省同聲集》收有況周頤《新鶯詞》，刊行於光緒十六年，存詞二十六首，較《第一生修梅花館詞》多五首，蓋收入《第一生修梅花館詞》後有所刪除。《玉梅詞》收詞不多，序中提及有『壬辰』，知《新鶯詞》、《玉梅詞》、《錦錢詞》與四種中的《存悔詞》一樣，同時刊刻於光緒十八年，爲《第一生修梅花館詞》最早的結集本。

民國二十五年，應陳乃乾之請，況周頤彙輯所撰述，成《蕙風叢書》，其中收有《第一生修梅花館詞》，凡九種，較七種本增加了《餐櫻詞》、《菊㝱詞》二種。據《餐櫻詞》自序，知所收爲民國元年至四年所作，序云：『乙卯風雪中，漚尹爲鍥《餐櫻詞》竣，因略述得力所由。』《菊㝱詞》無序跋，趙尊嶽《蕙風詞史》云爲續《餐櫻詞》之後，有感於丙辰（民國五年）張勛等謀劃復辟而終成夢幻事而作。

《第一生修梅花館詞》九種詞集，是況周頤二十歲以後至民國六年，凡三十餘年間不同階段所寫詞的結集。《選巷談叢》卷二：『余與半唐五兄文字訂交，情逾手足。乙未一別，忽忽四年。《蔆景》一集，懷兄之作，幾於十之八九。』乙未爲清光緒二十一年。至於其他，趙尊嶽在《蕙風詞史》多有論及，如：

其所爲詞，《存悔》、《新鶯》，少年興會，固無所謂感事，而詞筆流露，往往似爲之讖，先生輒以舉示，謂不知其何以致此也。

繼《錦錢詞》一卷爲《蕙風詞》，蓋取楚《騷》『悲蕙風之搖落』也。時在癸巳、甲午間，先生感於中東之役，寓意益深，詞筆亦益矯健。輒就佑遐讀詞，並助其校勘四印齋詞，集中《蝶戀花》、《燭影搖紅》、《壽樓春・落花》、《三姝媚》、《采綠吟》、《鶯啼序》，均與半唐有連者也。

《二雲詞》以贈傅彩雲及朱素雲二詞爲名，蓋先生有所寄託，諱以二雲也。其自跋云：『以二雲名，非必爲二雲作。』從可知之。

繼《二雲詞》，則爲《餐櫻》，蓋以賦櫻花者特多也。《鶯啼序・題訪碑圖》、《眉嫵・題馬湘蘭石印》、《玉京謠・題徐氏畫》、《風入松・題松風琴》、《醉翁操・賦銀幣》，均集中詠物之作，而秀句新意，絡繹迴環，亦復可誦。

《餐櫻詞》後，續作者爲《菊夢詞》，其云『菊夢』者，蓋以丙辰年有九秋復辟之議，康長素僕僕道途，時以大言炫入，先生或信其說，終不果成，付諸夢幻，故曰菊夢。

對況周頤諸詞集之題材內容、時代背景、成書時間等的解讀，足資攷核。

（二）《玉楳後詞》

況周頤輯有《粵西詞見》，光緒二十三年（一八九七）刊行於揚州，後收入《蕙風叢書》中，《玉楳後詞》附於其後。光緒三十三年《阮盦筆記五種》刊於南京，《玉梅後詞》附刻其中楳、梅同。中國國家圖書館藏有綠印刊本《阮盦筆記》，凡三種，也附有《玉梅後詞》。又有《香豔叢書》排印本。《玉梅後詞》凡一卷，收詞二十首，據自識，知是集所收，爲況周頤客遊蘇州、杭州、常州時所作的一組豔情詞，其中多爲所納妾桐娟所作。

(三)《秀道人修梅清課》

是書收詞凡五十三首,專詠觀賞梅蘭芳演戲等事。前有孫德謙民國九年(一九二〇)序。另有《秀道人詠梅詞》,收詞二十二首,即《清平樂》二十一首、《浣溪沙》一首。《清平樂》序云:『庚申春暮,畹華重來滬濱,叔雍公子賦此調贈之。余亦繼聲,得廿一解,即以題《香南雅集圖》,博吾畹華一粲。』庚申爲民國九年。按:梅蘭芳(一八九四—一九六一),字畹華。《秀道人詠梅詞》所載均見於《秀道人修梅清課》中。詞中所吟詠的涉及梅氏搬演的《西廂記》、《玉簪記》相关折子戲以及《嫦娥奔月》、《葬花》等。一九二〇年五月三日《申報》春醪『梅訊』云:『蕙風先生素號阮盦,前日忽署秀盦,或詢其故,則曰前日觀《游園》、《驚夢》,杜麗娘倏見柳夢梅,僅道得一個秀字,傳神此際,吾故曰秀盦,亦見傾折之忱也。』可見況周頤對梅氏演藝的折服。《浣溪沙・自題〈修梅清課〉後》云:

清課修梅五十詞。何曾修得到梅知。不辭人說是梅癡。　癡不求知癡更絶,萬千珠淚一瓊枝。華鬘回首我伊誰?

表達了對梅氏其人及演藝的癡迷,這在諸詞中多有反映,如《鶯啼序》序云:『梅郎自滬之杭,有重來之約,其信然耶? 宇宙悠悠,吾梅郎外,孰可念者? 萬人如海,孰知念吾梅郎者? 王逸少所謂「取諸懷襃」、「因寄所託」。《樂記》:「言之不足,故長言之。」唯是夢蜨驚鴻,大都空中語耳。不於無聲無字處求之,將謂如陳髯之賦雲郎,則吾豈敢?』知音之感,意味深厚。

按:梅蘭芳至上海,有香南雅集,爲熱點新聞,報刊多有登載,如《申報》專辟『梅訊』一欄,載其行蹤及出演情況，其間文人雅士歌詠其事，互相酬唱，熱鬧非凡。如云：

況君傾倒畹華，歷譜諸詞，均散見《二雲》、《菊夢》、《滄樓》詞中，久別重逢，益抒妙緒……梅、況本世交，復有過從之好。（一九二〇年四月十四日《申報》春醪『梅訊』）

大詞宗況夔笙於畹華未來之先，已屢致渴想，比聞其至天春樓上，必按拍填詞，所尋當更勝於曩昔矣。（一九二二年五月三十一日《申報》珍重閣『梅訊』）

傾倒之心，仰慕之情，見於諸詞中。《秀道人修梅清課》收五十三首，而實不止此。一九二二年六月二十九日《申報》）珍重閣『梅訊』云：『秀道人咏梅詞先後得六十五首，賦雪僅三首，非園席次雪六索詞，口占《鷓鴣天》應之。』又一九二四年八月十六日《申報》之《餐櫻廡漫筆》云：『余爲畹華作詞近百闋，翰墨因緣，不知其所以然也。』據《申報》諸『梅訊』載，爲《秀道人修梅清課》等不載的相關詞尚有數首，如《清平樂》六首、《減字浣溪沙》『夢入羅浮卽會真』、《西江月》『佇月霓裳曲怨』等，參見本書『集外詞輯録』。

（四）《蕙風詞》

民國時，況周頤對所作的詞進行刪訂，成《蕙風詞》二卷，存詞一百二十三首，絕大多數已見錄於前述諸集中。粗略統計，諸集所存詞有五百餘首，拾遺補闕，又得八十首左右，剔除重見，可得五百首左右。又《和珠玉詞》載聯句詞一百三十八首，另有輯錄的聯句詞有二十首左右。除聯句詞不計，刪訂本《蕙風詞》所存，也僅是況周頤詞作的四分之一，其中仍有近二十首是不見載於前述諸集中的。此集有民國十四年（一九二五）趙尊嶽跋，云：

吾師臨桂況先生自定詞，曩與歸安朱先生詞合編爲《鶩音集》者，名《蕙風琴趣》，前於丁巳夏秋間仿聚珍版印行，僅二百本，未足廣其傳也。客歲尊嶽校刻《蕙風詞話》斷手，亟請並刻自定詞，纚屬以行。詞凡如干闋，視曩編《琴趣》增益無多。吾師詞可傳者，寧止此數？蓋從嚴格矜慎之至也。自卷下《握金釵》迄《霜花腴》並辛亥國變後作，撫時感事，無一字無寄託，蓋詞史也。

《蕙風琴趣》收詞一百一首，較《蕙風詞》少二十二首，《蕙風琴趣》所收均見於《蕙風詞》中。此爲民國十四年趙氏《惜陰堂叢書》本，後陳乃乾收入《清名家詞》中，民國三十六年由開明書局排印出版。又成都薛志澤收入《清季四家詞》中，有民國三十八年薛氏崇禮堂刻本。

（五）《存悔詞》

此書刊刻時間不一，其中扉頁有署年號爲『丁亥春三月』的，丁亥爲清光緒十三年（一八八七），又有署年號爲『壬寅春三月』的，壬寅爲光緒二十八年，爲後印本。兩種收詞均是六十三首。前有自序，作於光緒五年，收錄的均爲弱冠之前所作。按：中國國家圖書館藏有《養清書屋存悔詞》，卷端下題曰：『悔道人夔笙未定草。』此爲況周頤本人原藏本，載有前序。養清本收詞五十六首，其中有五十首見於丁亥刊本。《存悔詞》多傷春怨秋、別愁離恨之作，蓋爲年少習作，不乏游戲之筆，如集句、詠美人等。其後作者又作了大量的删改，較丁亥本删去五十一詞，僅留十二首，收入《第一生修梅花館詞》中，自序云：

余性耆倚聲，是詞爲己卯以前作，固陋，無師友切磋，不自揣度，謬禍梨棗。戊子入都後，獲睹古今名作，復就正子疇、鶴巢、幼遐三前輩，寖饋其間者五年始決。知前刻不足存，以少年微尚所寄，未忍概從棄置，擇其稍能入格者十數闋，錄坿卷末。功候淺深，不可彊如是，後之視今，猶今視昔，庶有進焉。

序作於光緒十八年。己卯、戊子分别爲光緒五年和光緒十四年。按：子疇、鶴巢、幼遐分别指端木埰、許玉瑑、王鵬運，均是深於詞學者，況周頤詞學得益於諸人不少。考丁亥本、壬寅本卷端下均題曰『第一生修梅花館詞第一』，而《第一生修梅花館詞》本《存悔詞》卷端下題卻作『第一生修梅花館詞坿錄』，或有感於少時豔情之作，實不足以當第一，故改爲坿錄，以存一斑。不過十年後，卽『壬寅』歲，又被重新刻印，壬寅本比丁亥本版框要小，字也要小些，但半頁行數及每行字數是相同的，南京圖書館藏壬寅本封面鈐有朱印曰『京都尚友堂發兑』，知是在京城重新刊印的，或屬他人所爲。

（六）《和珠玉詞》

《和珠玉詞》爲況周頤與張祥齡（子苾）、王鵬運（幼霞）三人唱和晏殊《珠玉詞》之聯句詞作，前有馮煦、王鵬運光緒二十年（一八九四）序，王鵬運序云：

龍集執徐之歲，夔笙至自吴中，爲言客吴時與文君尗問、張君子苾和詞連句之樂，且時時敦促繼作，懶慢未遑也。今年六月暑雨方盛，子苾介夔笙訪余四印齋，出眎近作，則與尗問連句《和小山詞》也。子苾往復循誦，音節琅琅，與雨聲相斷續，遂約盡和《珠玉詞》。顧子苾行且有日，乃畢力爲之，閱五日而卒業，得詞一百三十八首。當賡唱疊和，促迫匆遽，握管就短几疾書，汗雨下不止，坐客旁睨且笑。而余三人者不惟忘暑，且若忘飢渴者，然是何也？子苾瀕行，謀醵金付劂氏。

『龍集執徐之歲』卽光緒十八年，三人於五日之内，聯句唱和《珠玉詞》，凡一百三十八首。末有況周頤民國十二年跋，云：『人事變遷，垂三十稔，子苾、半唐墓木已拱……《和珠玉詞》曩開雕於廠肆，印行僅數十本。敝篋所有，乃比歲得自坊間者，以示尗雍，爲之循環雒誦，愛不忍釋，輒任覆鍥，俾廣其傳，意甚盛也。』知先有光緒刊本，印數不多，民國時又有趙氏惜陰堂刻本，爲遊戲筆墨之作。

二　詩文的創作

況周頤詩歌和散文的創作總量不大。他酷愛古錢的鑒賞。一九二五年九月六日《申報》之《餐櫻廡漫筆》云：『余嗜好多，錢癖尤甚，自虞夏贖金迄歷代大小圓錢，而擴充至外國舊幣，其銅幣精品罕見者，亦不惜重價購之。』又《眉廬叢話》卷四云：

曩余少時，往往於行用制錢中得古小平錢佳品，如平當五銖、永安五銖幕穿上『土』字，四出、二面乾封泉寶、二面天啓元徐壽輝錢，與明錢不同之類，佔畢之餘，以爲至樂。自銅元盛行，孔方戢影，此樂不復可得。

知癖嗜錢幣，自年少時就已如此。況周頤撰有《香海棠館詠泉詩百篇》，吟詠古錢，爲門弟子陳運彰自書估所藏錄副，連載於民國出版的《青鶴》第一卷和第二卷，凡十期，始於一九三三年五月，止於一九三四年二月。按：一八八八年二月二十六日《申報》載何鏞《讀香海棠館詠泉詩書後》云：

戊子新正，桂林況葵孫孝廉周儀介同鄉淩子壽臣見余於滬上之尊聞閣，出其所著《香海棠館詠古泉詩》一卷見示，考核精詳，每種系以一絕句，計百餘首。余於泉貨之考據實門外漢，不敢贊一詞，惟就詩而論，則此種乃咏物詩中最難，題目非板則腐，不易著筆，欲求其饒有風趣，蓋戛戛乎難之。是卷獨開生面，於咏古之中不失言情之趣，夫惟大雅卓爾不羣，雒誦再三，佩服無已。

百首詩所詠古錢刀幣，始自上古，迄於明代，每詩後均有解釋的文字。對古錢幣如此大規模地吟詠，自古以來是不多見的，作爲詠物詩，此類需要有較强的專業知識。對讀者而言，要理解也不易，盡管每首詩附有詳細的解釋，畢竟專業性太强，且屬冷僻之門。

况周頤又癖嗜金石鑒賞，編撰有《萬邑西南山石刻記》二卷附《南浦郡報善寺兩唐碑釋文》一文。而在所撰的諸種筆記中，這方面内容記載的更多，如《阮盦筆記五種》、《香東漫筆》、《餐櫻廡隨筆》等，涉及鐘鼎彝器、磚文玉品、摩崖造像等，内容非常豐富。《鹵底叢譚》云：

余訪求西山卽太白巖磨崖，得二十種，南山卽岑公洞得碑三種、磨崖二十一種。閱東武劉氏《三巴金石苑》著錄萬縣石刻，唯岑公洞題名九種。黄山谷題記，『岑公洞』三大字，何俔等題名，張能應題名，閻才元題名，『清境』二大字，曹濟之題名，趙善浥詩，乙丑殘題名。按：山谷題記，何俔等、閻才元題名，並在西山。劉列岑洞，誤。及《虚鑒真人贊》、《西亭記》，最十一種而已。此十一種中，卻有四種，余未見之。張能應題名，趙善浥詩，乙丑殘題名，虚鑒真人贊。可見博古之難矣。筱珊先生云：『張能應題名在資州北巖，劉列萬縣，誤也。』出示《虚鑒贊》拓本，李方叔書，惜泐甚。題額絕峻整，近六朝風格。乙巳五月補記。

乙巳爲光緒三十一年，其中提及的，有的可在《萬邑西南山石刻記》中得知詳情。

據一八三五年七月十六日《詞學季刊》第二卷第四號載張爾田《近代詞人逸事》云：『夔笙爲兩江總督端忠敏方幕客，爲之審定金石，代作跋尾，忠敏極愛之。』又趙尊嶽《蕙風詞史》云：『其在江寧也，忠敏收藏最富，凡陶齋藏畫藏石諸記，皆出先生手筆。』按：端方（一八六一—一九一一），字午橋，號陶齋，滿洲正白旗人。光緒八年（一八八二）中舉人，官至直隸總督、北洋大臣。著有《陶齋吉金錄》、《端忠敏公奏稿》。又有《陶齋臧石記》四十四卷，前有署名端方宣統元年（一九〇九）撰的序，云：『助余勘定者，則有臨桂況周頤、湘陰龔錫齡、興化李詳、丹徒陳慶年，於例得附書之。』《陶齋臧石記》，卽所謂況周頤代作跋尾者。此外《陶齋臧石記》『王明造像』著錄有『太清丁卯朱异造像』，有注云：『江寧甘元煥藏《江寧府志》、況周頤《江寧金石記補》竝著錄。』所云《江寧金石記補》今未見存。

三　詞話的整合

如同詞的結集是多樣的，況周頤的詞學著作也是豐富的，已知有《香海棠館詞話》又名《玉梅詞話》、《餐櫻廡詞話》、《纗蘭堂室詞話》、《珠花簃詞話》、《蕙風簃詞話》、《第一生修梅花館詞話》等，多爲報刊連載過，有的後來被結集，有的則散佚不存，只是被引述而已。此外還有《玉棲述雅》、《詞學講義》、《歷代詞人考略》以及《宋人詞話》和《宋代詞人小傳》等。

（一）《香海棠館詞話》

此種詞話於光緒三十年（一九〇四）發表在《大陸報》上，後易名爲《玉梅詞話》，登載於光緒三十四年《國粹學報》四十一、四十七、四十八期上。其後改名《香海棠館詞話》與《第一生修梅花館詞》六種本、七種本合刻一冊，後又收入《蕙風叢書》中。其中所言多被《蕙風詞話》吸收，也有未被採用者，或文字有出入的，所載未見於《蕙風詞話》有十三條[二]。

（二）《餐櫻廡詞話》

此種詞話於民國九年（一九二〇）連續刊登於《小説月報》五至十二號上，這是部内容較豐富的詞話著作，凡二百多則。其中所言多被《蕙風詞話》採録，也有未被採用，或文字有出入的。其中有一百二十五則不見載於《蕙風詞話》中[三]。

（三）《纗蘭堂室詞話》

此種詞話刊載於民國十五年（一九二六）《中社雜誌》第二期『詞話』，前後無序跋文，凡十七則，所云不見於《蕙風詞話》。其中云：『蕙風詞有二病，少年不能不秀，晚年不能不豔。』早年所作以豔情爲主，晚年所作苛求聲律，追求是不同的。《東方雜志》第十三卷七號載《餐櫻廡隨筆》云：『余之爲詞，二十八歲以後，格調一變，得力於半唐；比歲守律綦嚴，得力於漚尹，人不可無良師友也。』一九二六年一月十三日《申報》載《餐櫻廡漫筆》云：『余曩好側豔之詞，或爲秀鐵面所訶。近來投老，意緒闌珊，固卻去不爲；爲之，亦未必能工也。』談及早年與晚年詞之創作風格的變化，是事出有因的。

[二] 參見孫克强輯校《況周頤詞話》五種，浙江古籍出版社二〇一四年出版。

[三] 同上。

(四)《珠花簃詞話》

《珠花簃詞話》，未見存本。林玫儀曾據浙江圖書館藏《宋人詞話》和南京圖書館藏《歷代詞人考略》輯出，凡四十七則，見收於臺灣『中央研究院』之漢籍電子文獻資料庫中。後孫克强據《歷代詞人考略》、《宋人詞話》和《兩宋詞人小傳》輯錄五十五則，收入所輯校的《況周頤詞話五種》中。檢《歷代詞人考略》引錄《珠花簃詞話》凡三十八則，《宋人詞話》引錄《珠花簃詞話》凡二十三則，互見於二書者共十一則。又上海圖書館藏《兩宋詞人小傳殘存稿》也有引錄，其中有六則爲他書不載。此外況周頤《漱玉詞箋》還引錄有《珠花簃詞話》三則，也爲前述諸書不載。本編據南圖藏《歷代詞人考略》、浙圖藏《宋人詞話》、上圖藏《兩宋詞人小傳殘稿》以及《漱玉詞箋》，共輯錄五十九則。

(五)《蕙風詞話》

《蕙風詞話》有趙尊嶽民國十三年跋，云：『先生舊有詞話，未分卷。比歲鬻文少暇，風雨篝鐙，輒草數則見眎，合以舊作，自釐訂爲五卷。』知爲況周頤親自删定，成《蕙風詞話》五卷。按：一九二五年九月十二日《申報》之《餐櫻廡漫筆》云：『訪吴癯菴梅於蒲菱巷，商榷詞曲宫調之説，深談逾子夜，僅有簡當精徹之言。入《蕙風續詞話》。』云有《蕙風續詞話》，未見成稿。

(六)《詞學講義》

此種載於《詞學季刊》『創刊號』上，後有龍沐勛一九三三年題記，云：

右《詞學講義》，爲蕙風先生未刊稿。先生舊刻《香海棠館詞話》，後又續有增訂，寫定爲《蕙風詞話》五卷，由武進趙氏惜陰堂刊行。朱彊邨先生最爲推重，謂：『自有詞話以來，無此有功詞學之作。』此稿言尤簡要，足爲後學梯航。

其中論述了何者爲詞，以及詞之源流正變、風會陞降、宗派家數等，涉及詞的發展史、演變史等。

（七）《玉棲述雅》

《玉棲述雅》曾連載於民國十年（一九二一）出版的《四民報》上，又見載於民國三十九年（一九四一）《之江中國文學會集刊》第六期，後有一九四〇年陳運彰跋，云：

右《玉棲述雅》一卷，臨桂況先生未刊遺著之一。玉棲云者，《漱玉》、《幽棲》，閨彥詞家別集存世之最先者也。今評泊閨秀詞，因剌取以爲名。先生於國變後，遯迹滬上，以文字給薪米，境嗇彌甘，不廢纂述。夙昔文字及身刊行者，毋煩贅說。遺稿藏家，幸未失墜。或俟編訂，或從刪汰，整比理董，時猶有待。懼違素志，未敢率爾。此稿成於庚申、辛酉間，隨手撰錄，聊資排遣。而論詞精語，有足與《詞話》相輔翼者。殘膏賸馥，沾溉後人，政復不淺。

庚申、辛酉爲民國九年和十年，此種專論閨秀之詞，云：『閨秀詞心思緻密，往往賦物擅長。』又云：『輕靈爲閨秀詞本色，卽亦示易做到行間句裏，纖塵累累，失以遠矣。』又云：『評閨秀詞，固屬別用一種眼光。』此書可視作閨秀詞話專著。

（八）《歷代詞人考略》附《宋人詞話》和《兩宋詞人小傳殘存稿》

《歷代詞人考略》，稿本，蘭格線，藏南京圖書館。卷端下題『烏程劉承幹翰怡輯錄』。據總目是書凡五十七卷，現存前三十七卷，分裝十二冊，另附有《刪訂歷代詞人考略條例》和《第二次刪訂條例》。關於著者等，後人引錄或據卷端下題作劉承幹，如龍榆生《唐宋名家詞選》、唐圭璋《歷代詞學研究述略》、饒宗頤《詞集考》、張璋和黄畬《全唐五代詞》等，但此書的原編者是況周頤。《織餘瑣述》卷下云況周頤『比年編箸《歷朝詞人彙攷》，間或引用是書，必手自移寫，然後付胥，不令暫經它人手也。』《歷朝詞人彙攷》即《歷代詞人考略》。《第二次删訂條例》之十一云：

> 詞人有專集者，此書必注明有某種刻本，俾讀者易於探索，其例甚善。但彊村刻詞中，所有之詞未全注出，蓋蕙風輯此書時彊村詞尚未刻全也，今爲補注。又近年海寧趙氏萬里又繼朱氏輯刻詞若干家，爲蕙風所未見也，今亦爲補注。

現存書是在況周頤原稿基礎上重新删訂而成，書中的一些按語，如卷八『柳永』有『吾友況夔笙舍人《香海棠詞話》云「作詞有三要：重、拙、大」』云云，又卷十一『蘇軾』有『臨桂王給諫鵬運自號半塘老人，近世詞學家之泰斗也，嘗謂吾友蕙風舍人《香東漫筆》有云』云云，審其語氣，或爲況周頤以劉承幹口吻來寫所致。王國維《致羅振玉》（一九一七年八月二十七日）云：

> 夔笙在滬頗不理於人口，然其人尚志節，議論亦平。其追述浭陽知遇，幾至涕零，文彩亦遠在繆種諸人之上，近爲翰怡編《歷代詞人徵略》，僅可自了耳。（《王國維全集》第十五卷）

知原爲況周頤編撰。考劉承幹《嘉業老人八十自敘》云其著述，有『補輯南宋寧宗後四朝以成完書，及《京師坊巷志考證》、《希古樓金石萃編》、《詞人考略》諸書』云云，《詞人考略》即《歷代詞人考略》，劉氏自云『補輯』，當是在況周頤編稿的基礎上有所補充。按：辛亥以還，劉氏發願刊輯《嘉業堂叢書》，延請海内通人校讎編審，其中就有況周頤。《歷代詞人考略》是由劉氏出資，況周頤主筆，再由劉氏或劉氏請人删訂而成。

趙尊嶽在《惜陰堂匯刻明詞記略》一文中云況周頤編有《歷代詞人考鑒》，并云『迨癸亥間，蕙師所輯《考鑒》已屆朱明』，癸亥即民國十二年。《刪訂歷代詞人考略條例》之五云：

原來書名未定，或作《歷朝詞林考鑒》，或作《歷代詞人考略》。因『詞林』與『翰院』作混，且作詞亦無取乎鑒戒，故用『考略』之名。

知《歷代詞人考鑒》即《歷代詞人考略》，完稿於民國十二年，而刪訂成書的時間也應是隨後的不久。趙文又云《歷代詞人考鑒》『已至元季，將欲賡續，亦苦於明詞之不多，則督余搜篋以應之』，據現存書載，總目凡五十七卷，唐五代共六卷，其餘五十一卷均爲兩宋，其中卷五十二以前兩宋詞家大體依年代編排，卷五十二至五十七依次爲遺民、釋道、閨秀、婦女、妓女、女鬼等，止於宋，未及元明。

現存書與況周頤原稿是有差異的，現存書是對原稿至少進行了兩次刪定。據第一次刪定《條例》，知現存書稿前三十七卷是第一次刪訂後的結果。至於後二十卷是否完稿，無從得知，由總目來看，雖然五十七卷目錄俱全，但自三十八卷起，字體卻與前不同。現存書卷數等大體依原稿，但內容卻大有刪改。具體説來有兩方面：其一、對原稿引錄資料的刪訂，其二、對原稿結構的調整。第二次刪訂後，成書二十卷，亦即卷三十八至卷五十七，此二十卷今不見。考後人引錄和現存書所載，偶有字詞不同者，龍榆生《唐宋名家詞選》引錄最多，有文字出入的不在少數，或是所據有原稿和清稿的差別而然，但所引錄並未超出現存書前三十七卷之外者。

浙江圖書館藏有《宋人詞話》，凡七冊，紅方格，左右雙邊，半頁十行，行二十一字，毛裝。每冊封面墨筆題曰『況蕙風撰宋人詞話』，爲清稿本，每位詞人均是另起頁，不連抄。原書不分卷，但每冊有目錄。與《歷代詞人考略》比照，此書是在況周頤所編原稿基礎上重新抄錄編排而成的，兩書所收詞人互有出入，《宋人詞話》規模不及《歷代詞人考略》一半，所收爲浙江籍、或仕宦和僑寓浙江者，凡一百八十餘位詞人，其中近半數不見載於今存的《歷代詞人考略》中。

又上海圖書館藏有一書，九册，不分卷，毛裝，紅方格抄本。每册有目錄。書中不見題名，也不見編著者名姓。上海圖書館著錄的書名爲《兩宋詞人小傳殘存稿》，又題『朱慶雲撰』，不知何據。攷其中張翥、陳思濟等爲元人，名『兩宋詞人』是不全面的。與浙江圖書館藏《宋人詞話》比照，兩書在紙張格式、裝訂情狀、抄錄筆迹、編寫體例等方面，均是相同的，兩書出於同時同人抄寫編錄，這是無疑的。兩書都是清稿本，此書也應當是在況周頤《歷代詞人考略》原稿基礎上抄錄編輯而成的，朱慶雲或爲重新編錄者之一。據每册目錄，九册錄詞人一百七十七家，其中有重見者（如葛勝仲）、或有目無文的（如江緯，此人已見《宋人詞話》中）。本書所載詞人，與浙江圖書館藏《宋人詞話》不重見，可知浙江圖書館和上海圖書館原本就屬同一套書。《兩宋詞人小傳殘存稿》收錄的爲《歷代詞人考略》不載的詞人，有六十餘家。

《宋人詞話》和《兩宋詞人小傳殘存稿》對所引錄的文獻均是一字不漏地抄錄，這與《歷代詞人考略》有所删節是不同的。《歷代詞人考略》是屬於對原稿進行了至少兩次删定後的書稿，浙圖和上圖藏抄本是謄清稿，而不是況周頤原稿，但至少可攷知況周頤編輯此書時，對所引錄的資料是不厭其煩、一字不漏的抄集，夏承燾《天風閣學詞日記》一九三四年十一月三十日云：

蕙風晚年，嘗倩彊村介于劉翰怡編《詞人徵略》，恐其嬾于屬筆，乃仿商務書館例，以千字五元計酬金。所鈔泛濫，遂極詳，瞿安謂可名《詞人徵詳》。蕙風謂其貧不得已也。『所鈔泛濫，遂極詳』，蓋與況周頤鬻文謀生有密切的關係〔一〕。

《歷代詞人考略》所載止於兩宋，而《宋人詞話》和《兩宋詞人小傳殘存稿》所載，已至元人，趙尊嶽在《惜陰堂匯刻明詞記略》一文中云：

蕙師又應吳興劉氏之請，爲撰《歷代詞人考鑒》，上溯隋唐，至於金元，凡數百家。甄采箋訂，掇拾舊聞，論斷風令，已逾百卷，亦付尊嶽，盥手讀之……迨癸亥間，蕙師所輯《考鑒》已居朱明，明詞流播較罕，則求諸中鹿以應之，凡十餘家。

卽止於金元，明代部分尚未成稿。這與今存本所載是吻合的。

（九）《織餘瑣述》

《織餘瑣述》二卷，卷端下題『吳縣況卜娛清如』，前有況周頤序，云是書泰半述蕙風之言。卜娛爲況周頤內人，一般認爲是書實爲況周頤所著，而託名其夫人。多記詩詞藝文，旁及其他。有一九一九年活字印本。

（一〇）《漱玉詞箋》

《漱玉詞箋》一卷補遺一卷坿錄一卷，卷端下題『蕙風簃箋』，有一九二五年上海中華圖書館石印

〔一〕據沈松勤函告，曾在其導師那裏看到過《歷代詞人考略》，是況周頤爲湖州商人整理的歷代詞人生平與創作資料，在數量上比學界流行的《詞人考略》多出好幾倍，這些資料現在不知去向。

本。坿錄部分全文迻錄俞正燮《易安居士事輯》、陸心源《癸巳類稿・易安事輯書後》、李慈銘《書陸剛甫觀察〈儀顧堂題跋〉後》。箋注部分多是彙錄相關的評述，包括況周頤本人的言論。有的詞有箋注，有的則無。按：復旦大學圖書館藏有《漱玉辭彙鈔》，爲清末況維琦自皕宋樓藏抄本而傳抄者，無格欄，十行二十字，小字雙行同。扉頁有花體鏤空行草，曰：『光緒癸巳皕宋樓抄寄定本，所輯當不逮予刻。閩山左王編修家有足本，當假抄以慰飢渴，吟湘倦叟書。』又一行云：『問蘧廬漱玉詞箋。』杭州徐楙藏書室名問蘧廬卷端下題曰『宋李氏清照易安著，錢塘汪氏玢孟文箋』，鈐有『王鵬運、況周儀審定』陽文、『凭霄閣藏書記』陽文、『況印維琦』陰文，收詞四十二首。況維琦爲況周頤女郎。《漱玉詞箋》正集收詞五十一首，補遺收詞四首，知後有增補。皕宋樓藏抄本今存日本靜嘉堂文庫。

（一一）《白石道人詩詞年譜》

《白石道人詩詞年譜》，今存有刊本，檢況氏《香東漫筆》卷一載有『白石道人詩詞年譜』，核以中國國家圖書館藏刻本，實際上是據《香東漫筆》之『白石道人詩詞年譜』部分的抽印而另行者。又上海圖書館藏有秦翰才朱絲欄抄本。此以國圖藏本錄入，校以上圖抄本。

以上主要爲況周頤本人撰述的，另有《詞話叢鈔》一書，爲況周頤編校。其中收明人詞話一種，清人詞話八種。即明俞彥《爰園詞話》和清沈雄《柳塘詞話》、鄒祇謨《遠志齋詞衷》、彭孫遹《金粟詞話》、王士禛《花草蒙拾》、賀裳《皺水軒詞筌》、劉體仁《七頌堂詞繹》、宋翔鳳《樂府餘論》、孫麟趾《詞逕》。民國時，應王文濡之請，編輯石印，王氏又增清蔣敦復《芬陀利室詞話》一種。王氏序云：

某歲以萍社之作合，得晤況丈蕙風。丈固以倚聲俛視一世者，老鶴孤嘹，幽蘭獨笑；詞壇祭酒，海內同聲。恨濡迫於賤役，不獲時從丈游，質其源流，探其奧窔，了此髫年之志願已矣……卽以此意商諸丈，翕然許可，允任選事，並出其所藏，倩人寫定，手勘一過，得明人一、清人八，濡又益以《芬陀利室》一種，取其於『意內言外』四字之外，復有舉有厚入無間之發明也。刊成，爰舉曩昔有志未逮之歉心，與況丈撟捎斠正，相與有成之盛意，拉襍書之，弁諸簡首。

知原爲況周頤所藏，倩人抄寫，得況周頤親手校勘。其中賀裳《皺水軒詞筌》，況周頤又據《御選歷代詩餘》『詞話』補遺一則，況周頤跋云：『光緒戊戌莫春，冰甌館依賴古堂本付梓，玉梅詞人斠斁竝記。』戊戌爲光緒二十四年（一八九八），對每種書的來源，除《皺水軒詞筌》有況周頤跋，宋翔鳳《樂府餘論》和孫麟趾《詞逕》有劉履芬同治年間跋文各一則，略可考知所據外，其餘則不能知，其間校文亦罕見。

四　詞作的評點

況周頤富藏詞集，除撰寫不少詞話著作外，也有評點他人詞作之言，見於相關的作品集中，略述之如下：

（一）顧春《東海漁歌》

顧春（一七九九—一八七六？），字子春，號太清，自署西林春、太清春，晚號雲槎外史，滿清鑲藍旗人。原姓西林覺羅，幼經變故，養於顧氏，嫁王孫公子奕繪爲側室，二人登臨遊覽，賦詩唱和，鑒賞書畫，盡一時之歡。奕繪卒後，攜兒女移出王邸，晚境淒涼。著有《東海漁歌》等。況周頤所得《東海漁歌》爲四卷本，其中缺卷二，有民國三年西泠印社活字印本，末有跋云：『《東海漁歌》三卷坿補遺五闋，甲寅荷花生日校畢，各闋後間綴評語。太清詞亦未卽卓然成家，閱者能知其詞之所以爲佳，再以評語參之，則於倚聲消息思過半矣。蕙風再記。』甲寅爲民國三年。其中涉及有況周頤評點的詞凡二十餘首。

（二）程頌萬《美人長壽盦詞集》

程頌萬（一八六四—一九三二），字子大，一字鹿川，號十髪居士，湖南寧鄉人。少孤。入湖廣總督張之洞幕府，曾任湖南嶽麓書院山長。畢生致力於教育和實業。辛亥革命後，遨遊各地，詩酒自娱，晚年曾寓居上海。《美人長壽盦詞集》六卷，所收分別爲《言愁閣笛譜》、《鑾語詞》、《湘社雅詞》、《十鞬詞鈔》、《十鞬後詞》五种，此據《湖湘文庫》之《程頌萬詩詞集》本《美人長壽盦詞集》，輯錄涉及有況周頤評點的詞凡十二首。

（三）徐珂《純飛館詞》和《純飛館詞續》

徐珂（一八六九—一九二八），字仲可，一作中可，浙江杭縣（今浙江杭州）人。清光緒十五年（一八八九）舉人。師事譚獻。曾入袁世凱幕。民國時移居上海，供職商務印書館，爲南社成員，任《東方雜誌》等编輯。編著頗豐，著有《純飛館詞》和《純飛館詞續》，編有《歷代詞選集評》、《清詞選集評》、《歷代閨秀詞選集評》等。《純飛館詞》和《純飛館詞續》見收於民國排印《天蘇閣叢刊》中，涉及有況周頤評點的詞作，兩書分別是五十三首和二十六首。

（四）黄孝紓《東海勞歌》

黄孝紓（一九〇〇—一九六四），字頵士，號匑庵，閩縣（今福建閩侯）人。其父清末曾任濟南知府，辛亥革命後，舉家遷居青島。黄孝紓早年在青島度過，後任教於北京大學、北京師範大學、青島大學、山東大學等，工詩文，善畫。著有《匑厂文稿》、《匑厂詞乙稿》、《勞山集》等。此據《近代中國史料叢刊續編》影印《勞山集》本《東海勞歌》錄況周頤評點的詞語四則。

（五）《況周頤批點陳蒙庵填詞月課》

陳運彰（一九〇五—一九五五），原名陳彰，字君謨，一字蒙安、蒙庵、蒙父，號華西，原籍廣東潮陽，生長於上海。師從況周頤，爲入室弟子。歷任上海通志館特約採訪、潮州修志局委員，之江文理學院、太炎文學院及聖約翰大學教授。工詩詞，擅書畫，精篆刻。著有《紉芳簃詞》、《紉芳簃瑣記》、《紉芳簃日記》等。中華書局影印有《況周頤批點陳蒙庵填詞月課》，爲稿本，其中『癸亥九月第一課』於《鷓鴣天·重陽不登高示綿初、密文兩女，客有作重陽詞者，用避、災二字，此字不易用也》『秋是愁鄉鴈不來』一詞云：『右吾師蕙風詞隱所作，余賦《紫萸香慢》「展重陽」詞用避、災二字，師爲備論此字不易用，越數日，復作此詞，以示所以用之之法，詞題所稱客者，卽謂余也。此闋曾披露于十三年元旦《申報》。甲子歲正月甲子陳彰埘志。』癸亥爲民國十二年，甲子爲民國十三年。是書涉及有況周頤評批的詞凡十七首。多談及作詞之法，涉及字詞用語、聲韻格律等。

此外，徐珂編纂的《歷代詞選集評》、《清詞選集評》、《歷代閨秀詞選集評》等書，其中涉及有況周頤（個別爲卜清如所言）評點的詞分别有九十九首、四十二首、二十三首，這些評語是採集況周頤所言，多見於況氏所著的詞學及其他著作中。

況周頤編輯的詞選集，已知有數種，今存三種。或爲專題吟詠之彙編，或以保存地方詞學文獻爲目的。

五　詞選的編纂

（一）《薇省詞鈔》

是書凡十一卷，專錄清朝内閣人詞，編次悉依清光緒十六年（一八九〇）王鵬運續輯《内閣漢票簽中書舍人題名》，前有『例言』十五則，撰於光緒二十年。全書輯錄一百四十五家共計七百餘首詞，首例詞人小傳，次錄詞作，間附詞家掌故、詞評、詞話等。每家詞人多則錄詞二十餘首，少則一首，而『以溫厚雅正爲宗，纖佻、噭囂兩派，悉擯不錄』（例言）。《蕙風簃隨筆》卷一云：

> 曩輯《薇省詞鈔》，婁訪顏修來、曹頌嘉、趙雲崧三先生詞弗獲，例言引爲恨事。比閱《茶餘客話》：『壬午春王月，偶作《望江南》詞二十闋，分詠淮南歲寒食品，王蓬心宸讀而豔之，爲寫《歲朝填詞圖》』云云。唐山先生曾官中書。據此，知先生亦嘗填詞，惜無從搜訪矣。

按：阮葵生（一七二七—一七八九），字寶誠，號唐山，山陽（今江蘇淮安市楚州區）人，乾隆恩科舉人，進士。以内閣中書入值軍機處，官至刑部右侍郎，撰《七錄齋集》、《七錄齋詩詞集》、《茶餘客話》等，今存《七錄齋詩鈔》十卷、《七錄齋文鈔》十卷，未見附詞。

錄》云：

粤西詩總集有上林張先生鵬展《嶠西詩鈔》、福州梁撫部章鉅《三管英靈集》，詞獨缺如。地偏塵遠，詞境也，顧作者僅邪？抑不好名，不喜標榜，作亦不傳也。地又卑溼，蠹蝻枇楮，不十數年，輒螙朽不可收拾。幸而獲存，什佰之一耳。是編就我所見，哀而存之，而又襭其菁華，以少爲貴，它日輯嘉、道以來詩，續梁氏箸錄，以此坿焉。

（二）《粤西詞見》

是書凡二卷，專錄廣西詞人之作，前有敘錄，後有跋，均爲況周頤光緒二十二年（一八九六）所撰，《敘錄》云：

粤西詩總集有上林張先生鵬展《嶠西詩鈔》、福州梁撫部章鉅《三管英靈集》，詞獨缺如。地偏塵遠，詞境也，顧作者僅邪？抑不好名，不喜標榜，作亦不傳也。地又卑溼，蠹蝻枇楮，不十數年，輒螙朽不可收拾。幸而獲存，什佰之一耳。是編就我所見，哀而存之，而又襭其菁華，以少爲貴，它日輯嘉、道以來詩，續梁氏箸錄，以此坿焉。

以保存鄉邦詞學文獻爲己任。是選所錄共計二十四家，其中明一家，其餘爲清人，凡一百八十八首，附論詞絶句二十八首。每家所錄多則四十六首，少則一詞，間有況周頤評語，後附《玉楳後詞》一卷。況周頤《蘭雲菱夢樓筆記》云：

《粤西詞見》二卷，丙申刻於金陵。嘗欲輯補遺一卷，今不復從事矣。黄雲湄先生詞，余出都後，半唐得於海王邨。今年四月，出以示余，屬錄入《粤西詞補》者也。黄先生名體正，桂平人，嘉慶三年鄉試第一，官至國子監典籍。有《帶江園小草》坿詞。

按：黄體正（一七六六—一八四五），字直，號雲湄，清代廣西桂平人。嘉慶三年（一七九八）解元。官至國子監典籍，因病引退，著書自娛。著有《帶江園詩草》、《帶江園詩餘》、《帶江園時文》等。《蘭雲菱夢樓筆記》錄黄氏詞三首，即：《夏初臨・春暮》『皺綠成波』、《琴調相思引・送春》『夢雨愁雲負一春』、《水龍吟・春江聞篴》『天涯芳草春初』，而《粤西詞補》一書今未見。

（三）《繪芳詞》

《繪芳詞》凡二卷，前有況周頤《高陽臺》題詞，小序云：『自題《繪芳詞》，撰録古今詠美人詞，自髮迄影，得百數十闋。』是書選録宋、元至清以來歷代吟詠美人的詞作，自髮至影，无者況周頤補之，收詞一百十二首，另附尤侗所作曲三首。按：一九二〇年五月三日《申報》春醪『梅訊』云：

嘗見玉楳詞人總集美人色相今古名作二百餘闋，曰《繪芳詞》。初擬按闋和韵一首，以貽畹華，特此事功程浩大，不可預期矣。

知原稿有二百多首詞，與通行印本所載頗有出入，今所見通行本爲一九二五年上海中華圖書館石印本，知後來出版時有刪節。趙尊嶽《蕙風詞史》云：

乙丑之後，項城秉國，已有僭位之思。時先生撰輯《繪芳詞》成，媵以小詩，有云：『傾城傾國談何易，爲雨爲雲事可哀。』卽隱詆之也。《繪芳詞》撰録古今詠美人詞，自髮迄影，幾百餘闋，有前人所未賦者，先生爲補撰之，題曰『周夔』，又有托卜娛之名者。

按：袁世凱，河南項城人，人稱袁項城。『項城秉國』，卽袁世凱任民國大總統事，『已有僭位之思』，指袁世凱竊國稱帝之事，時爲民國乙卯（一九一五），次年袁世凱病卒。乙丑是民國十四年（一九二五），疑乙丑爲乙卯之誤。又繆荃孫《藝風老人日記》於民國元年（一九一二）載云八月十六日『還《繪芳記》夔生』，不知與《繪芳詞》有關聯否？

除以上三種詞選外，況周頤尚有其他詞選，只是今未見存，如《蕙風簃隨筆》卷一云：

蔡秉衡，字竟夫，湘士之極落拓者。病甚，以所作《松下廬詞》寄子大鄂中，意託以傳，余聞而悲之。曩欲撰錄國朝詞若干家爲《蕙風簃詞選》，專錄孤行冷集，以闡幽爲宗恉，而箸人弗與焉，如《松下廬詞》之類是也。

知《蕙風簃詞選》爲清人詞選集，有明确的選政宗旨，即：「專錄孤行冷集，以闡幽爲宗恉。」《蕙風簃隨筆》選錄蔡氏詞四首，即《浣溪沙》「簇簇濃陰鬱不開」、《醉落魄》「及時杯酒」、《鎖窗寒》「篳滑邀涼」、《好事近》「花膩鏡斂春縷縷」四詞，略有評，如於《醉落魄》「及時杯酒」評云：「澹雅略近宋人，『吟牀』句遜。」蔡氏《松下廬詞》今不見，《蕙風簃詞選》當是未完稿。又一九四一年六月二十日《同聲月刊》第一卷第七號載夏緯明《清季詞家述聞》云：

況蕙風周頤與半唐同里，親炙最久，詞學日進。江陰繆蓺風選常州詞，蕙風實爲之捉刀。後游滬上，亦負時望，凡欲學詞於疆邨者，輒轉介紹於蕙風。所作詞話。爲後進所服膺。

今存《國朝常州詞錄》凡三十一卷，題繆荃孫輯，前有繆氏光緒二十二年（一八九六）序，又有例言七則，其一云：

是錄得人四百九十八家，得詞三千一百一十首，篋中積弆無多。友人臨桂況夔生中翰周儀盡出所藏，俾予搜討。南中屠靜三庶常寄、金湗生運同武祥、劉光珊明經炳照、瞿薛𡍼茂才世瑄，搜錄故家，補予所缺。又時於海王村肆友人案頭有所見，必錄入。嚴定去取，商榷體例，校讐訛錯，則夔生之力居多。

又檢繆荃孫《藝風老人日記》，於光緒二十年甲午（一八九四）載云正月十一日：「夔笙見眎《小羅浮館別錄》，錄得常州詞四家。」又：「二十一日，夔笙借《石門集》去，又交《常州詞》首冊，請勘訂。」又：

『廿二日，交夔笙《常州詞》二、三、四卷。』知《國朝常州詞錄》編成，況周頤出力實不少。

六　筆記的撰寫

況周頤編著的筆記繁多，已知有《選巷叢譚》、《鹵底叢談》、《蘭雲菱夢樓筆記》、《蕙風簃隨筆》、《蕙風簃二筆》、《香東漫筆》、《眉廬叢話》、《續眉廬叢話》、《餐櫻廡隨筆》、《餐櫻廡漫筆》、《天春樓脞語》等，分別在《東方雜志》、《小說月報》、《國粹學報》、《申報》等報刊上連載。所記多是漂泊和寓居時的見聞，涉及史傳佚聞、金石民俗、名物土產等，可增廣見聞。

（一）《阮盦筆記五種》

《阮盦筆記五種》包括《選巷叢譚》、《鹵底叢談》、《蘭雲菱夢樓筆記》、《蕙風簃隨筆》、《蕙風簃二筆》五種，附《玉楳後詞》，光緒丁未（一九〇七）刊行於南京，後又收入《蕙風叢書》中。五種又分別在《國粹學報》上連載，不過不是全部。此外中國國家圖書館另藏有兩種本子：其一爲綠印刊本，存三種，即《選巷䕫譚》、《鹵底䕫譚》、《蘭雲菱夢樓筆記》，無序跋及木記。其一著錄爲抄本，綠絲欄，前有『阮盦筆記四種總目』，四種爲《選巷䕫譚》、《鹵底䕫譚》、《蘭雲菱夢樓筆記》附《玉楳後詞》、《蕙風簃隨筆》，此書存一冊，爲《選巷䕫譚》和《鹵底䕫譚》二種，有朱筆批校。綠印刊本和綠絲欄抄本當早於五種本，綠印刊本每頁的行數、每行的字數與五種本是相同的，而殘存的抄本與刻本所載是略有出入的。五種筆記撰成的時間、地點不同，所編寫的內容也有所偏重。

①《選巷叢譚》

《選巷叢譚》二卷附錄一卷，爲況周頤客居揚州時所撰，前有識語，云：

戊戌九月自瓊花觀街移居舊城小牛彔巷，巷後太傅街，即古興仁街，儀徵太傅文達阮公家廟在焉。後進文選樓，巋然尚存，文達所重建也。古文選巷，今無定址，要當距樓不遠。吾巷在樓西南不百武，因取以名，昉小滄浪《定香亭筆談》例，彙所聞見爲《叢譚》，屬文達軼事，采擷較詳，則私淑之志也。

戊戌爲光緒二十四年（一八九八），《叢譚》記阮元佚事較多。按：阮元（一七六四—一八四九），字伯元，號雲臺，江蘇儀徵人。乾隆五十四年（一七八九）進士。歷乾隆、嘉慶、道光三朝，爲三朝閣老。曾任山東、浙江學政，湖廣、兩廣、雲貴總督等職，爲體仁閣大學士、太傅。道光十八年（一八三八）因老病致仕，返回揚州定居，二十九年卒於揚州康山私宅，謚文達，享年八十六歲。阮氏在經史、數學、天算、輿地、金石、校勘等方面都有造詣。家富藏書，藏書樓曰『文選樓』、『石墨書樓』、『琅環仙館』、『積古齋』、『揅經室』等。著述頗豐，編輯有《宛委別藏》、《文選樓叢書》、《石渠寶笈》、《山左金石志》、《兩浙金石志》、《皇清碑版錄》、《兩浙輶軒錄》、《積古齋鐘鼎彝器款識》、《石渠隨筆》，主修《浙江通志》、《廣東通志》等，彙刻《學海堂經解》、《宋本十三經注疏》。著有《揅經室集》、《疇人傳》、《廣陵詩事》、《定香亭筆談》、《十三經校勘記》、《小滄浪筆談》等。阮氏在學術方面的成就，令況周頤景仰。如卷二云：『文達有宋槧《金石錄》十卷，即《讀書敏求記》所載。自撫浙至入閣，恒攜以自隨，既婁跋之，復爲其如夫人作記，蓋竊比明誠、易安云。』《選巷叢譚》所記十之八九爲金石拓片，碑版磚瓦。

②《鹵底葭譚》

《鹵底葭譚》一卷，前後無序跋類文字，撰寫時間不詳。記作者客居巴蜀的見聞，涉及萬縣、鄧州、綿州、涪州、雲陽等，多記磨崖石刻，部分爲佚聞野史。

③《蘭雲菱夢樓筆記》

《蘭雲菱夢樓筆記》一卷，爲況周頤客居常州時所撰，其中有『甲辰四月下沐，過江訪半唐揚州』云云，甲辰爲清光緒三十年（一九〇四）。《餐櫻廡隨筆》卷六云：『曩歲在甲辰譔《蘭雲菱夢樓筆記》時客常州，記王半唐侍御諫園居事甚悉。』所載涉及詩文翰墨、金石書畫、方言俗語、詞曲藝文。其間況周頤常往來於揚州，會晤王鵬運。多錄詞作及詞事，全部四十餘則，詞話就有十餘則。

④《蕙風簃隨筆》和《蕙風簃二筆》

《蕙風簃隨筆》二卷《二筆》一卷，爲況周頤客居金陵時的見聞。《蕙風簃隨筆》前有序，云：

> 『悲迴風之搖蕙兮，心憂鬱而內傷。』蒙自乙未南轅，晌更十稔，所處之境，誠如靈均所云，不爲可已之事，何以遣不得已之生？《隨筆》云者，隨得隨書，無門類次第也。昉洪容齋例，繼此有作，曰《二筆》。光緒乙巳良日況周儀夔笙自記於金陵四象橋北寓廬。

序作於光緒三十一年（一九〇五），所載爲雜言雜學，多攷辯文字、金石碑銘。《隨筆》卷二多論佛事。又《二筆》卷二『桂屑』，專記廣西人事，多載磨崖石刻。

（二）《香東漫筆》

《香東漫筆》二卷，有《蕙風叢書》本。又曾在《國粹學報》上連載，所記爲雜事、金石、詩詞等。卷二『桂屑續』，則多記金石碑刻。

（三）《臼辛漫筆》

況周頤《說部擷華》一書前有『撰輯書目』，其中列有《臼辛漫筆》一書，此書今不見。《東方雜志》第十二卷七號《眉廬叢話》卷九云：『曩譔《臼辛漫筆》，有「瓊花豔遇」一則，蓋聞之於皖友。歲在甲寅，晤廣陵吳嵇翁明試，爲言此事丁道、咸間，事之究竟有出吾舊聞外者，因並前所記述焉。』又《東方雜志》第十三卷六號《餐櫻廡隨筆》云：『曩譔《臼辛漫筆》，有辨《茶餘客話》記雲郎事一則，比又得一碻證，可補《漫筆》所未盡，因並《漫筆》元文，纚述如左。』按：《東方雜志》第十二卷和十三卷分別出版於一九一四年和一九一五年。知《臼辛漫筆》編撰的時間是較早的。此據《眉廬叢話》、《餐櫻廡隨筆》各錄一則，又據《說部擷華》輯錄六則，得見一斑。

（四）《草間夢憶》

況周頤《說部擷華》一書前有『撰輯書目』，於『今周夔《草間夢憶》』之次列『今況周頤《選巷叢談》』等，正文卷六先選《選巷叢談》一則，再選《草間夢憶》四則。按：況周頤，字夔笙，此『周夔』當即況周頤化名。此集今未見，不知刊行否。茲自《說部擷華》卷六輯錄四則，以見一斑。

（五）《說部擷華》

《說部擷華》六卷，分舊聞、前事、藝文、攷證、香匳、神怪六類，每類一卷，自清人及近人說部四十餘種（其中含況周頤自著七種，日本人一種）抄錄彙輯而成，凡四百餘則。有一九一二年嬛福山莊石印本。按：書末版權頁上列嬛福山莊預售書廣告，其中有『《說部擷華》乙編，編輯中』云云，知尚有續編，今未見。按：一九二四年十月二十九日《申報》之《餐櫻廡漫筆》云：『東齋居士《俗語試帖》，曩輯《説部擷華》，曾撰録二十首。其可采之作不止此也。』又録得五首，檢《説部擷華》卷三『藝文』録有東齋居士《附俗語試帖二十四首》，《餐櫻廡漫筆》所録五詩，或可入《説部擷華》乙編之中。

（六）《眉廬叢話》

《眉廬叢話》分别連載於一九一四年《東方雜志》第十一卷五號和六號，以及一九一五年十二卷一至十號。雜記古今中外之事，尤以紀談清代名流之事居多，涉及典制科舉、藝文書畫、學術詩文、雜劇傳奇、野史逸聞、兵事風俗等，可資談助。

（七）《續眉廬叢話》

《續眉廬叢話》分别連載於一九一五年《東方雜志》第十二卷十一號和十二號，以及一九一六年第十三卷一號和二號，凡四期。其中第十二卷十一號云：

癸丑、甲寅間，蕙風賃廬眉壽里，所譔《叢話》以眉廬名。乙卯四月移居迤西青雲里，客問蕙風：『《叢話》殆將更名耶？』蕙風曰：『客亦知夫眉壽之誼乎？眉於人之一身，爲至無用之物，此其所以壽也。蕙風之居可移，蕙風之無用，寧復可改？』抑更有説焉，《洪範》五福，一壽二富。蕙風之怡，將使二者一焉，其如青雲非黄金何？孔子曰：『富而可求也，雖執鞭之士，吾亦爲之。』如不可求，續吾《叢話》。

癸丑、甲寅、乙卯分别爲民國二年、三年、四年。所載同《眉廬叢話》，另則外多載閨秀詩文。

（八）《餐櫻廡隨筆》

《餐櫻廡隨筆》分别連載於一九一六年上海商務印書館出版的《東方雜志》第十三卷三號至第十三卷十二號。雜論古今，以清朝居多，凡朝儀典制、詩詞文筆、戲曲傳奇、科舉鴻詞、金石拓片等，多有涉及。

（九）《天春樓瑣語》

《天春樓瑣語》連載於民國時期出版的《小説月報》第十卷第十至十二號的『補白』處，寥寥數則。其中第十號目録中『補白』項有『天春樓瑣語』，而正文中卻不見載。

（一〇）《天春樓漫筆》

一九二四年九月一日《申報》之《餐櫻廡漫筆》云：

余夙嗜種花，雖賃廡，庭院必有花，逾十數種……歲辛酉，譔《天春樓漫筆》，曾詳紀之，兹復著於篇。《天春樓漫筆》印行無多，前作未留稿，印本亦失之久矣。

又一九二五年三月十三日《申報》之《餐櫻廡漫筆》有『曩歲辛酉撰《天春樓漫筆》，有云夜來香』云云。辛酉爲民國十年（一九二一）。又一九三一年三月二十八日《申報》『短訊』云：『筆記十餘種，先用鉛字印行，陸續出版：《天春樓漫筆》、《玉棲述雅》二種，先行付梓云。』知《天春樓漫筆》曾出版，今未見印本，但有抄本流傳〔二〕。《天春樓漫筆》曾於《四民報》上連載，見載於一九二一年十月至十二月間。筆

〔二〕　見鄭煒明《況周頤先生年譜》（上海古籍出版社二〇〇九年出版）和《況周頤研究論集》（齊魯書社二〇一一年出版）

者所見《四民報》已不全，此就所見輯録，合爲一卷，録入本編中。

（一一）《證壁集》

《證壁集》，原名《祥福集》，凡四卷，彙録爲古人辨别誣枉的文章，包括況周頤本人的作品。民國時趙尊嶽刊入《惜陰堂叢書》中。

（一二）《餐櫻廡漫筆》

《餐櫻廡漫筆》，連載於民國時出版的《申報》上，起於一九二四年八月十一日，迄於一九二六年三月三十一日，歷時十九個月，每月連載的次數並不統一，每次刊登的條目也不一致，或一則，或數則。雜論古今，上至國家大事，下及花鳥蟲魚，記清朝人事居多，名流佚聞、野史豔聞、醫藥藝文等。如一九二四年十月一日《申報》載：

彊村先生未第時，某年，扶其太夫人靈櫬歸葬苕溪。夜泊，失足墮河，沿流數里，獲拯起。自言在水中無所苦，唯仰視月輪，大於尋常所見，幾至十倍，光景絶奇。曩年寶華盦中有極大遠鏡，以測月徑，不能大至十倍。

足以引起讀者的獵奇心理。一九四〇年八月二十六日《申報》載鄭逸梅《名人與食品》云：『況夔笙詞人嗜櫻桃成癖，晚年賃居海上，榜曰「餐櫻廡」，著有《餐櫻廡漫筆》若干卷。』已知《餐櫻廡漫筆》是在報上連載的，鄭氏所云有分卷，似所見爲單行本，俟考。

（一三）《天春樓脞語》

《天春樓脞語》，連載於民國時出版的《申報》上，起於一九二六年四月十四日，迄於是年八月二十三日，凡四十九次，每次登載，或一則，或數則。涉及典章儀制、中外交往、天文曆算、朝會樂章、科舉軍政、道家名流等，以記有清一朝時事居重。

（一四）《陳圓圓事輯》

《陳圓圓事輯》，不分卷，彙輯有關陳圓圓的史實佚聞，尤其是與吴三桂的諸般事蹟。收入民國時刊印的《曲石叢書》中。按：《眉廬叢話》卷九有『客歲秋冬間，纂《陳圓圓事輯》，得萬餘言』云云，知爲客寓時編輯。一九二五年六月一日《申報》之《餐櫻廡漫筆》云：

曩譔述《陳圓圓事輯》，最八千八百餘言，圓圓事實甄采略備，唯沙定峯所譔《圓圓傳》三千五百餘言，未經采錄。又圓圓本姓邢，父邢三，業驚閨所售物絕煩碎，並閨人所需，貨郎手[illegible]鼓，徑六七寸許，有小銅鉦聯屬其上，鼓與鉦兩旁各有耳，執其柄而搖之，則旁耳各自擊，金革齊鳴，聲徹連闤，名曰驚閨，俗呼曰陳貨郎。尤西堂少時猶及見圓圓，見《艮齋雜說》。語並脫漏，應增入，亟記之。

知可補者還是有一些的。

（一五）《好麗樓叢語》

此書今不存。民國十五年（一九二六）七月二十五日《申報》之《天春樓脞語》『琴操墓』云：

丙寅暮春，陳散原先生同友人游玲瓏山，訪獲琴操墓。余紀其事，入《好麗樓叢語》，比閱《徐氏筆精》明徐𤊹興公譔有云：『琴操墓，在天目山石佛殿角，後人爲之立碑，至是山者，率多題詠。』據此，則琴操墓，當明時已著聞於世矣。

丙寅爲民國十五年（一九二六），又八月二十三日《天春樓脞語》『天婚四字』有『曩譔《好麗樓叢語》「奇娶二事」，略云』云云。此書或爲手稿，生前尚未刊印出版。

另《申報》一九四〇年六月二十五日『出版消息』云：『文友文藝院所發行之《文友月刊》第一卷第二期已於日昨出版，內容有《宋詞三百首釋句續》、《澹園居士詩詞錄》、《小辛漫筆》、《蕙風筆談漫記》、《中國歷代孝治史考證續》等，極有價值。』核以《文友月刊》第一卷第二期，未見有《蕙風筆談漫記》，俟攷。

七　詞集的傳抄與校藏

從事文學創作，進行學術研究，是離不開書籍的傳抄、購藏與校讀，這是做學問的基礎，況周頤也是如此，葉德輝《書林清話》卷一『古今藏書家紀板本』云：

古今私家藏書必自撰目錄，今世所傳：宋晁公武《郡齋讀書志》……繆荃孫有《藝風堂藏書記》八卷，光緒辛丑家刻本；《續紀》八卷，癸丑家刻本。此外傳沅叔增湘、況夔笙周頤、何厚甫培元收藏與過眼頗多，均有存目，尚未編定，蓋自乾、嘉至光、宣，百年以來談此學者，咸視爲身心性命之事，斯豈長恩有靈，與何沆瀣相承不絕如是也。外此諸家文集、日記、雜志亦多涉之。

學人不僅藏書，而且爲所藏編目，這些有的被刊印，更多的是手稿。如繆荃孫、傅增湘編撰了多種藏書目，不少被刊刻印行。按《續眉廬詩話》卷二云：『癸丑、甲寅間，余客滬上，始識長沙葉奐彬德輝。素心晨夕，一見如故，窮不見疑，狂不爲牾，是在氣類，弗可彊爲謀也。』知葉氏所言不虛。據葉氏所云，況周頤對所藏書籍，至少是編有草目的，只是情况不明。一九二六年三月二十三日《申報》之《餐櫻廡漫筆》云：

目錄之學，素傳絕業蓋，微特徒存考據，實兼簿書治學之能事，爲學者所必不可忽也。然大抵藏書之人，就其所得，而重之以校刊源流，竊謂書囊無底，藏者難遍求。其屢見箸錄之高文典册，則展轉訂證，精審日加；其不易經見，或久佚不傳之作，亦每日就湮没。間嘗有志，欲彙古今目錄爲一總目，以未見失傳者，列之待訪，貴在存目。俾免散佚，亦盛事也。因循莫副，海內賢者幸有以教之。

又《眉廬叢話》卷六有『近譔輯藏書話』云云，知况周頤明瞭書目於學術的重要性，自己的确有編寫書目的想法。况周頤曾開書店，出售所藏書。其中所藏，詞集當不在少數。《薇省詞鈔》『例言』其一云：

周儀韶戯卽嗜倚聲，弱冠後浪遊南北，所至吴越楚蜀名勝之區，經過郡邑，輒肆蒐羅，或從藏書家輾轉傳鈔，十載京華，購求尤力，所收國朝别集將及千家，薇省詞亦將百家，各總集、選本經刻行者略備。

因自幼嗜詞，所以對詞集的傳抄、購藏用心也就多且深，只清朝詞人集所藏就近千家，加上清以前，則更多。有刻本，有抄本，也有校本。此就况周頤所藏詞集抄校本，擇所知，略述一二如下：

（一）《汲古閣未刻詞》

上海圖書館藏《汲古閣未刻詞二十二家》，紅方格抄本，四册。江標清光緒二十一年（一八九五）題記云：『此彭文勤知聖道齋抄宋元人詞，皆出自汲古閣未刊本。余在京師，從況夔生中書抄得之，共二十二家，後附四家，則從況抄別本得之，不知何所出也。』知況周頤曾藏有此種書的抄本。按：彭元瑞（一七三一—一八〇三），字掌仍，又字輯五，號芸楣，一作雲楣，江西南昌人。清乾隆二十二年（一七五七）進士，官至工部尚書、協辦大學士。卒贈太子太保，謚文勤。彭氏著有《知聖道齋書目》和《知聖道齋讀書跋尾》。《知聖道齋書目》卷四載有汲古閣未刻詞細目，計有：馮延巳《陽春集》、賀鑄《東山詞》、葛郯《信齋詞》、向滈《樂齋詞》、朱敦儒《樵歌詞拾遺》、朱雍《梅詞》、朱熹《晦庵詞》、許棐《梅屋詩餘》、趙以夫《虛齋樂府》、楊澤民《和清真詞》、林正大《風雅遺音》、文天祥《文山樂府》、葛長庚《白玉蟾詞》、李清照《漱玉詞》、朱淑真《斷腸詞》、趙孟頫《松雪齋詞》、程文海《雪樓樂府》、劉因《樵庵詞》、薩都剌《雁門集》、張埜《古山樂府》、倪瓚《雲林詞》。凡二十一家。按：江標輯《宋元名家詞》和四印齋刊本《陽春集》附錄均提及或著錄有彭元瑞抄寫的詞集書目，其中汲古未刻詞子目多吳儆《竹洲詞》一種，彭元瑞《知聖道齋讀書跋尾》云『二十二帙』，合《竹洲詞》，數目正吻合，彭氏《書目》當屬漏載。彭氏藏本現爲日本大倉財團庋藏。江氏抄本除已有的二十二家，又多出四家，即黄裳《演山先生詞》、李綱《梁溪詞》、姚勉《雪坡詞》、胡銓《澹庵長短句》，爲況周頤增補。

（二）《全芳備祖詞鈔》

一九四一年十一月二十日《同聲月刊》第一卷第十二號載趙叔雍《金荃玉屑·讀詞雜記》『全芳備祖詞鈔跋』云：

《備祖》爲宋陳詠當作泳所輯類書，專采花木農商之故事文獻，託體于《藝文類聚》之流者也……詞鈔一卷，則臨桂況夔笙師就巴陵方氏碧琳瑯館本裁篇別錄，而余以校毛鈔者，同爲四百四十一首，惟字句小有訛奪，意者方本亦源自毛鈔耶？

按：《全芳備祖》前集二十七卷、後集三十一卷，宋陳景沂編。前集所記皆花，後集所載依次爲果部、卉部、草部、木部、農桑部、蔬部、藥部等，每部中又分事實、賦詠，賦詠類錄有大量詩詞。是書今存有殘宋刊本，又有明、清抄本，具有較高的文獻價值。況周頤輯錄的《全芳備祖詞鈔》，存佚不明。

（三）《宜秋館詩餘叢抄》

此爲浙江圖書館藏宜秋館抄本，凡三冊。況夔笙批校，朱祖謀重校。左右雙邊，半頁十行。收宋七家詞，計有仲並《浮山詩餘》、王義山《稼村樂府》、曾協《雲莊詞》、王之望《漢濱詩餘》、趙文《青山詩餘》、李洪《芸庵詩餘》和王邁《臞軒詩餘》。書末題曰：『丙辰中秋後六日蕙風校讀竟卷。』並鈐有『夔笙』一印。丙辰爲民國五年（一九一六）。略有校異與評語，評語參見『詞評編』。

晚清詞學四大家中，王鵬運、朱祖謀是以校勘詞集而著稱於世的，況周頤則以詞學理論見長。況周頤自云『癖詞垂五十年，唯校詞絕少』（《蕙風詞話》），雖然如此，況周頤所校詞集還是有一定數量的。因與王鵬運、朱祖謀關係密切，受王、朱二人囑託，況周頤參與了二家所刻詞集中的不少校勘工作。如《四印齋所刊詞》，有《陽春錄》、《東山寓聲樂府》、《梅溪詞》、《斷腸詞》、《蟻術詞選》、《逍遙詞》、《梅詞》、《燕喜詞》、《秋崖詞》、《章華詞》、《樵菴詞》、《養拙堂詞》等，多撰有題識文，參見『集外文輯錄』部分之序跋。又《蕙風簃隨筆》卷一云：

《敬齋古今黈》云：『賀方回《東山樂府別集》有《定風波》異名《醉瓊枝》者云：「檻外雨波

新漲，門前烟柳渾青。寂寞文園淹臥久，推枕援琴涕自零。無人著意聽。　緒緒風披雲幌，駸駸月到萱庭。長記合歡東館夜，與解香羅掩翠屏。瓊枝半醉醒。」尋其聲律，乃與《破陣子》正同。』校：四印齋所刻《東山寓聲樂府》，此闋調名正作《破陣子》，不作《定風波》，亦不云異名《醉瓊枝》。末句『瓊枝半醉醒』五字缺，今據此補足，乃可讀，亦快事也。換頭『雲幌』，四印作『芸』。《古今黈》一書，《四庫》及武英殿聚珍版從《永樂大典》錄出，竝祇八卷。藕香簃所刻，爲明萬曆庚子武陵書室蔣德盛梓行十二卷本，又輯聚珍所存、蔣本所缺，爲補遺二卷。

按：上海圖書館藏有《東山寓聲樂府》二卷《補遺》一卷，抄本，無格欄，半頁十行二十字。鈐有『王鵬運、況周儀同審定』、『汲古』、『漚尹』、『半唐老人』、『純伯讀過』、『第一生修梅華館』、『周儀校讀』、『幼霞、夔笙同好』、『湘潭袁氏滄州藏書』等印。是書爲朱墨筆圈校，主要是版本間的文字校異。至於其他，見於記錄的還有一些，如：

第一首（按：指《洞仙歌》『華燭光輝』）『風措』上原有『多』字，今刪。『須索』句原無空格，今添。第二首迴文句同。『再絮』二字原作『在緒』，依況周頤校改。（一九四一年八月二十日《同聲月刊》第一卷第九號載冒廣生《新斠雲謠集雜曲子》）

《樂府雅詞》漱玉《轉調調滿庭芳》原缺八字，況蕙風先生據舊鈔本，謂只前段缺六字，過拍歇字，復以朱子鶴姬人、許德蘋和詞作『摩』補之，則只缺五字矣。惟『摩』上一字，極意懸擬，殊難吻合。頃閱《記事珠》載神女杜蘭香降張碩家，碩問禱何如，香曰：『消摩，自可愈疾，淫祀無益。』消摩，藥也，此詞『摩』上一字，或是『消』字，姑記之於此，以待他日質證焉。（一九二五年十二月《學衡》

第四十八期載劉永濟『舊詩話』）所校《雲謠集雜曲子》、《樂府雅詞》等，存佚情況不明。

八　詞學理念與思想的建構

縱觀況周頤的學術成就，詞學方面無疑是最爲突出耀眼者。他自幼聰慧，涉獵廣博，而對詞的偏嗜，成就了日後其在詞學方面的卓越成就。他善論詞，所撰詞學言論涉及詞學理念、詞學史、詞之典事、作家作品、佚聞逸事等，上自起源，下至民國，内容豐富，涉及面極其廣泛，在詞的創作、傳抄、校勘、研習、評批等方面，心得滿滿，也形成了自己的詞學理念與思想。

（一）說起源

關於詞的起源，歷來說法不一，遠自先秦，可與《詩經》等相關聯，近及隋唐，源自民歌等說法，是多角度、多方面考察與論斷的結果。《蕙風詞話》卷一爲綜論，論及多方面的問題，其中就有對詞之本義的解讀，如云：

詩餘之『餘』，作贏餘之『餘』解。唐人朝成一詩，夕付管絃，往往聲希節促，則加入和聲。凡和聲皆以實字填之，遂成爲詞。詞之情文節奏，並皆有餘於詩，故曰詩餘。世俗之説，若以詞爲詩之賸義，則誤解此『餘』字矣。（卷一）

又《詞學講義》云：

唐人朝成一詩，夕付管絃，旗亭畫壁，是其故事。其詩七言五言皆有，往往聲希拍促，則加入和聲，務極悠揚流美之致。凡和聲皆以實字填之，詩遂變爲詞矣。後世以詩餘名詞，此『餘』字作贏餘之『餘』解。詞之情文節奏，並皆有餘於詩，非以詞爲詩之賸義也。

『詩餘』二字用指詞，較早見宋人對詞集的命名，至於何以謂之『詩餘』，至明朝始有人進行了解讀，如楊慎、俞彦等。入清以來，説者紛紜。明清人的解説主要有几個方面：其一，詞爲詩的支脈。其二，詩亡然後有詞。其三，詞爲《詩》三百篇的緒餘。其四，爲唐人絶句演變而來。其五，爲詩人之餘興，宜寫入詞中。以上多是從文體的角度提出的，多是從詞與詩的關係來解釋的。而況周頤之言，則是從音樂聲律的角度出發，即是唐人齊言詩體演變成長短句體，其間在聲樂律呂方面就有了延長，這個『延長』，就是『詩餘』的本義所在。

（二）論創作

況周頤論詞，其中談及詞的創作，多心得之言。《詞學講義》云：

詞於各體文字中，號稱末技。但學而至於成，亦至不易。不成何必學？必須有天分，有學力，有性情，有襟抱，始可與言詞。天分稍次，學而能之者也，及其能之，一也。古今詞學名輩，非必皆絶頂聰明也。其大要曰雅，曰厚，曰重、拙、大。厚與雅，相因而成者也，薄則俗矣。輕者，重之反；巧者，拙之反；纖者，大之反，當知所戒矣。性情與襟抱，非外鑠我，我固有之，則夫詞者，君子爲己之學也。

詞雖爲小道，但有其自己的特性，並非人人都能擅長的。所謂天分、學力、性情和襟抱，是先天與後天元素共同作用的結果。一九四一年七月二十日《同聲月刊》第一卷第八號載趙叔雍《金荃玉屑續・珍重閣詞話》云：『蕙風先生論作詞，每以學力、襟抱、性靈並重。學力可日日程功，襟抱可涵詠養蓄，獨性靈授之于天，誠難砥礪求進，此神品之不易得也。』既要求有先天的秉性與才氣，又要求有後天的學養與動力，二者不可缺一。除此外，在詞的寫作中，要求雅和厚，以及重、拙、大。即要求思想情感純正厚道，語言格調樸實灑脱，關於這一點，況周頤談論的較多。《餐櫻詞》自序云：

> 余自壬申、癸酉間即學填詞，所作多性靈語，有今日萬不能道者，而尖豔之譏在所不免。己丑薄遊京師，與半唐共晨夕，半唐於詞夙尚體格，於余詞多所規誡。又以所刻宋、元人詞屬爲斠讐，余自是得闚詞學門徑，所謂重、拙、大，所謂自然從追琢中出，積心領神會之，而體格爲之一變。半唐亟奬藉之，而其它無責焉。

序作於民國四年，敘説了自己習詞的經歷及詞風的演變。壬申、癸酉爲清光緒十一年（一八七二）、十二年，時況周頤十二歲左右。一九二五年十一月九日《申報》載《餐櫻廡漫筆》有『曩余十三四歲即已癖詞，詩猶偶一爲之』云云，知況周頤習詞是較早的。己丑（光緒十五年）至京城，以論詞，與王鵬運訂交，受王氏之託，爲校勘宋、元人詞集，得闚詞學門徑。徐珂《清稗類鈔》『文學類』云：『光緒庚寅、辛卯間，況夔笙居京師，常集王幼霞之四印齋，唱酬無虚日。夔笙於詞不輕作，恆以一字之工、一聲之合，痛自刻繩，而因以繩幼霞。』所謂重、拙、大，知是受王鵬運的啓迪，關於這一點，況周頤多談及，如《蕙風詞話》卷一云：『作詞有三要，曰：重、拙、大。南渡諸賢不可及處在是。』卷二云：『詞有穆之一境，靜而兼厚、重、大也。淡而穆不易，濃而穆更難，知此，可以讀《花間集》。』厚重、樸拙、博大，是追求自然意趣的體現。況周頤癖嗜金石之學，金石屬於樸學，實事求是，追慕重、拙、大，是與樸學精神一脈相通的。

（三）崇尚真

詩莊詞媚，這是詩與詞的界限，詩可以言情，但更多的是用以反映政治經濟、歷史文化、自然風貌、社會民俗、人生百態。詞主要是用以言情的，風花雪夜，淺酌低唱，男歡女愛，春愁秋怨，言情是其主要特色，也是詞之境界的一種表現。情真，景真，言真，凡此種種，只要真，方能感動人心，而詞的創作，在這方面表現得尤其明顯。《蕙風詞話》卷二云：

> 《花間集》歐陽炯《浣溪沙》云：『蘭麝細香聞喘息，綺羅纖縷見肌膚。此時還恨薄情無？』自有豔詞以來，殆莫豔於此矣。半唐僧鶩曰：『奚翅豔而已，直是大且重。苟無《花間》詞筆，孰敢爲斯語者？』

所謂大、重，即是摹寫情感，真實厚重，灑脱自然，即使是香豔，只要能做到情景真切自然，也是可以的，但不能流於輕浮草率。關於這一點，況周頤多有强調。《蕙風詞話》卷一云：『真字是詞骨，情真、景真，所作爲佳，且易脱稿。』又云：『填詞之難，造句要自然，又要未經前人説過。』『詞太做，嫌琢；太不做，嫌率。欲求恰如分際，此中消息，正復難言。但看夢窗何嘗琢，稼軒何嘗率，可以悟矣。』不做作，去僞飾，反矯情，纔能達到一個『真』字，纔能自然渾成。關於這一點，況周頤論詞人及作品時，每每言之，如《蕙風詞話》卷二云：

> 元人沈伯時作《樂府指迷》，於清真詞推許甚至，唯以『天便教人，霎時廝見何妨』、『夢魂凝想

鴛侶』等句爲不可學，則非真能知詞者也。清真又有句云『多少暗愁密意，唯有天知』、『最苦夢魂，今宵不到伊行』、『拚今生、對花對酒，爲伊淚落』，此等語愈樸愈厚，愈厚愈雅，至真之情由性靈肺腑中流出，不妨說盡而愈無盡。

此又見於《歷代詞人考略》卷十七『周邦彦』。所謂『愈樸愈厚，愈厚愈雅，至真之情由性靈肺腑中流出，不妨說盡而愈無盡』，可知況周頤的宗尚所在，有了真純，方能不矯飾。《蕙風詞話》卷五云：

或問國初詞人當以誰氏爲冠，再三審度，舉金風亭長對；問佳構奚若，舉《搗練子》云：『思往事，渡江干。青蛾低映越山看。共眠一舸聽秋雨，小枕輕衾各自寒。』

金風亭長卽朱彝尊，據說此詞所寫，與朱氏小姨子馮壽常有關，冒廣生《小三吾亭詞話》卷三云：

世傳竹垞《風懷二百韻》爲其妻妹作，其實《靜志居琴趣》一卷，皆《風懷》注腳也。竹垞年十七，娶於馮，馮孺人名福貞，字海媛，少竹垞二歲。馮夫人之妹名壽常，《風懷》詩所謂『巧笑元名壽，妍娥合號嫦』也。字靜志，《兩同心》詞，所謂《洛神賦》『中央小字，只有儂知』也。少竹垞七歲。竹垞生崇禎己巳，而《風懷》詩云：『問年愁豕誤故知。』靜志生崇禎乙亥，爲少七歲也。曩聞外祖周季況先生言，十五六年前，曾見太倉某家藏一簪，簪刻『壽常』二字。因悟《洞仙歌》詞云：『金簪二寸短，留結殷勤，鑄就偏名有誰認。』蓋真有本事也。

朱彝尊年十七入贅馮府，詞中所寫，是追憶一段情緣往事，『共眠一舸聽秋雨，小枕輕衾各自寒』，情景逼真，所謂發乎情，止乎禮，樂而不淫，哀而不傷，是温柔敦厚詩教的體現，符合重、拙、大的要求。又《東海漁歌》況周頤序云：『太清詞得力於周清真，旁參白石之清雋，深穩沈著，不琢不率，極合倚聲消息。』所謂『深穩沈著，不琢不率』，穩重真實，不求刻意雕琢，也不能草率隨意，自然存真即可。如評顧春詞曰：『樸實言情，宋人法乳，非纖豔之筆、藻繢之工所能夢見。』（《浪淘沙慢》『又盼到、冬深不見』）又評程頌萬詞曰：『止乎禮義，風人之旨。』（《桂枝香》『層層卍字』）、『歇拍情真景真，意境便厚。』（《洞仙歌》『酒闌人並』）又評徐珂詞曰：『不琢不率，亦無纖佻淺露之失，倚聲正軌，斯爲得之。』（《清平樂》『幾重香霧』）、『不必刻意求工，卻於倚聲消息無過不及。』（《滿江紅》『天末樓臺』）等，都表達了類似的觀念與思想。

（四）談風格

作爲一種以言情爲主要特徵的文體，香豔是其主要風格之一，也因此遭人詬病。對此，況周頤是持肯定態度的。《玉楳後詞》自識（光緒三十三年）云：

> 《玉楳後詞》者，甲龍仲如，玉楳詞人後遊蘇州作也。是歲四月自常州之揚州，晤半唐於東關街儀董學堂。半唐謂余是詞淫豔，不可刻也。夫豔，何責焉？淫，古意也。《三百篇》褋鼎淫，孔子奚取焉？雖然，半唐之言甚恧我也。

按：『甲龍仲如』爲光緒三十年。是集所收爲況周頤客遊蘇州、杭州、常州時所作的一組豔情詞，其中多爲所納妾桐娟所作。《蕙風詞史》云：

> 先生漸遊廣州，回臨桂，再出，由杭而蘇，於蘇納桐娟，始回京師。桐娟妍麗而不祿，《玉梅》一卷，大抵爲桐娟詠，其署玉梅詞人，亦自此始，故卷中特多豔詞。然先生斯時造詣益進，故於豔詞亦能悟『重』、『拙』、『大』之旨，爲他人所未易。

《玉梅後詞》十餘闋，則豔詞之成於蘇、杭、常州者也。維時先生雖流離江海，而朋友文字之樂不減疇昔，故詞境又趨於側豔一流。然有絕重，絕拙，絕大處，則非作豔詞者所可望其肩背矣。

即使是豔情之作，只要是情真、景真、言真，給人以自然真摯之感即可，這也是況周頤『重』、『拙』、『大』的理念主張的體現。其《二雲詞》自識云：

《薆景詞》刻於戊戌夏秋間，距今十六年。中間刻《玉梅後詞》十數闋，坿筆記別行，謂涉淫豔，爲傖父所訶，自是斷手，間有所作，輒復棄去，亦不足存也。

又《蕙風詞史》云：『《玉梅後詞》成，文叔問嘗竊議之，先生大不悅，其於詞跋有云「爲傖父所訶」，蓋指叔問。』文叔問，指鄭文焯，同爲清季四大詞人之一，況、鄭交惡，也是緣此。

對於早年所作的豔情詞，雖有王鵬運、鄭文焯等非議，況周頤不以爲然，就在於其作品的『真』，是真情實意的表達，是創作理念的自然真實體現。

其《存悔詞》原本收詞五十餘首，爲年少時習作，多惕春怨秋、別愁離恨，不乏游戲之作，其後作者又作了刪改，後印本僅留十二首。『凡此《存悔》之作，均在二十歲前，已復如此，可知慧心至性，有所通於數十年以後之境界，誠匪夷所思矣。』（《蕙風詞史》）雖爲年少豔情之作，除游戲筆墨之作外，其他與晚年所持『重、拙、大』的理念並不相佐。如關於《臨江仙》『淺笑輕顰情約略』一闋本事，《蕙風詞史》云況周頤居粵西，有顯宦楊氏驚異其才識之美，欲以女孫議婚，後因故，別娶於趙，『然此後偶過署園，流連光景，輒多追憶，遂賦此詞』，蓋況氏早慧，又深於情者，品味其詞，花紅柳綠，月下燈前，真情流露奔放，難以抑制。至於游戲之筆，本乏真情實意，後有刪除之舉，知還是有所觸動的。蔡嵩雲《柯亭詞論》云：

蕙風詞，才情藻麗，思致淵深。小令得淮海、小山之神，慢詞出入片玉、梅溪、白石、玉田間。吐屬雋妙，爲晚清諸家所僅有。然以好作聰明語，有時不免微傷氣格。少作以側豔勝，中年以後漸變爲深醇。論慢詞，標出重、大、拙三字境界，可謂目光如炬。其《蕙風詞話》五卷，論詞多具卓識，發前人所未發。

説明了況周頤早年與晚年詞作的不同。縱覽況周頤詞，以自然意趣爲主，多柔情密意，雖然豔情之習難洗，但婉約流暢，『多性靈語』，卻是貫穿其創作的始終。

（五）話聲律

詞是屬於配合音樂而演唱的一種文體，涉及平仄、用韻、選字、對偶等，爲初學者所必需。《餐櫻詞》自序云：

夫聲律與體格竝重也，余詞廑能平側無誤，或某調某句有一定之四聲，昔人名作皆然，則亦謹守弗失而已，未能一聲一字剖析無遺，如方千里之和清真也。如是者廿餘年。壬子已還，辟地滬上，與漚尹以詞相切磋。漚尹守律綦嚴，余亦恍然嚮者之失，斷斷不敢自放。《餐櫻》一集，除尋常三數孰調外，悉根據宋、元舊譜，四聲相依，一字不易，其得力於漚尹，與得力於半唐同。人不可無良師友，不信然歟？

壬子（民國元年），況周頤退居上海，與朱祖謀相往來，切磋研磨，知詞之聲律之重要性。《蕙風詞話》卷五云：

明鄒貫衡樞《十美詞紀》梁昭小傳云：『昭動口簫管，稍低於肉。聽之若只知有肉，不知有簫管也者。而簫管精蘊，暗行於肉之中。偷聲換字，令聽者魂消意盡。』此數語精絶。簫管精蘊，暗行肉中，偷聲換字，卽在其中。聲律之微，可由此悟入。如或問宮調之説，舉此答之，足矣。蓋至此，宮律斷無不合；非合宮律，亦斷不足語此。能知其神明變化之故，則思過半矣。今日而談宮調，已與絶學無殊。古之知音如白石、紫霞諸賢，何惜舉例陳義，明白朗鬯，以詔示後人。有非言語所能形容，卽言之未易詳盡，其委折難期聞者之領會，因而姑置勿論耳。後之知音不能起前賢，爲之印證，尤不敢自信自言之。

同理，作爲合樂的一種文體，在聲律方面，每首詞都有著自己的基本格式，在演唱過程中，隨不同的場景，能偷聲換字，隨機應變，纔有可能達到最佳的視聽效果。律呂宮調，隨著歷史的變遷而變化著，其間又有著地域性的差異，以古通今，并非易事。填詞卽是如此，聲律是基礎，爲入門之學。這在《況周頤批點陳蒙庵填詞月課》中可知一二，如：

《夢芙蓉・題張紅橋研象拓本》『紅橋留韻事』批云：前段『幾』字、『賸』，後段『應』字、『耶』字、『羨』字，平仄均誤。又：『曭』字，平仄誤。

《珍珠簾・奈加瀑布》『桂流噴壑呈奇趣』：第二句與《詞律》所據夢窗、玉田、六一三體均不合。又：『勢』字入第三部，不與第四部叶。『過從』之『過』，平聲。此二字，平仄誤。（以上『癸亥九月第二課』）

《浣溪沙・憶桃華》『含笑臨春歎翠堤』：『前』字，不應平聲。又：誤落『嘶』字。又旁批：『懸知惆悵』四字，應仄仄平平。（以上『甲子正月第二課』）

詞因其音樂性，原本屬於活體文學樣式，隨著時代變遷，唐五代宋詞樂譜多已失傳，即使少數流存下來的，其原始唱法也不可知。而唐五代宋人詞的平仄用韻等卻成了後世填詞者應遵循的法則。況周頤也不例外，填詞『悉根據宋、元舊譜，四聲相依，一字不易』，謹守成規，爲世人所認同。

（六）詞史觀

況周頤論詞，談作家作品的比重較大，上自唐五代，下迄民國。由此也可窺見況周頤詞史觀之一斑。如《蕙風詞話》五卷，除首卷外，其餘四卷，則是以論歷代詞人及作品爲主。至於《歷代詞人考略》之按語部分等，論唐五代至金元作家作品，也是屬於這一類。

論唐代，則云：

唐賢爲詞往往麗而不流，與其詩不甚相遠。劉夢得《憶江南》云：『春去也，多謝洛城人。弱柳從風疑舉袂，叢蘭裛露似霑巾。獨坐亦含顰。』流麗之筆，下開北宋子野、少游一派。唯其出自唐音，故能流而不靡，所謂風流高格調，其在斯乎？（《蕙風詞話》卷二）

所謂流麗，是指行文的自然流暢，華美富豔，但不是靡麗低俗，這是底綫，是儒家詩學雅正觀的反映。

论五代，則云：

唐五代詞並不易學，五代詞尤不必學，何也？五代詞人丁運會，遷流至極，燕酣成風，藻麗相尚。其所爲詞，卽能沈至，衹在詞中；豔而有骨，衹是豔骨。學之能造其域，未爲斯道增重，矧徒得其似乎？其錚錚佼佼者，如李重光之性靈，韋端己之風度，馮正中之堂廡，豈操觚之士能方其

萬一？（《蕙風詞話》卷一）

詞肇始於隋唐，屬於初創，尚未定型。至五代，朝代更迭頻繁，朝不保夕，人生苦短，流連光景，醉生夢死，詞成爲助興的主要工具。雖然詞藻華美流麗，情感卻沈厚深切。後人學其造語藻麗不難，能體現沈至的情感卻不易，時代不同使然。

論宋人，則云：

有宋熙、豐間，詞學稱極盛。蘇長公提倡風雅，爲一代山斗，黄山谷、秦少游、晁無咎，皆長公之客也。山谷、無咎皆工倚聲，體格於長公爲近。唯少游自闢蹊徑，卓然名家，蓋其天分高，故能抽祕騁妍於尋常濡染之外，而其所以契合長公者獨深。（《蕙風詞話》卷二，又《歷代詞人考略》卷十三『秦觀』）

北宋中期，蘇軾在詞的創作和詞學理念上的另類表現，引人注目，反傳統的意識比較强烈。所謂『提倡風雅』，就詞的創作而言，是爲了推尊詞體，這是鍼對以俚俗見長的柳永詞而言的。蘇軾的做法，對蘇門弟子們或多或少都有著影响，成爲當時詞壇的風向標。就詞的創作而言，秦觀詞是以言情見長的，雖然是言情，但與柳永在寫法上是不盡相同的。如果說早期的詞作，黄庭堅、秦觀等還是以俗豔見稱，到了後期，有了改變，就是多了幾分雅正的因子，況周頤云『契合長公者獨深』，應該是鍼對這一點來說的。至於南宋詞壇雅詞觀的盛行，是蘇軾等人推尊詞體理念進一步張揚的結果。

論元人，則云：

詞衰於元，當時名人詞論，卽亦未臻上乘。如陸輔之《詞旨》所謂警句，往往抉擇不精，適足啓晚近纖妍之習。（《蕙風詞話》卷二）

元代曲盛詞衰，這是詞之雅化的結果，雅化到了極至，詞之自然天成的意味也就蕩然無存了。陸輔之《詞旨》一書摘錄大量的屬對、警句、詞眼等，多屬琱琢精工的句子，片面地强調這些，就會有傷於詞作的渾成。

論遼金，則云：

遼之於五季，猶金之於北宋也。雅聲遠姚，宜非疆域所能限。其後遼穆宗應歷十年，當宋太祖建隆元年；天祚帝天慶五年，當金太祖收國元年。西遼之亡，於宋爲寧宗嘉泰元年，得二百四十二年；於金爲章宗泰和元年，得八十七年。當此如干年間，宋固詞學極盛，金亦詞人輩出，遼獨闃如，欲求殘闋斷句，亦不可得。（《蕙風詞話》卷三）

詞學方面，遼不足論，而金卻是頗有成就的。

論明清詞，則云：

世譏明詞纖靡傷格，未爲允協之論。明詞專家少，粗淺蕪率之失多，誠不足當宋、元之續。唯是纖靡傷格，若祝希哲、湯義仍、義仍工曲，詞則敝甚。施子野輩，僂指不過數家，何至爲全體詬病？洎乎晚季，夏節愍、陳忠裕、彭茗齋、王薑齋諸賢，含婀娜於剛健，有風騷之遺則，庶幾纖靡者之藥石矣。國初曾王孫、聶先輯《百名家詞》，多沈著濃厚之作，明賢之流風餘韻猶有存者。詞格纖靡，實始於康熙中，《倚聲》一集，有以啓之。集中所録小慧側豔之詞，十居八九，王阮亭、鄒程邨同操選政，程邨實主之，引阮亭爲重云爾。而爲當代鉅公，遂足轉移風氣。世知阮亭論詩以神韻爲宗，明清之間，詩格爲之一變。而詞格之變，亦自託阮亭之名始，則罕知之，而執明人爲之任咎，詎不

誣乎？（《蕙風詞話》卷五）

明詞不振，以擬古爲目的的詩文創作主導著文壇，宋人詩文遭到貶抑，詞自然也被牽連其中，明人詞的創作處於低谷。明清之際，詞的中興局面出現，朝代的更替，家國之變，民族之痛，其間『多沈著濃厚之作』。《詞學講義》云：

詞學權輿於開、天盛時，寖盛於晚唐五季，盛於宋，極盛於南宋。至元大德之世，未墜南渡風格……洎元中葉，曲學代興，詞體稍稍敝矣。明詞專家少，粗淺蕪率之失多，誠不足當宋、元之續，時則有若劉文成基、夏文愍言，風雅絕續之交，庶幾庸中佼佼。爰及末季，若陳忠裕子龍、夏節愍完淳，彭茗齋孫貽、王薑齋夫之，詞不必增重其人，亦不必以人增重，含婀娜於剛健，有《風》、《騷》之遺音。昔人謂詞絕於明，詎持平之論耶？

爲明人詞抱屈，不多見。入清以來，詞之選政頗盛，借此宣揚詞學理念，各持己見。如周銘《松陵絕妙詞選》、卓回《古今詞彙》、顧貞觀與納蘭性德《今詞初集》、朱彝尊《詞綜》、陳維崧等《今詞苑》和《今詞選》、蔣景祁《瑤華集》、傅燮詷《詞覯》、沈時棟《古今詞選》、曹爾堪等《秋水軒唱和詞》、張淵懿與田茂遇《清平初選後集》、王士祿《廣陵倡和詞》、程大戴《梁園倡和詞》、王晫《千秋倡和詞》、侯晰《梁溪詞選》、陸進《西陵詞選》、戈元穎《柳州詞選》等，所選或通代，或斷代，或爲社團同人唱和作品的彙輯。鄒祗謨和王士禛《倚聲初集》卽是其中之一。王士禛（一六三四—一七一一），字貽上，號阮亭、漁洋山人等。康熙時主盟詩壇，提倡神韻說。青年時期撰《花草蒙拾》，爲讀《花間集》和《草堂詩餘》隨感筆記。其時與鄒氏所編《倚聲初集》，凡二十卷前編四卷，前編四卷所錄爲詞話等，正文選四百餘家近一千九百多首詞〔二〕，計小令十卷、中調四卷、長調六卷，其中選錄的小令多達一千一百多首，成爲清初重要的選本之一。況周頤云《倚聲初集》『錄小慧側豔之詞，十居八九』，小慧側豔，即流於矯情與不純、浮華與纖靡，這與重、拙、大是相違的。《詞學講義》云：『清朝人詞斷自康熙中葉不必看，尤不宜看。看之未必獲益，一中其病，便不可醫也。且亦無暇看。』也當是鍼對這方面而言的。既要流美，又不能浮靡；既要純樸，又不能矯情。自然大方，並不排斥華美，只要不庸俗就行了。

以上主要從六個方面，對況周頤的詞學理念與思想主張進行了介紹，以見其豐富多彩處。一九三四年四月《詞學季刊》第一卷第四號載龍沐勛《研究詞學之商榷》之二『批評之學』云：

近人況周頤著《蕙風詞話》、王國維著《人間詞話》，庶幾專門批評之學矣。而王書早出，未爲精審，晚年亦頗自悔少作。張孟劬先生說。況氏歷數自唐以來，下迄清代諸家之詞，抉摘幽隱，言多允當。自有詞話以來，殆無出其右者。

譽之不謂不高。不過一九四二年六月十五日《同聲月刊》第二卷第六號載龍沐勛《陳海綃先生之詞學》之二『海綃先生之詞學』云：『況氏《蕙風詞話》之作，彊邨先生譽爲前無古人，其書雖究極精微，而亦頗傷破碎。』似又謂其系統性方面有欠缺。又一九三五年十一月五日《人間世》第三十九期載龍峨

〔二〕此據《續修四庫全書》影印清順治年間刊本所收統計，《倚聲集》又有增修本，家數及詞作有增加，參見閔丰《清初清詞選本考論》第二章，上海古籍出版社二〇〇八年出版。

精靈《觀堂別傳》云：『學術方面：考據學當然有高深的造詣，詞章方面用馮、李、納蘭的清麗救況蕙風派堆砌。』對況周頤、王國維二人詞學理論的得失各執一見。對此，王水照也有較深入的辨析，指出況周頤與王國維是清末民初兩位最重要的詞論家，《蕙風詞話》和《人間詞話》分別被界定爲終結過去與導示未來的詞論著作。而況周頤『重、拙、大』說，因其背後關聯著一個若隱若現的詞學流派（姑且名之曰金陵—臨桂詞派），此派的共同詞學宗旨，大要在『立意』與『守律』兩方面，而『重、拙、大』是『立意』的核心內容，涉及詞境、詞心、詞法等一系列命題，況氏理論更多的是體現了中國傳統學術的特質，可參看〔二〕。

〔二〕詳見王水照《況周頤與王國維：不同的審美範式》，《文學遺產》二〇〇八年第二期。

凡例

一、本書全面輯録今存況周頤所撰各類著作，包括专集、報刊連載而後人未彙編者。本書分詞集編（收録詞集十四種，附集外詞輯録）、詩文編（收録詩文集三種，附集外詩輯録、集外文輯録）、詞學編（詞話、詞學研究著作二十二種）、詞選編（三種）、詞評編（十種）、筆記編（十八種）、附録。正文收録七十三種，二百八卷。

況周頤詩詞文散見頗多，本編予以輯録彙編，分列集外詞輯録、集外詩輯録、集外文輯録。

況周頤傳記等方面的資料（包括生平資料、詞學專論、酬唱題詠、報刊詞林嘉話、序跋、詞話、詩話、書目、日記、信札），酌情擇較重要者彙輯，置於附録卷。

《澹如軒詩》一卷，爲況周頤祖母朱鎮詩集，況周頤收入《蕙風叢書》中，本編依此收録，附置於詩文卷。

二、收録各集，于各部分首頁說明版本及其整理情況。

況周頤詞集、詞話等著作，因刊印年代前後的不同，有所删並或增減，彼此間互有出入。即使是書名相同者，如《第一生修梅花館詞》所收凡九種，其中有《蕙風詞》、《存悔詞》，分别收詞二十首和十二首，而又有另行刊本《蕙風詞》（二卷）、《存悔詞》，分别收詞一百二十三首和六十三首，名同而實不同，則分別收録，不作合並，以存原貌。

報刊連載的，原本散漫，爲便於閲讀和核對，收入本編時，則予以分卷。除個别外，分卷的原則是：凡採自刊物的，則每期作一卷；凡採自報紙的，則每月合並作一卷。在卷次下註明報刊名。依時間先後排列，並注明登載日期。

況周頤編著文字，存在重複見載於不同集子或報刊的情況，一般各存其真，個别地方（尤其是詩詞）採取存目互見的辦法。

三、所收況周頤諸書，凡有兩種或以上版本的，則予以彙校。至於只有一種版本的，遇有訛誤字等，則採用本校、他校、理校等方式處理。

四、原書多喜歡用古體字，一般不作改動。至於個别字，如『第』作『弟』、『繼』作『繼』、『懷』作『褱』、『晴』作『姓』、『鶴』作『隺』、『聽』作『珵』等，則酌情徑改作現行規範的繁字體。而如烏鴉之『鴉』作『雅』、押韻之『韻』作『均』之類的字，一般不作改動。

五、況周頤搜羅資料極其廣泛，各集文字引述較多，引文層次較複雜，爲方便閲讀理解，且考慮到古人引文非完全照録原文，故對於引文酌情加引號，以求層次更爲明晰。涉及相同段落，因不同人士或不同地方引用，文字或標點容或不同，一般仍保留原貌。

目次

第一冊

前言……一
凡例……一

詞集編十五種

第一生修梅花館詞九種

題辭
齊天樂(寂寥南宋諸公去)……端木埰 三
前調(綵毫香浣銀河水)……端木埰 三
滿庭芳(勤學如君)……端木埰 四
霓裳中序第一(寥天度唳鶴)……許玉瑑 四
新鶯詞
過秦樓(鶯外霞明)……五
減字浣溪沙(祇爲愁多夢不成)……五
南浦(南浦黯銷魂)……六
齊天樂(已涼天氣尋幽好)……六
前調(沈郎已自拚顦顇)……六
紅情(漫疑春色)……七
綠意(浣秋更潔)……七
減字浣溪沙(畫裏前遊夢裏尋)……八
金縷曲(香露紅薇盥)……八
百字令(吟詩戴笠)……九
南浦(幽路入花天)……九
和作(閒唱惜紅衣)……許玉瑑 一〇
又(踏倦六街塵)……王鵬運 一〇
臨江仙(正是撩人天氣也)……一一
江南好(南湖好)……一一

綠意（露痕玉泫）……………………………一一
同作（碧雲規月）……………………王鵬運 一二
金縷曲（酒向旗亭買）………………………一二
和作（落花塵巾岸）…………………王鵬運 一三
鶯啼序（城陰萬絲瘦柳）……………………一三
十六字令（誰）………………………………一四
齊天樂（我朝詞學空前代）…………………一四
臨江仙（東閣官梅春事早）…………………一五
元作（爆竹聲中催改歲）……………王鵬運 一五
滿江紅（料峭餘寒）…………………………一五
元作（春雨連朝）……………………朱依程 一六
念奴嬌（長卿遊倦）…………………………一六
元作（涉江路遠）……………………朱依真 一七

玉梅詞

買陂塘（對雲山）……………………………一九
南浦（金粉舊湖山）…………………………一九
壽樓春（遲南枝春芳）………………………二〇
高陽臺（舊苑鴉寒）…………………………二〇
永遇樂（慘碧山塘）…………………………二一
憶舊遊（記垂鞭喚酒）………………………二一
法曲獻仙音（殘月闕尊）……………………二二
減字浣溪沙（綵勝釵頭故故斜）……………二二
早梅芳近（海棠春）…………………………二三
鎖窗寒（對酒相思）…………………………二三
壽樓春（紉湘蘭情芳）………………………二四
元作（招箏船羣芳）…………………易順鼎 二四
喜遷鶯（亭皋愁暮）…………………………二五

題辭

金縷曲（聽雨愁孤館）………………于式枚 二六

錦錢詞

減字浣溪沙（重到長安景不殊）……………二七

鳳棲梧（記得天涯揮手去）……二七
南浦（芳草閉門深）……二八
菩薩蠻（五更才得朦朧睡）……二八
青山溼遍（空山獨立）……二八
思越人（苦恨花枝照酒杯）……二九
壽樓春（登陶然孤亭）……二九
浣溪沙（四壁琳琅好護持）……三〇
玉漏遲（地嚴官事少）……三〇
減字浣溪沙（茂苑花枝不可尋）……三〇
前調（南渡風流少替人）……三一
減字木蘭花（風狂雨横）……三一
鷓鴣天（十樣山眉畫不如）……三一
坿半唐自題（左右風懷老漸疏）……王鵬運　三二
齊天樂（夕陽時節寒螿急）……三二
減字浣溪沙（物外烟霞秀可餐）……三二
百字令（泣殘鵑血）……三三
玲瓏四犯（秋色横空）……三三
石州慢（棐几分燈）……三四
瑞鶴仙（鳳城慳舊雨）……三四
望海潮（浮生塵海）……三四
穆護砂（七百餘年矣）……三五
蘇武慢（愁入雲遙）……三五
寶鼎現（鸞箋香舊）……三六
減字浣溪沙（綠鬢還堪照酒卮）……三六

蕙風詞

金縷曲（風葉鳴窗竹）……三七
蝶戀花（西北雲高連睥睨）……三七
燭影搖紅（夜話高齋）……三八
春從天上來（匝地春雷）……三八
祝英臺近（苣同心）……三九
摸魚兒（正良宵）……三九
前調（古牆陰）……四〇
唐多令（已誤百年期）……四〇

水龍吟（雪中過了花朝）……四一
南浦（春事底忩忩）……四一
壽樓春（嗟春來何遲）……四二
減字浣溪沙（風壓榆錢貼地飛）……四二
水龍吟（聲聲只在街南）……四三
東風第一枝（絮外蜂柔）……四三
大酺（倩曲屏遮）……四四
三姝媚（唬鵑聲自苦）……四四
采綠吟（勝日愁中度）……四五
鶯啼序（庭槐乍孳翠葆）……四五
甘草子（烟暮）……四六
祝英臺近（撫清琴）……四六
蔆景詞
自記……況周頤　四七
齊天樂（月明也恁傷心色）……四九
憶舊遊（記衡寒側帽）……四九
石州慢（落日凭闌）……五〇
蝶戀花（門揜殘春風又雨）……五〇
高陽臺（畫裏移家）……五〇
元作（捫蝨譚雄）……徐　穆　五一
同作（荃怨耽吟）……張丙炎　五一
鶯啼序（湖天聽鸝載酒）……五二
元作（篷窗一宵漚夢醒）……徐　穆　五三
高陽臺（淺夢迷香）……五三
金縷曲（夜氣重簾靜）……五四
鶯啼序（湖山舊盟未冷）……五四
減字浣溪沙（三度停橈燕子磯）……五五
摸魚子（黯離魂）……五五
鶯啼序（園林乍消積玉）……五六
金縷曲（莫惜芳尊酒）……五六
角招（舊盟誤）……五七
醉吟商小品（謾問訊）……五七

玉梅令（紛紛雪片）……五八
壽樓春（《臨江仙》聯吟）……五八
花心動（替月圓姿）……五八
燭影搖紅（簾幕誰家）……五九
醉桃源（隔鄰簫鼓送春聲）……五九
點絳唇（風雪孤吟）……六〇
戀繡衾（春明回首惜夢華）……六〇
遶佛閣（梵鐘頓杳）……六〇
壽樓春（難爲兄僧彌）……六一
極相思（輭紅回首巢痕）……六一
六么花十八（澹濃競標格）……六二
殢人嬌（豔早蜂疑）……六二
金縷曲（蘭夕仍三五）……六三

二雲詞

自題……況周頤　六五
鶯啼序（江南舊時月色）……六七
綺寮怨（畫裏樓臺如夢）……六八
握金釵（鐵篴倚層樓）……六八
蝶戀花（柳外輕寒花外雨）……六九
買陂塘（又悤悤）……六九
高陽臺（春女花身）……七〇
絳都春（江山畫裏）……七〇
霜花腴（翦淞不斷）……七一
蘭陵王（輭塵隔）……七一
鳳凰臺上憶吹簫（別殿春雷）……七二
壽樓春（無題詩銷魂）……七三
臨江仙（老去相如猶作客）……七三
其二（一桁湘簾塵不到）……七四
其三（約略琵琶商婦怨）……七四
其四（楊柳樓臺花世界）……七四
其五（往事秦淮流不盡）……七四
其六（畫舫重溫羅綺夢）……七五

其七（西北樓高雲海闊）……七五
其八（危坐促絃絃轉急）……七五
滿庭芳（簾押寒輕）……七六
買陂塘（又銷殘）……七六
紅林檎近（重幕留香霧）……七七
玉樓春（金猊香冷羅衣薄）……七七
燕歸梁（忍爲留香促下簾）……七八
減字浣溪沙（嗁鳩嗁鵑不忍聞）……七八
前調（紅瘦何因怨綠肥）……七八
前調（玦絕環連兩不勝）……七九
其二（翠袖單寒亦自傷）……七九
前調（莫遣春風上海棠）……七九
瑞龍吟（滄洲路）……八〇
最高樓（風又雨）……八〇
婆羅門引（迦隆喚徹）……八一
解蹀躞（十里珠簾齊捲）……八一
踏青遊（評泊尋芳）……八二
南浦（澹沱越娉婷）……八二
綠意（薄陰媚夕）……八三
前調（芸黏麝裛）……八三
意難忘（烟柳昏黄）……八四
沁園春（東都妙姬）……八五
玉樓春（雕鎪翡翠成香玉）……八五
同作（春波照影亭亭立）……卜娱 八六
月華清（詩筆楊傳）……八六
四字令（石家侍兒）……八七
珍珠簾（寥回春去聞嗁宇）……八七
紫玉簫（流水凝眸）……八八

餐櫻詞

餐櫻詞自序……況周頤 八九
餐櫻詞題詞
還京樂（倦裏抱）……朱孝臧 九〇

鶯啼序（吳雲澹搖瘦影）……九一
燭影搖紅（問訊梅花）……九二
高陽臺（網戶斜曛）……九二
花犯（數芳期）……九三
減字浣溪沙（爛漫枝頭見八重）……九三
其二（萬里移春海亦香）……九四
其三（不分羣芳首盡低）……九四
其四（何止神州無此花）……九四
其五（畫省三休竚玉珂）……九四
其六（舜水祠堂璨雪霞）……九五
其七（何處樓臺罨畫中）……九五
其八（且駐尋春油壁車）……九五
其九（翦綠裁紅十四詞）……九五
還京樂（坐蒼翠）……九六
清平樂（詞仙去後）……九六
定風波（未問蘭因已惘然）……九七
玉團兒（酥搓膩粉瓊瑩質）……九七
戚氏（倚珍叢）……九八
小重山（何止相逢非故鄉）……九八
繞佛閣（漱蘭九畹）……九九
八歸（吳霜鬢點）……九九
眉嫵（悵湘花紈影）……一〇〇
隔浦蓮近（蘅皋不度佩響）……一〇〇
品令（倦遊心眼）……一〇一
垂絲釣近（地偏樹古）……一〇一
減字浣溪沙（逃墨翻教突不黔）……一〇二
前調（小立虛廊忽聽蟲）……一〇二
丹鳳吟（按謚《樵歌》商羽）……一〇二
秋宵吟（減山藏）……一〇三
玉京謠（玉映傷心稿）……一〇三
風入松（北來征鴈帶魂銷）……一〇四
前調（故宮風雨咽龍吟）……一〇四
前調（蒼官擁仗鳳鸞鳴）……一〇五
其二（層樓倚翠萬松巔）……一〇六

戀繡衾（鸚簾絲雨茉莉香）……一〇六
西江月（寱裏十年影事）……一〇七
鷓鴣天（苦恨疏鐘送夕暉）……一〇七
解連環（露香金粟）……一〇七
夜飛鵲（金波曖斜）……漚尹 一〇八
定風波（百寶闌邊蜂蝶忙）……一〇八
多麗（碎秋心）……一〇九
霜花腴（撰幽載榼）……一〇九
紫萸香慢（凭危闌）……一一〇
最高樓（風和雨）……一一〇
鷓鴣天（如寱如烟憶舊遊）……一一一
浪淘沙（猶有傲霜枝）……一一一
徵招（清琴各自憐孤倚）……一一一
鷓鴣天（老向書叢作蠹魚）……一一二
𤫩瓏玉（無恙危闌）……一一三
南鄉子（秋士慣疏蕭）……一一三
曲玉管（兩槳春柔）……一一四
醉翁操（嬋媛）……一一四
前調（淒然）……一一五
前調（樞星）……一一五
聲聲慢（縈愁香篆）……一一六
浣溪沙（身世滄波夕照邊）……一一六
千秋歲引（玉宇瓊樓）……一一七

菊寱詞

鷓鴣天（錦障濃香一寱中）……一一九
金縷曲（天也因人熱）……一一九
石湖仙（涼陰分柳）……一二〇
定風波（淨洗塵氛一雨涼）……一二〇
玉燭新（光陰簪菊近）……一二〇
鷓鴣天（推枕休言好寱無）……一二一
傾杯（清瘦秋山）……一二一
洞仙歌（一霎閒緣借）……一二二
紫萸香慢（又悤悤）……一二二

玉京謠（絶代姿天與）……一二三
金人捧露盤（恁娉婷）……一二三
被花惱（商飆驀起斂炎威）……一二四
竹馬子（憑花掩）……一二四
滿路花（蟲邊安枕簟）……一二五
塞翁吟（有約無風雨）……一二五
蕙蘭芳引（歌扇舞衣）……一二六
八聲甘州（向天涯絲管已難聽）……一二六
西子妝（蛾藥顰深）……一二七
減字浣溪沙（解道傷心《片玉詞》）……一二七
其二（惜起殘紅淚滿衣）……一二八
其三（蜂蝶無情刻地飛）……一二八
其四（儂亦三生杜牧之）……一二八
其五（帶月霑霜信馬歸）……一二八
前調（仿佛停琴佇月時）……一二九
鶯啼序（聞歌向來易感）……一二九
前調（音塵畫中未遠）……一三〇
百字令（仙樣瀛海）……一三一
六州歌頭（飛蓬兩鬢）……一三二
浣溪沙（辛苦回鐙憶寱時）……一三三
金縷曲（此事關襟袌）……一三三

存悔詞

存悔詞自識……況周頤 一三五
醉春風（香孏金猊噴）……一三七
金縷曲（秋也拋人去）……一三七
花發沁園春（薄煗輕寒）……一三八
減字浣溪沙（如水清涼沁碧衫）……一三九
踏莎行（錦瑟年華）……一三九
如夢令（睡起寒窗獨坐）……一四〇
臨江仙（淺笑輕顰情約略）……一四〇
羅敷媚（芳期嫩約年時誤）……一四〇
鷓鴣天（一抹芳痕上碧紗）……一四一
水調歌頭（擁被不聽雨）……一四一

江南好（憐花瘦）……一四二
前調（娉婷甚）……一四二

玉棋後詞

自識……況周頤 一四五
減字浣溪沙（點檢春蠶盡後絲）……一四七
其二（秀靨迴眸見海棠）……一四七
其三（拋卻無端恨轉長）……一四七
其四（鐵撥雲璈不可聽）……一四八
玲瓏四犯（碧悄岸雲）……一四八
徵招（梨雲不度瓊窗影）……一四八
臨江仙（記得當車誰玉立）……一四九
其二（記得西樓長竚立）……一四九
其三（記得樓臺歌舞夜）……一四九
其四（記得鬟雲香覆額）……一四九
其五（記得瓊窗風不度）……一五〇
其六（記得嬌嗤吳語澀）……一五〇
其七（記得象牙花鏡子）……一五〇
其八（記得江皋無那別）……一五〇
淡黃柳（紅樓一角）……一五一
側犯（病懷倦理）……一五一
琵琶仙（絲雨慳晴）……一五一
長亭怨慢（甚容易）……一五二
減字浣溪沙（蚤是從來少睡人）……一五二
其二（夾岸垂楊罨畫溪）……一五二

秀道人修梅清課

修梅清課序……孫德謙 一五五
題詞……寐叟 一五六
滿路花（蟲邊安枕簟）（存目，見《第一生修梅花館詞》本《菊瘦詞》）……一五七
塞翁吟（有約無風雨）（存目，見《第一生修梅花館詞》本《菊瘦詞》）……一五七
蕙蘭芳引（歌扇舞衣）（存目，見《第一生修

梅花館詞》本《菊癯詞》）……………………………………一五七
八聲甘州（向天涯絲管已難聽）（存目，見
《第一生修梅花館詞》本《菊癯詞》）……………………一五八
西子妝（蛾蘂顰深）（存目，見《第一生修梅
花館詞》本《菊癯詞》）……………………………………一五八
減字浣溪沙（解道傷心《片玉詞》）（存目，
見《第一生修梅花館詞》本《菊癯詞》）…………………一五八
其二（惜起殘紅淚滿衣）（存目，
見《第一生修梅花館詞》本《菊癯詞》）………………一五八
其三（蜂蝶無情刻地飛）（存目，
見《第一生修梅花館詞》本《菊癯詞》）………………一五九
其四（儂亦三生杜牧之）（存目，
見《第一生修梅花館詞》本《菊癯詞》）………………一五九
其五（帶月霑霜信馬歸）（存目，
見《第一生修梅花館詞》本《菊癯詞》）………………一五九
鶯啼序（聞歌向來易感）（存目，見《第一
生修梅花館詞》本《菊癯詞》）……………………………一五九
清平樂（彩雲吹墜）……………………………………………一六〇
其二（玉容依舊）………………………………………………一六〇
其三（鳳樓十二）………………………………………………一六〇
其四（一聲檀板）………………………………………………一六〇
其五（天然名貴）………………………………………………一六一
其六（國香服媚）………………………………………………一六一
其七（絃繁管急）………………………………………………一六一
其八（散花大女）………………………………………………一六一
其九（新妝宜面）………………………………………………一六二
其十（惜花心事）………………………………………………一六二
其十一（鳳飢鶴瘦）……………………………………………一六二
其十二（雲飄萬里）……………………………………………一六二
其十三（珠聲玉笑）……………………………………………一六三
其十四（憐花念慈）……………………………………………一六三
其十五（翩翩裙屐）……………………………………………一六三
其十六（芙蓉妒頰）……………………………………………一六三
其十七（消魂一字）……………………………………………一六四
其十八（十年萍泊）……………………………………………一六四

其十九（人生離合）……一六四
其二十（紅箋怨闋）……一六四
其二十一（春光如此）……一六五
前調（名花傾國）……一六五
西江月（春色柳遮花映）……一六五
其二（影事三生記省）……一六六
其三（可奈瑤笙催徹）……一六六
其四（纔是舞餘歌罷）……一六六
其五（酒畔從教竝影）……一六六
其六（海國濃春灩灩）……一六七
其七（佳士襟情朗潤）……一六七
其八（月地雲階縹渺）……一六七
其九（綵筆唬朱怨粉）……一六七
其十（慧業一門今昔）……一六八
其十一（仙子雲端綽約）……一六八
戚氏（佇飛鸞）……一六九
十六字令（梅）……一七〇
其二（蘭）……一七〇
其三（芳）……一七〇
鷓鴣天（脆管簾櫳捲暮霞）……一七〇
五福降中天（絳紗誰爲持觴祝）……一七一
浣溪沙（夢入羅浮卽會真）……一七一
前題（清課修梅五十詞）……一七二
坿錄
清平樂（玉郎眉宇）……一七二
二絕句爲玉芙作（存目，見集外詩輯錄）……一七三

蕙風詞

蕙風詞卷上

齊天樂（沈郎已自拚鬢頳）（存目，見《新鶯詞》）……一七七
南浦（幽路入花天）（存目，見《新鶯詞》）……一七七
臨江仙（正是撩人天氣也）（存目，見

《新鶯詞》)……一七七
鶯啼序(輕陰半湖翠罨)(存目,見《新鶯詞》)……一七八
念奴嬌(長卿遊倦)(存目,見《新鶯詞》)……一七八
高陽臺(舊苑鴉寒)(存目,見《玉梅詞》)……一七八
永遇樂(慘碧山塘)(存目,見《玉梅詞》)……一七八
法曲獻仙音(殘月闕尊)(存目,見《玉梅詞》)……一七九
減字浣溪沙(綵勝釵頭故故斜)(存目,見《玉梅詞》)……一七九
早梅芳近(海棠春)(存目,見《玉梅詞》)……一七九
減字浣溪沙(重到長安景不殊)(存目,見《錦錢詞》)……一七九
鳳棲梧(記得天涯揮手去)(存目,見《錦錢詞》)……一八〇
菩薩蠻(五更纔得朦朧睡)(存目,見《錦錢詞》)……一八〇
青山溼徧(空山獨立)(存目,見《錦錢詞》)……一八〇
鷓鴣天(苦恨花枝照酒杯)(存目,見《錦錢詞》)……一八〇
減字木蘭花(風狂雨橫)(存目,見《錦錢詞》)……一八一
蘇武慢(愁入雲遙)(存目,見《錦錢詞》)……一八一
金縷曲(風葉鳴窗竹)(存目,見《第一生修梅花館詞》本《蕙風詞》)……一八一
蝶戀花(西北雲高連睥睨)(存目,見《第一生修梅花館詞》本《蕙風詞》)……一八一
燭影搖紅(夜話高齋)(存目,見《第一生修梅花館詞》本《蕙風詞》)……一八二
摸魚兒(正良宵)(存目,見《第一生修梅花館詞》本《蕙風詞》)……一八二
前調(古牆陰)(存目,見《第一生修梅花館詞》本《蕙風詞》)……一八二
唐多令(已誤百年期)(存目,見《第一生修梅花館詞》本《蕙風詞》)……一八二
水龍吟(雪中過了花朝)(存目,見《第一生修梅花館詞》本《蕙風詞》)……一八三

壽樓春（嗟春來何遲）（存目，見《第一生修梅花館詞》本《蕙風詞》） …… 一八三
減字浣溪沙（風壓榆錢貼地飛）（存目，見《第一生修梅花館詞》本《蕙風詞》） …… 一八三
水龍吟（聲聲只在街南）（存目，見《第一生修梅花館詞》本《蕙風詞》） …… 一八三
祝英臺近（撫清琴）（存目，見《第一生修梅花館詞》本《蕙風詞》） …… 一八四
蝶戀花（門掩殘春風又雨）（存目，見《蔆景詞》） …… 一八四

蕙風詞卷下

握金釵（鐵篴倚層樓）（存目，見《二雲詞》） …… 一八五
蝶戀花（柳外輕寒花外雨）（存目，見《二雲詞》） …… 一八五
摸魚兒（又悤悤）（存目，見《二雲詞》） …… 一八五
臨江仙（老去相如猶作客）（存目，見《二雲詞》） …… 一八六
其二（一桁湘簾塵不到）（存目，見《二雲詞》） …… 一八六
其三（約略琵琶商婦怨）（存目，見《二雲詞》） …… 一八六
其四（楊柳樓臺花世界）（存目，見《二雲詞》） …… 一八六
其五（往事秦淮流不盡）（存目，見《二雲詞》） …… 一八六
其六（畫舫重溫羅綺夢）（存目，見《二雲詞》） …… 一八七
其七（西北樓高雲海闊）（存目，見《二雲詞》） …… 一八七
其八（危坐促絃絃轉急）（存目，見《二雲詞》） …… 一八七
滿庭芳（簾押寒輕）（存目，見《二雲詞》） …… 一八七
玉樓春（金猊香冷羅衣薄）（存目，見《二雲詞》） …… 一八七
瑞龍吟（滄洲路）（存目，見《二雲詞》） …… 一八八

沁園春（東都妙姬）（存目，見《二雲詞》） …… 一八八
燭影搖紅（問訊梅花）（存目，見《餐櫻詞》） …… 一八八
高陽臺（網戶斜曛）（存目，見《餐櫻詞》） …… 一八八
減字浣溪沙（爛漫枝頭見八重）（存目，見《餐櫻詞》） …… 一八九
其二（萬里移春海亦香）（存目，見《餐櫻詞》） …… 一八九
其三（不分羣芳首盡低）（存目，見《餐櫻詞》） …… 一八九
其四（何止神州無此花）（存目，見《餐櫻詞》） …… 一八九
其五（畫省三休佇玉珂）（存目，見《餐櫻詞》） …… 一八九
其六（舜水祠堂璨雲霞）（存目，見《餐櫻詞》） …… 一八九
其七（何處樓臺罨畫中）（存目，見《餐櫻詞》） …… 一九〇
其八（且駐尋春油壁車）（存目，見《餐櫻詞》） …… 一九〇
其九（翦綠裁紅十四詞）（存目，見《餐櫻詞》） …… 一九〇
定風波（未問蘭因已惘然）（存目，見《餐櫻詞》） …… 一九〇
戚氏（倚珍叢）（存目，見《餐櫻詞》） …… 一九一
八歸（吳鬢霜點）（存目，見《餐櫻詞》） …… 一九一
隔浦蓮近（蘅皋不度佩響）（存目，見《餐櫻詞》） …… 一九一
風入松（北來征雁帶魂消）（存目，見《餐櫻詞》） …… 一九一
其二（故宮風雨咽龍吟）（存目，見《餐櫻詞》） …… 一九二
其三（蒼官擁仗鳳鸞鳴）（存目，見《餐櫻詞》） …… 一九二
其四（層樓倚翠萬松巔）（存目，見《餐櫻詞》） …… 一九二
西江月（夢裏十年影事）（存目，見《餐櫻詞》） …… 一九二

多麗（碎秋心）（存目，見《餐櫻詞》）……一九二
紫萸香慢（凭危闌）（存目，見《餐櫻詞》）……一九三
最高樓（風和雨）（存目，見《餐櫻詞》）……一九三
鷓鴣天（如夢如烟憶舊遊）（存目，見《餐櫻詞》）……一九三
前調（老向書叢作蠹魚）（存目，見《餐櫻詞》）……一九三
徵招（清琴各自憐孤倚）（存目，見《餐櫻詞》）……一九四
玲瓏玉（無恙危闌）（存目，見《餐櫻詞》）……一九四
南鄉子（秋士慣疏蕭）（存目，見《餐櫻詞》）……一九四
曲玉管（兩槳春柔）（存目，見《餐櫻詞》）……一九四
醉翁操（淒然）（存目，見《餐櫻詞》）……一九五
浣溪沙（身世滄波夕照邊）（存目，見《餐櫻詞》）……一九五
金縷曲（天也因人熱）（存目，見《菊㝲詞》）……一九五
定風波（淨洗塵氛一雨涼）（存目，見《菊㝲詞》）……一九五
玉燭新（光陰簪菊近）（存目，見《菊㝲詞》）……一九六
傾杯（清瘦秋山）（存目，見《菊㝲詞》）……一九六
洞仙歌（一晌閒緣借）（存目，見《菊㝲詞》）……一九六
紫萸香慢（又悤悤）（存目，見《菊㝲詞》）……一九六
金人捧露盤（恁娉婷）（存目，見《菊㝲詞》）……一九七
滿路花（蟲邊安枕簟）（存目，見《菊㝲詞》）……一九七
塞翁吟（有約無風雨）（存目，見《菊㝲詞》）……一九七
蕙蘭芳引（歌扇舞衣）（存目，見《菊㝲詞》）……一九七
八聲甘州（向天涯）（存目，見《菊㝲詞》）……一九八
西子妝（蛾蘂顰深）（存目，見《菊㝲詞》）……一九八
減字浣溪沙（解道傷心《片玉詞》）（存目，見《菊㝲詞》）……一九八
其二（惜起殘紅淚滿衣）（存目，見《菊㝲詞》）……一九八
其三（蜂蝶無情刻地飛）（存目，見《菊㝲詞》）……一九九
其四（儂亦三生杜牧之）（存目，見《菊㝲詞》）……一九九
其五（帶月霑霜信馬歸）（存目，見《菊㝲詞》）……一九九

鶯啼序(聞歌向來易感)(存目,見《菊瘳詞》)……一九九
前調(音塵畫中未遠)(存目,見《菊瘳詞》)……一九九
水調歌頭(人世自桑海)……二〇〇
六州歌頭(飛蓬兩鬢)(存目,見《菊瘳詞》)……二〇〇
浣溪沙(辛苦回鐙憶夢時)(存目,見《菊瘳詞》)……二〇一
繞佛閣(舊懷拚損)……二〇一
水調歌頭(嘉耦歲寒侶)……二〇一
雙調望江南(閒庭院)……二〇二
其二(花如畫)……二〇二
戚氏(佇飛鸞)(存目,見《秀道人修梅清課》)……二〇二
鷓鴣天(桃李爲容雪作膚)……二〇三
甘草子(風雨)……二〇三
摸魚兒(近尊前)……二〇三
鷓鴣天(匝地嬌雷殷畫輪)……二〇四
前調(秋是愁鄉雁不來)……二〇四
減字浣溪沙(風雨高樓悄四圍)……二〇四
其二(花與殘春作淚垂)……二〇五
其三(荏苒霜華改鬢絲)……二〇五
其四(一鼏溫存愛落暉)……二〇五
其五(紅到山榴恨事多)……二〇六
其六(風雨天涯怨亦恩)……二〇六
其七(慘碧鬟天問不譍)……二〇六
其八(錦瑟知人恨已深)……二〇六
金縷曲(遺恨橫蒼翠)……二〇七
霜花腴(醉扶壽客)……二〇七
金縷曲(秋也拋人去)(存目,見《第一生修梅花館詞》本《存悔詞》)……二〇八
花發沁園春(薄煖輕寒)(存目,見《第一生修梅花館詞》本《存悔詞》)……二〇八
減字浣溪沙(如水清涼沁碧衫)(存目,見《第一生修梅花館詞》本《存悔詞》)……二〇八
水調歌頭(擁被不聽雨)(存目,見《第一生修梅花館詞》本《存悔詞》)……二〇八
江南好(憐花瘦)(存目,見《第一生修梅花

館詞》本《存悔詞》）…… 二〇九
前調（娉婷甚）（存目，見《第一生修梅花館詞》本《存悔詞》）…… 二〇九
跋 …… 趙尊嶽 二一〇

存悔詞

序 …… 況周頤 二一三
題辭
金縷曲（聽雨愁孤館）…… 于式枚 二一四
金縷曲（此恨知難已）…… 于式枚 二一四
念奴嬌（秋風容易）…… 二一五
風流子（疏簾一夜月）…… 二一五
浪淘沙（又雨又今朝）…… 二一六
前調（拚醉不勝酡）…… 二一六
醉春風（香孏金猊噴）（存目，見《第一生修梅花館詞》本《存悔詞》）…… 二一六
江南好（闌干曲，花影倦紅斜）…… 二一七
其二（闌干曲，春緒裊晴絲）…… 二一七
其三（闌干曲，寒悄繡簾垂）…… 二一七
其四（闌干曲，曉色試晴窗）…… 二一七
其五（闌干曲，風靜夜痕清）…… 二一七
金縷曲（秋也拋人去）（存目，見《第一生修梅花館詞》本《存悔詞》）…… 二一八
花發沁園春（薄煖輕寒）（存目，見《第一生修梅花館詞》本《存悔詞》）…… 二一八
浣溪紗（今日時難不易癡）…… 二一八
前調（纔是而今悔已輸）…… 二一八
前調（如水清涼沁碧衫）（存目，見《第一生修梅花館詞》本《存悔詞》）…… 二一九
漁家傲（和月花枝影亦妍）…… 二一九
醉落魄（韶華如許）…… 二一九
滿江紅（疏雨斜風）…… 二二〇
浪淘沙（瘦影怯簾櫳）…… 二二〇
秋波媚（纖雲弱霧碧窗深）…… 二二〇

白蘋香（相見爭如不見）……二三一
點絳脣（雲日輕和）……二三一
踏莎行（錦瑟年華）（存目，見《第一生修梅花館詞》本《存悔詞》）……二三一
攤破浣溪紗（杏子紅衫桂子風）……二三二
如夢令（睡起寒窗獨坐）（存目，見《第一生修梅花館詞》本《存悔詞》）……二三二
沁園春（輕煖輕寒）……二三二
浣溪紗（手撚花枝步轉忙）……二三三
臨江仙（淺笑輕顰情約畧）（存目，見《第一生修梅花館詞》本《存悔詞》）……二三三
青門引（薄晚西風定）……二三三
燭影搖紅（玉往香微）……二三四
八六子（暈昏燈）……二三四
羅敷媚（芳期嫩約年時誤）（存目，見《第一生修梅花館詞》本《存悔詞》）……二三四
鷓鴣天（庭院深深深閉門）……二三五
前調（菊影重簾月上遲）……二三五
前調（鬬笑窗根說翠鈿）……二三五
前調（錦帳重重香夢遙）……二三六
鳳凰臺上憶吹簫（一任蕭條）……二三六
水調歌頭（明月過牆去）……二三六
滿江紅（簾外梅花）……二三七
滿庭芳（沽酒臨邛）……二三七
鷓鴣天（一抹芳痕上碧紗）（存目，見《第一生修梅花館詞》本《存悔詞》）……二三七
定風波（容易花時輾玉顏）……二三八
臨江仙（蝶板鶯簧巧入）……二三八
白蘋香（鸞鏡平分瘦影）……二三八
風流子（玲瓏稱結束）……二三九
巫山一段雲（翠轂雙籠轢）……二三九
陌上花（一春困酒）……二三九
水調歌頭（擁被不聽雨）（存目，見《第一生修梅花館詞》本《存悔詞》）……二四〇

生查子（佳人問海棠）……………………二三〇
浣溪紗（值得春愁瘦也拚）……………………二三〇
前調（棋孏今年第二枰）……………………二三一
前調（五尺夕陽澹不收）……………………二三一
前調（清到梅花第一儔）……………………二三一
其二（晴日簾櫳故故遲）……………………二三二
其三（獨坐悲秋秋亦悲）……………………二三二
其四（道是無情不敢辭）……………………二三二
前調（舊事傷心孏更提）……………………二三二
前調（窗影玲瓏曉氣清）……………………二三三
鷓鴣天（眉樣月兒分外幽）……………………二三三
江南好（憐花瘦）（存目，見《第一生修梅花館詞》本《存悔詞》）……………………二三三
前調（娉婷甚）（存目，見《第一生修梅花館詞》本《存悔詞》）……………………二三四
雙調望江南（梅花笑）……………………二三四
采桑子（金猊巧噴沈馢縷）……………………二三四

補遺

憶王孫（霜天曉角憶餘杭）……………………二三五
江南好（江南好，春霽向湖邊）……………………二三五
浣溪紗（九萬長空一酒杯）……………………二三五
揚州慢（楊柳堆烟）……………………二三六
搗練子（風乍起）……………………二三六
沁園春（綽約弄姿）……………………二三六

和珠玉詞

序……………………馮　煦　二三九
序……………………王鵬運　二四〇

題詞

浣溪沙（一曲新詞酒一杯）……………………況周頤　二四一
臨江仙（一霎秋風驚畫扇）……………………況周頤　二四一
如夢令（珠淚羅巾難滿）……………………二四三
浣溪沙（喚取銀蟾入酒杯）……………………二四三

前調（羅帳烟輕夢不穩）……二四四
前調（花氣通簾暗雨過）……二四四
前調（儘說消愁借酒卮）……二四四
前調（記得江樓送去旌）……二四五
清商怨（高樓涼月桂樹滿）……二四五
訴衷情（斜陽烟柳幾絲青）……二四五
前調（酒痕詩袖隔年香）……二四六
前調（羅衣不似去年新）……二四六
更漏子（新綠滿窗）……二四六
前調（不見遙山）……二四七
望仙門（排簷蒼翠樹陰濃）……二四七
前調（水晶雙枕覺新涼）……二四七
前調（暮雲天畔魘魚鱗）……二四八
清平樂（征鴻南去）……二四八
前調（花香粉細）……二四八
前調（回環喜字）……二四九
更漏子（酒腸慳）……二四九
前調（月移牆）……二四九
喜遷鶯（眉妒柳）……二五〇
前調（千里月）……二五〇
前調（繡簾垂）……二五〇
前調（髻攏輕）……二五一
相思兒令（每到歌前酒後）……二五一
秋蘂香（花冷翠禽嚥瘦）……二五一
前調（昨夜燈花呈瑞）……二五二
胡擣練（料量新句好酬春）……二五二
撼庭秋（隔簾花霧三里）……二五二
滴滴金（香輪九陌無休息）……二五三
望漢月（越綢彩絲頻結）……二五三
少年遊（銀河高挂碧梧枝）……二五三
前調（清歌一曲動梁塵）……二五四
前調（韶光易老）……二五四
前調（秋江一碧）……二五四
燕歸梁（湖上笙歌月滿堂）……二五五

前調（斷虹劃破碧山烟）……二五五
雨中花（小字牋書半就）……二五五
紅窗聽（萬點楊花誰管束）……二五六
前調（寫到蠻牋無一語）……二五六
迎春樂（花枝那不傳香早）……二五六
睿恩新（南花肯弄人間色）……二五七
前調（幽花帶露遶庭砌）……二五七
玉樓人（愁懷不是耽杯酒）……二五七
憶人人（春雲流影）……二五八
前調（明珠競巧）……二五八
玉樓春（秋光幾日來吴苑）……二五八
前調（短長亭外天涯路）……二五九
前調（簾鉤鎮日閑金鳳）……二五九
前調（簾衣不隔歌雲煖）……二五九
前調（夢雲分付重門鎖）……二六〇
前調（粉香墮枕紅霞印）……二六〇
前調（高樓月落人歸後）……二六〇
前調（四絃秋色和愁撚）……二六一
前調（江天目送雲飄穩）……二六一
鳳銜杯（汀洲白鴈無端起）……二六一
前調（花時莫漫惜分飛）……二六二
前調（傾城一顧十分春）……二六二
踏莎行（竹暗烟浮）……二六二
前調（銀漢秋期）……二六三
前調（夢裏非烟）……二六三
前調（滿引紅鱗）……二六三
前調（柳絮飛殘）……二六四
蝶戀花（明月塵侵攜寶扇）……二六四
前調（露點檐牙蛛網墜）……二六四
前調（眼底飛花紅作陣）……二六五
前調（惻惻金風催玉露）……二六五
前調（自在翩翩堂裏燕）……二六五
前調（鴻烈倦尋丹枕祕）……二六六
玉堂春（東風送煖）……二六六

前調（翠蓬秋早）……二六六
前調（露橋花館）……二六七
十拍子（詩裒飄霝吳郡）……二六七
前調（海燕易隨春老）……二六七
前調（誰信倦遊老矣）……二六八
前調（記得吳儂門巷）……二六八
前調（何必鳳脩麟脯）……二六八
漁家傲（畫箭銀壺催暮曉）……二六九
前調（照影漣漪嬌欲鬬）……二六九
前調（婀娜風裳低欲卷）……二六九
前調（寶靨塵香生步步）……二七〇
前調（翡翠擎盤承露穩）……二七〇
前調（記得青墩牽畫舫）……二七〇
前調（不數春風紅杏鬧）……二七一
前調（一葉記曾題冷翠）……二七一
前調（一水盈盈花拍岸）……二七一
前調（欲託紅鱗傳尺素）……二七二
前調（人影花光嬌一格）……二七二
前調（那不天涯驚沈瘦）……二七三
前調（綠翦新衣誰可綻）……二七三
瑞鷓鴣（綠鬟妝鏡記盤雲）……二七三
前調（淺寒才是早春時）……二七四
殢人嬌（望望紅樓）……二七四
前調（一寸柔腸）……二七四
前調（遠渚秋蓉）……二七五
小桃紅（白鴈霜前至）……二七五
前調（莫惜垂楊老）……二七五
長生樂（暈月羅雲澹不圓）……二七六
拂霓裳（畫難成）……二七六
前調（奈何天）……二七七
點絳脣（盡捲雲羅）……二七七
浣溪沙（數到星期第幾秋）……二七七
前調（又是秋生桂樹林）……二七八
前調（法曲當年聽羽衣）……二七八

前調（樓閣璁瓏繞瑞烟）……二七八
前調（送盡斜陽樹樹蟬）……二七九
前調（花外歸來月滿身）……二七九
前調（盡捲珠簾待月華）……二七九
菩薩蠻（橫塘素韈扶新豔）……二八〇
前調（誰言眼底花長好）……二八〇
前調（秋容漫惜儂家淡）……二八〇
前調（採菱歌斷霞天晚）……二八一
訴衷情（文鴛卅六隔芙蓉）……二八一
前調（輕雲如鬢月如眉）……二八一
前調（晚涼清露裛紅蓮）……二八二
前調（彩鸞惆悵夢中人）……二八二
采桑子（深杯莫負花前醉）……二八二
前調（梢頭荳蔻經春早）……二八三
前調（桃花總隔仙源路）……二八三
前調（清尊醉倒金荷底）……二八三
前調（秋花莫羨春花好）……二八四
前調（相思何必天涯路）……二八四
前調（舊時簾幙傷心地）……二八四
謁金門（梧葉墜）……二八五
清平樂（春波春草）……二八五
前調（菱花妝晚）……二八五
更漏子（月明多）……二八六
前調（水空流）……二八六
相思兒令（簾捲落花風急）……二八六
喜遷鶯（燈欲燼）……二八七
玉樓春（酴醾風到春將去）……二八七
前調（停尊待拍休回首）……二八七
臨江仙（自是桃花千歲實）……二八八
蝶戀花（簾外櫻桃花滿樹）……二八八
前調（隄上黃蜂兼紫燕）……二八八
長生樂（閶闔千門鶯語徧）……二八九
山亭柳（箏語調秦）……二八九
拂霓裳（數芳辰）……二九〇

跋……况周頤 二九一

集外詞輯錄

水龍吟（荒江咽遍寒潮）……二九五
浣溪沙（捧硯亭亭列十眉）……二九五
長亭怨慢（說無恙）……二九六
甘草子（烟暮）……二九六
埽花遊（海棠過卻）……二九七
高陽臺（帽影羞花）……二九七
齊天樂（舊家文采丹陽集）……二九八
菩薩蠻美人辮髮（存目，見《繪芳詞》卷上）……二九八
減字浣溪沙美人脣（存目，見《繪芳詞》卷上）……二九八
沁園春美人舌（存目，見《繪芳詞》卷上）……二九九
減字浣溪沙美人頸（存目，見《繪芳詞》卷上）……二九九
鳳凰臺上憶吹簫美人胷（存目，見《繪芳詞》卷下）……二九九
減字浣溪沙美人腹（存目，見《繪芳詞》卷下）……二九九
白蘋香美人腹（存目，見《繪芳詞》卷下）……三〇〇
減字浣溪沙美人臍（存目，見《繪芳詞》卷下）……三〇〇
念奴嬌今美人足（存目，見《繪芳詞》卷下）……三〇〇
醉春風今美人足（存目，見《繪芳詞》卷下）……三〇〇
減字木蘭花美人骨（存目，見《繪芳詞》卷下）……三〇一
金縷曲美人骨（存目，見《繪芳詞》卷下）……三〇一
減字浣溪沙美人肉（存目，見《繪芳詞》卷下）……三〇一
滿庭芳美人色（存目，見《繪芳詞》卷下）……三〇一

點絳脣（男女分科）……三〇二
千秋歲（雲飄萬里）……三〇二
臨江仙（家世列仙官列宿）……三〇二
鷓鴣天（湖水湖烟付阿誰）……三〇三
八聲甘州（裊珠歌不斷）……三〇三
惜秋華（夢綺春明）……三〇四
減字浣谿沙（容易金風到海湄）……三〇四
又（雁後霜前百不堪）……三〇五
又（憶昔梅邊失賞音）……三〇五
又（彩筆能扶大雅輪）……三〇五
水龍吟（年年海上清秋）……三〇六
沁園春（史體謹嚴）……三〇六
西江月（佇月《霓裳》曲怨）……三〇七
木蘭花慢（問江山金粉）……三〇七
清平樂（歲寒芳意）……三〇八
其二（買花載酒）……三〇八
其三（聽風聽雨）……三〇八
其四（根蹯仙李）……三〇八
其五（紅筵促坐）……三〇九
其六（爲梅扶醉）……三〇九
其七（何時雪北）……三〇九
其八（玉梅芳節）……三〇九
其九（天花剗地）……三一〇
其十（霓裳舊譜）……三一〇
清平樂（衆香國裏）……三一〇
清平樂（瑤京舊侶）……三一一
又（蟾圓廿四）……三一一
又（香南雪北）……三一一
又（華堂倚席）……三一二
又（添杯重把）……三一二
百字令（神州鴻術）……三一二
清平樂（琳瑯照眼）……三一三
百字令（洞垣窺祕）……三一三
太常引（翩然便出軟紅塵）……三一四

八聲甘州（坐南屏）……三一四
百字令（倚雲撑碧）……三一五
如夢令（已忽前塵如夢）……三一五
蝶戀花（少日年芳何處去）……三一五
又（庭院陰陰風雨過）……三一六
無調名（紗窗日落）……三一六
八聲甘州（足平生）……三一六
蝶戀花（簾幙殘寒春擁髻）……三一七
念奴嬌（情天忉利）……三一七
水龍吟（故宫遺恨休論）……三一八
水龍吟（可無清事消磨）……三一八
喜遷鶯（徙溟鵬息）……三一九
臺城路（大江瓴建山盤錯）……三一九
百字令（金幢西指）……三二〇
鷓鴣天（愛日庭闈景福遐）……三二〇
好事近（茘與利諧聲）……三二〇
又（風骨信傾城）……三二一
又（雙蔕水晶丸）……三二一
又（茘下有三刀）……三二一
又（何必狀元紅）……三二二
清平樂（斷無塵涴）……三二二
鷓鴣天（慘緑韶年付酒杯）……三二二
鷓鴣天（返舍義輪不可期）……三二三
百字令（虎頭三絕）……三二三
如夢令（明月一窗誰共）……三二四
南浦（秀極信能奇）……三二四
八聲甘州（向天涯）……三二四
高陽臺（碧玉年芳）……三二五
鷓鴣天（非蝶非周夢裏身）……三二五
浣沙溪（莫遺歌塵到扇邊）……三二六
百字令（平泉新築）……三二六
八聲甘州（數詞名）……三二七
憶舊游（問清時宦跡）……三二七
桂枝香（菟裘小築）……三二七

洞仙歌（塵飛不到）……三一八
減字木蘭花（鳳雙蝶隻）……三一八
高陽臺（閣小留香）……三一九
水調歌頭（藏印癖秦漢）……三一九
百字令（眼前丘壑）……三二〇
百字令（琴書靜對）……三二〇
浣溪沙（綰結同心綬帶宜）……三二一
百字令（良辰設悅）……三二一
減字浣溪沙（文采風流易慶之）……三二二
沁園春（詩人之詩）……三二二
壽星明（芝擘商山）……三二三
春風嫋娜（儘華鬘劫換）……三二三
五綵結同心（凰占宜室）……三二四
高陽臺（錦瑟華年）……三二四
洞仙歌令（黱波只赤）……三二五

聯句詞

東風第一枝（寒重花慵）……三三五
大酺（又海棠收）……三三六
采綠吟（小苑槐風靜）……三三七
浣溪沙（冰樣詞人天樣遙）……三三七
鶯啼序（時晴峭寒共忍）……三三八
臨江仙（碧樹門闌初過雨）……三三八
又（樓外斜陽如水潑）……三三九
又（海氣著衣能袚暑）……三三九
又（側帽行吟滄海上）……三三九
又（皺水橫塘風不定）……三四〇
又（二十四橋春晼晚）……三四〇
又（曾拾媚香樓半碣）……三四〇
又（掩抑鵾絃彈楚調）……三四一
浣溪沙（左顧餘情到酒邊）……三四一
又（風滿雕櫳月滿樓）……三四一
浪淘沙（風雨黯橫塘）……三四二

蝶戀花（剗地殘紅深幾許）……三四二
又（芳草天涯離別久）……三四二
又（容易華筵歌管歇）……三四三
詞一首（到此蕭然未欲歸）……三四三
綺羅香斷句（東風吹斷柳眠矣）……三四四

第二冊

詩文編五種

香海棠館詠泉詩百篇

識語……三四七
前記……陳運彰　三四七

香海棠館詠泉詩百篇卷一
虞一金化方足布……三四九
乘正尚金尚爰方足布……三四九
乘充化金金尚爰背充陰文　方足布……三五〇
安邑化金方足布……三五〇
甫反化一金方足布……三五〇
山陽方足布……三五一
殊布當十化背十貨方足布……三五一
四布　四布背當十化　當十化方足布……三五二
屯留方足布……三五二
同是方足布……三五二
香海棠館詠泉詩百篇卷二
安陽方足布……三五五
平原方足布……三五五
女陽方足布……三五六

处如方足布 …… 三五六
平陽方足布 …… 三五六
武安尖足布 …… 三五七
魯昜背十二朱員足布 …… 三五七
齊巛化金空首布 …… 三五八
美空首布 …… 三五八
齊珤化齊刀 …… 三五九

香海棠館詠泉詩百篇卷三

齊建邦始珤化齊刀 …… 三六一
節墨巴之珤化背開邦齊刀 …… 三六一
安昜之珤化背化齊刀　或曰莒刀 …… 三六二
明刀圜泉 …… 三六二
寶化周泉 …… 三六二
寶三化周泉 …… 三六三
東周周泉 …… 三六三
共屯赤金周泉 …… 三六四
垣周泉 …… 三六四

香海棠館詠泉詩百篇卷四

半兩秦泉 …… 三六五
半両漢泉 …… 三六五
両半漢泉 …… 三六六
三銖漢泉 …… 三六六
五銖漢泉 …… 三六六
五銖穿下平倒書 …… 三六七
栔刀五百新莽刀 …… 三六七
一刀平五刃新莽刀 …… 三六八
太泉五十新莽泉 …… 三六八
太泉十五蕎泉 …… 三六八

香海棠館詠泉詩百篇卷五

壯泉三十莽泉 …… 三七一
中泉三十莽泉 …… 三七一

幼泉二十莽泉……三七二
幺泉一十莽泉……三七二
小泉直一莽泉……三七二
大布黃千莽布……三七三
貨布莽布……三七三
貨泉莽泉……三七四
泉貨莽泉……三七四
布泉莽泉……三七四

香海棠館詠泉詩百篇卷六

直百五銖蜀漢泉……三七七
直百蜀漢泉……三七七
銖五蜀漢泉……三七八
鐘官赤側五銖漢泉……三七八
大泉當千三國吳泉……三七八
沈郎泉晉泉……三七九
孝建背四銖宋武帝泉……三七九
女泉文曰五銖　梁武帝泉……三八〇
稚泉小五銖也……三八〇
永安五銖背土北魏宣帝泉……三八〇

香海棠館詠泉詩百篇卷七

永安五銖背四出東魏泉……三八三
布泉北周泉……三八三
五行大布北周泉……三八四
永通萬國北周泉……三八四
漢興成李壽泉……三八四
豐貨後趙石勒泉……三八五
五銖隋泉……三八五
開通元寶唐高祖泉……三八六
開通元寶背掐文……三八六

香海棠館詠泉詩百篇卷八

乾元重寶唐肅宗泉……三八九

大曆元寶唐代宗泉……三八九
得壹元寶史思明泉……三九〇
周通元寶周世宗泉……三九〇
開通元寶南唐後主泉……三九一
乾德元寶前蜀後主王衍泉……三九一
廣政通寶後蜀後主孟昶泉……三九一
宋通元寶宋太祖泉……三九二
淳化元寶草書　宋太宗泉……三九二
元祐通寶行書　宋哲宗泉……三九三

香海棠館詠泉詩百篇卷九

崇寧通寶平泉　宋徽宗御書泉……三九五
大觀通寶宋徽宗御書泉……三九五
重和通寶篆書　宋徽宗泉……三九六
宣和通寶篆書　宋徽宗御書泉……三九六
慶元通寶背上勑下五十料右慶元元年
夏左改鑄此號錢南宋寧宗泉……三九六
端平通寶當五　南宋理宗泉……三九七
大定通寶金世宗泉……三九七
至元通寶元世祖泉……三九八
至元戊寅背香殿……三九八
洪武通寶明太祖泉……三九八

香海棠館詠泉詩百篇卷十

宣德通寶明宣宗泉……四〇一
萬曆通寶背礦銀明神宗泉……四〇一
海東重寶高麗國泉……四〇二
辟兵莫當背除凶去央漢厭勝辟兵泉……四〇二
龜鶴齊壽吉語厭勝泉……四〇二
永昌富貴背壽星雲物之文厭勝吉語泉……四〇三
五男二女背七子圖吉語撒帳泉……四〇三
趙將廉頗背人乘馬形馬格泉……四〇三
渥洼之馬背馬形……四〇四
紫燕背馬形……四〇四

杜陽方足布……四〇四
太平百錢……四〇五

集外詩輯錄

五古
自君之出矣……四〇九
韶音洞……四〇九
七古
遯盦秦漢印選題詞……四一〇
七絶
二絶句爲玉芙作……四一一
書自題《繪芳詞·高陽臺》後……四一一
贈徐介玉四絶……四一二
集句奉題景亮先生玉照，應喆嗣詞
蔚仁兄有道雅令……四一二
彙刻傳劇題辭……四一三
絶句……四一三
五律
遯盦秦漢古銅印譜題詞……四一四
賦得八桂山川臨鳥道，得川字五言
八韻……四一四
七律
題繆筱山醫室……四一五
元旦……四一五
三言詩
三言詩……四一六
雜言
詠榕樹……四一六
登疊綵山放歌……四一七
斷句
落花詞句……四一七
登中岳句……四一七
詠海棠句……四一八
詠蘭花句……四一八

詠海棠句……四一八
悼桐娟絕句斷句……四一九
聯句詩
淮舫同夔笙二首……四一九
附
楹聯
集六朝人句爲楹言……四二〇
吳閶闕園楹言……四二〇
綴玉軒楹言集《玉臺新詠》……四二一
集楹聯……四二一
挽聯
癸亥自作挽聯……四二三
附
珏島詩批稿……四二三

附

澹如軒詩（朱鎮）

粵女襍歌……四二七
春日憶從妹……四二七
送春宇弟之任恭城……四二八
愛花……四二八
春仲……四二八
獨秀峯歌……四二九
讀《晉書》二首……四二九
讀《唐書》二首……四三〇
刺繡詩……四三〇
過石期溪……四三一
春莫……四三一
東鄉……四三一
花橋……四三二
聽雨……四三二

中秋……四三二
家有老嫗年近八旬，服役不衰，詩以贈之……四三三
幽居……四三三
雪意……四三三
送三妹之寶豐……四三四
日用詩十二首……四三四
春去……四三六
春莫……四三六
伏波山懷古……四三六
家園……四三七
積陰……四三七
水東街……四三七
澄兒入翰林，詩以勉之……四三八
偶得……四三八
挽從父亭午公……四三八
示澍、澄，時澍入翰林……四三九
曉起……四三九
雨後……四三九
晚涼……四四〇
春詞……四四〇
春晚……四四〇
漫興……四四〇
秋晚回文……四四一
冬夜回文……四四一
古才女詩……四四一
酒旗詩社投詩百餘卷，得尤雅者二十卷，其第五卷，秦氏女子詩也，贈以二絕……四四二
舊書中得先慈詩榻感賦……四四二
城東……四四二
家居賦景……四四三
清明……四四三
雨後……四四三

紅玉墓……四四四
初夏……四四四
題畫……四四四
哭淑……四四四
柳枝……四四五
跋……況周頤 四四六

萬邑西南山石刻記

萬邑西南山石刻記上卷

西山磨崖二十種
絕塵龕石刻……四四九
魯有開題名……四五〇
劉公儀西亭記……四五一
萬州西亭記……四五一
黃魯直題名……四五二
胡壬等題名……四五三
常德鄰等題名……四五四
李裁等題名……四五四
李延昌西山二大字……四五五
何俔等題名……四五六
何椝等題名……四五六
郡守梁□等題名……四五七
侯賓等題名……四五八
侯賓題名……四五九
蔡仲玉等題名……四六〇
閻才元題名……四六〇
趙善贛題名……四六二
陳損之七賢堂記……四六二
萬州七賢堂記……四六三
丁黼等題名……四六五
西山六言詩……四六六
觀德亭三大字……四六六

萬邑西南山石刻記下卷

南山碑三種
岑公洞碑……四六九
清境二大字……四七〇
曹齊之題名……四七〇
磨崖二十一種
劉忠順殘題名……四七一
朱師道題名……四七二
鮮于端夫題名……四七二
李裁等題名……四七二
鮑耀卿等題名……四七三
開國公王□等題名……四七三
鮮于次明等題名……四七四
劉國器題名……四七四
李臯等題名……四七五
季圭等題名……四七六
趙善贛等題名……四七六
趙善贛等題名……四七七
楊鼎年七言律詩……四七七
瀘川毛名未刻次涪翁均七絕二首……四七八
陳邕等題名……四七八
趙崇諦等題名……四七九
胡西仲等題名……四七九
淳祐呂□殘題名……四八〇
楊一鳴五言古詩……四八〇
岑公洞五言絕句……四八一
□睎顔等殘題名……四八一

萬邑西南山石刻記坿錄

南浦郡報善寺兩唐碑釋文……四八三
唐報善寺曜公道行碑……四八三
唐報善寺覺公紀德碑……四八五

跋……陳天沛　四八八

集外文輯録四卷

集外文輯録卷一　八股文

八股文三篇……四九三

集外文輯録卷二　序跋記傳銘

陽春集校記……四九九
東山寓聲樂府校記……四九九
梅溪詞校記……五〇〇
斷腸詞跋……五〇〇
斷腸詞《生查子》『年年玉鏡臺』校識……五〇一
斷腸詞校記……五〇一
蟻術詞選跋……五〇二
逍遥詞跋……五〇二
梅詞跋……五〇三
燕喜詞跋……五〇三
秋崖詞跋……五〇四
章華詞跋……五〇四
樵菴詞跋……五〇四
養拙堂詞跋……五〇五
皺水軒詞筌跋……五〇六
跋涿拓……五〇六
定巢詞集序……五〇七
冰紅集序……五〇七
梅林校藝圖跋……五〇八
小檀欒室彙刻閨秀詞序……五一〇
褒碧齋詩話跋……五一二
戎仁詡夫人劉氏墓誌跋……五一二
彙刻傳劇序……五一四
武林金石記跋……五一四
州山吳氏詞萃序……五一五
椿蔭廬詩詞存敘……五一六

養吾齋詩餘跋……五二七
清庵先生詞跋……五二八
蓼園詞選序……五二九
夢窗詞跋……五三一
重修内園記……五三一
禮科掌印給事中王鵬運傳……五三三
先董五樓朱公墓志銘……五三六
歷代兩浙詞人小傳序……五三八
和小山詞序……五四〇
竹汀先生日記鈔跋……五四一
半櫻詞序……五四一
宋詞三百首序……五四二
蕙風叢書題識……五四三
校碑隨筆跋……五四四
集外文輯録卷三尺牘
與劉世珩二十四則……五四五
附　瓠庵跋……五五六
代賽金花致甌隱書一則……五五七
與趙尊嶽六十一則……五五八
與沙孟海一則……五七九
集外文輯録卷四雜纂
辛巳春燈百謎……五八一
射覆一則……五八九
詞學編二十二種
香海棠館詞話一卷
香海棠館詞話……五九三
餐櫻廡詞話十卷
餐櫻廡詞話卷一……六〇五
餐櫻廡詞話卷二……六一一

餐櫻廡詞話卷三……六一七
餐櫻廡詞話卷四……六二三
餐櫻廡詞話卷五……六二九
餐櫻廡詞話卷六……六三五
餐櫻廡詞話卷七……六四三
餐櫻廡詞話卷八……六四七
餐櫻廡詞話卷九……六六一
餐櫻廡詞話卷十……六七七

玉棲述雅一卷

玉棲述雅……六九一
跋……陳運彰　七〇五

珠花簃詞話一卷

珠花簃詞話……七〇九

蕙風詞話五卷

蕙風詞話卷一……七二五
蕙風詞話卷二……七三七
蕙風詞話卷三……七五七
蕙風詞話卷四……七八一
蕙風詞話卷五……七九九
跋……趙尊嶽　八一四
附錄
眾香集……八一六

繡蘭堂室詞話一卷

繡蘭堂室詞話……八二一

詞學講義一卷

詞學講義……八三一
附録
附記……龍沐勛 八三七

第三冊

歷代詞人考略三十七卷

刪訂歷代詞人考略條例……八四一
第二次刪訂條例……八四三

歷代詞人考略卷一

唐一
明皇帝……八四七
昭宗皇帝……八四九
李景伯裴談、楊廷玉……八五〇
沈佺期……八五一
張説……八五二
崔液……八五三
李白……八五四
劉長卿……八六〇
元結……八六一
韓翃柳氏、郎大家宋氏、夷陵女子……八六二
韋應物……八六三
竇弘餘……八六四
顧況……八六五

歷代詞人考略卷二

唐二

張松齡……八六七
張志和……八六八
王建……八七〇
劉禹錫……八七一
白居易吳二娘……八七三
戴叔倫……八七四
元稹……八七五
李德裕……八七六
杜牧……八七七
溫庭筠……八七八
裴諴……八八二
魏扶……八八三
段成式……八八三

歷代詞人考略卷三

唐三

皇甫松……八八五
鄭符張希復……八八六
司空圖……八八七
鍾輻……八八九
康駢……八八九
韓偓……八九〇
張曙……八九一
許岷……八九二
林楚翹……八九二
無名氏……八九三
無名氏二……八九四
雲謠集……八九五
船子和尚……八九六
呂巖……八九七

楊貴妃……八九九
唐昭宗宮人……九〇〇
鄭仙姑女奴……九〇一
李冶……九〇二
盛小叢劉采春……九〇二
王麗真……九〇三
後梁
李夢符……九〇四
後唐
莊宗皇帝……九〇五
和凝徐光溥……九〇七

歷代詞人考略卷四

南唐
中主……九〇九
後主……九一二
馮延巳……九一八
潘佑……九二一
張泌……九二二
成幼文……九二三
漁者……九二四
昭惠國后……九二五
耿玉真……九二六

歷代詞人考略卷五

前蜀
前蜀主王衍……九二七
韋莊……九二八
牛嶠……九三一
毛文錫……九三三
庾傳素……九三四
牛希濟……九三五
魏承班……九三五
李珣……九三六

尹鶚……九三九
昭儀李氏……九四〇
後蜀
後蜀主孟昶……九四一
顧敻……九四三
鹿虔扆……九四五

歷代詞人考略卷六

後蜀二
歐陽炯……九四七
歐陽彬……九四九
劉保乂……九四九
薛昭蘊薛昭緯……九五〇
毛熙震……九五一
閻選……九五三
釋貫休……九五四
慧妃徐氏……九五五
吳越
忠懿王……九五七
南漢
黃損……九五九
楚
伊用昌……九六〇
南平
孫光憲……九六一
閩
國后陳氏……九六三

歷代詞人考略卷七

宋一
徽宗皇帝……九六五
欽宗皇帝……九六七
高宗皇帝……九六八
孝宗皇帝……九六九

徐昌圖……九七一
陶穀……九七二
潘閬……九七三
蘇易簡……九七五
寇準……九七六
王禹偁……九七八
丁謂……九七九
夏竦……九八〇
趙抃……九八一
晏殊……九八二
賈昌朝……九八四
杜衍……九八五
王琪……九八六
葉清臣……九八七

歷代詞人考略卷八

宋二
錢惟演……九八九
陳堯佐……九九一
王益……九九二
林逋……九九三
李遵勖……九九五
聶冠卿……九九六
韓琦……九九七
李師中……九九八
吳感……九九九
鄭獬……九九九
張昇……一〇〇〇
劉述……一〇〇一
柳永……一〇〇三

歷代詞人考略卷九

宋三
陳彭年……一〇一一
范仲淹……一〇一二
宋祁……一〇一四
韓維……一〇一六
韓縝……一〇一八
劉几……一〇一九
謝絳……一〇二〇
歐陽修……一〇二一

歷代詞人考略卷十

宋四
蘇舜欽……一〇二七
梅堯臣……一〇二八
司馬光……一〇二九
王安石……一〇三一
王安禮……一〇三三
王安國……一〇三四
沈子山……一〇三五
張先……一〇三六

歷代詞人考略卷十一

宋五
石延年……一〇四五
蘇軾……一〇四六
蘇轍……一〇五八
徐都尉……一〇五九
李子正……一〇六一

歷代詞人考略卷十二

宋六
楊適……一〇六五

晏幾道……一〇六六
劉敞……一〇六九
劉攽……一〇七〇
曾鞏……一〇七〇
曾布……一〇七一
曾布妻魏氏……一〇七三
曾肇……一〇七五
沈括……一〇七五
陳師道……一〇七七
李公麟……一〇八〇
俞紫芝……一〇八〇
方教授……一〇八二

歷代詞人考略卷十三

宋七
黃庭堅……一〇八五
秦觀……一〇九〇
晁補之……一〇九八
張耒……一一〇一
范純仁……一一〇二
韓嘉彥……一一〇三
秦覯……一一〇四
王益柔……一一〇五

歷代詞人考略卷十四

宋八
丁注……一一〇七
黃大臨……一一〇八
毛滂……一一〇九
馬瑊……一一一四
蘇庠……一一一五
賀鑄……一一一七
李嬰……一一二二
周銖……一一二三

歷代詞人考略卷十五

宋九

張才翁……一一二五
蔡挺……一一二六
王觀……一一二八
孔武仲……一一三〇
孔平仲……一一三一
舒亶……一一三二
王詵……一一三四
李之儀……一一三六
章楶……一一三八
劉燾……一一三九
劉頡……一一四一
洪思禹……一一四二

歷代詞人考略卷十六

宋十

孫洙……一一四五
劉涇……一一四六
趙令畤……一一四七
李廌……一一四九
文同……一一五〇
李清臣……一一五〇
米芾……一一五二
王重……一一五三
謝克家……一一五四
朱服……一一五五
謝逸……一一五七
謝薖……一一五九
晁沖之……一一六〇

歷代詞人考略卷十七

宋十一

周邦彥……一一六三
葛勝仲……一一八〇
滕宗諒……一一八二
元絳……一一八三

歷代詞人考略卷十八

宋十二

蔡襄……一一八五
蒲宗孟……一一八六
吳師孟……一一八六
魏泰……一一八七
劉弇……一一八八
王雱……一一八九
秦湛……一一九〇
李元膺……一一九二
葉夢得……一一九三
唐庚……一一九六
顏博文……一一九七
陳亞……一一九八
李冠……一一九九
孔夷魯逸仲……一二〇〇
杜安世……一二〇一

歷代詞人考略卷十九

宋十三

裴湘……一二〇三
蘇過……一二〇四
陳瓘……一二〇五
劉野夫……一二〇七
波唐……一二〇八
晁端禮……一二〇九

郭祥正……一二二二
向子諲……一二二二
蔡伸……一二二五
万俟詠……一二二六

歷代詞人考略卷二十

宋十四
方千里……一二二九
楊澤民朱用之……一二三二
趙師使一作師俠……一二三四
侯彭老……一二三五
張閣……一二三六
汪藻……一二三七
周銖……一二三九
趙鼎……一二三九
李光……一二三一
歐陽珣……一二三四
李邴……一二三五
胡世將……一二三七
張擴……一二三八
侯蒙……一二三九
田爲……一二三九

歷代詞人考略卷二十一

宋十五
宇文虛中……一二四三
孫覿……一二四四
左譽……一二四五
李彌遜……一二四六
胡舜陟……一二四八
韓駒……一二四九
江漢……一二四九
徐伸……一二五〇
李綱……一二五二

胡松年……一二五三
陳與義……一二五四
何㮚……一二五六
潘良貴……一二五八
洪皓……一二五九
李持正……一二六一
沈與求……一二六一
王昂……一二六二

歷代詞人考略卷二十二

宋十六
何大圭……一二六三
王庭珪……一二六四
朱翌……一二六五
朱松……一二六七
李璆……一二六八
李乘……一二六八
袁綯……一二六九
范周……一二七〇
蔡柟……一二七一
張元幹……一二七二
邢俊臣……一二七四
韓師厚鄭雲娘……一二七五
呂頤浩……一二七六
趙長卿……一二七七
張綱……一二七八
王寀一作采……一二七九
夏倪……一二八〇
胡寅……一二八一
劉一止……一二八二

歷代詞人考略卷二十三

宋十七
曹組田中行……一二八五

趙溫之……一二八七
宋齊愈……一二八八
陳康伯……一二八八
王之道……一二八九
張燾……一二九〇
米友仁……一二九一
胡仔……一二九三
李祁……一二九四
王以寧……一二九五
高登……一二九六
呂濱老……一二九七
王望之……一二九九
李士舉……一三〇〇
權無染……一三〇〇
李坦然……一三〇一
范夢龍……一三〇一
趙耆孫……一三〇二
史遠道……一三〇二
喻仲明……一三〇三
蘇仲及……一三〇四
薛幾聖……一三〇四
郭仲宣……一三〇五
邵叔齊……一三〇五
房舜卿……一三〇六
周忘機……一三〇六
南山居士……一三〇七
黃大輿……一三〇八
李洪……一三一〇
孫肖之……一三一一
劉子翬……一三一一
周煇……一三一二
周玉晨……一三一四
郭章……一三一五
文珏……一三一六

歷代詞人考略卷二十四

宋十八

莫少虛……一三一七
石耆翁……一三一八
李重元……一三一九
柳富……一三一九
劉斧……一三二〇
孫巑……一三二一
程過……一三二二
解昉……一三二二
潘元質……一三二三
查荎……一三二四
林少詹一作少瞻……一三二五
李玉……一三二六
向鎬……一三二六
孫浩然……一三二七
何籀……一三二八
廖世美……一三二九
陸敦信……一三三〇
蔣子雲……一三三〇
趙軏……一三三一
岳飛……一三三二
韓世忠……一三三三
俞處俊……一三三四
胡銓……一三三五
陳剛……一三三六
劉均國……一三三八
歐陽澈……一三三八
張輯陸象澤……一三三九
中興野人一作吳雲公……一三四一
鄧肅……一三四二
楊太尉……一三四三
衛元卿……一三四四

歷代詞人考略卷二十五

宋十九
朱敦儒朱敦復……一三四五
康與之……一三四八
陸凝之……一三五一
徐俯……一三五一
聞人武子……一三五三
關注……一三五三
郭世模……一三五六
葛立方……一三五六
王之望……一三五八
黄公度黄童……一三五九
邵博……一三六一
邵公序……一三六一
呂直夫……一三六二
程欽之……一三六三
梁寅……一三六三
李元卓……一三六四
李敦詩……一三六四
曾慥……一三六五
周紫芝……一三六五
陳克……一三六七

歷代詞人考略卷二十六

宋二十
魏杞……一三七一
洪适……一三七二
范智聞……一三七三
史浩……一三七三
洪邁何善……一三七七
袁去華……一三七九
王淮……一三八〇
石安民……一三八一

林仰……一三八一
湯思退……一三八二
朱子……一三八三
黄銖……一三八四
周必大……一三八五
程大昌……一三八六
鄭聞……一三八八
張孝祥……一三八八

歷代詞人考略卷二十七

宋二十一
曹冠……一三九三
楊萬里某教授　羅永年……一三九六
甄龍友……一三九七
姚述堯……一三九九
范端臣……一四〇一
葛郯……一四〇三
梁安世……一四〇五
李長庚……一四〇五
王十朋……一四〇六
閻蒼舒……一四〇八
京鏜……一四〇九
吳儆……一四〇九
李南金……一四一〇
范成大……一四一一
陳三聘……一四一五
韓元吉……一四一六

第四冊

歷代詞人考略卷二十八

宋二十二
王質……一四一九

樓鍔……………………………………一四二一
林外……………………………………一四二一
朱藻……………………………………一四二三
沈瀛……………………………………一四二四
耿元鼎…………………………………一四二五
仲并……………………………………一四二六
揚無咎…………………………………一四二七
曾協……………………………………一四二九
韓玉……………………………………一四三〇
董穎……………………………………一四三三
李肅……………………………………一四三四
朱雍……………………………………一四三四
張震……………………………………一四三五
趙磻老…………………………………一四三六
周文謨…………………………………一四三七
曾覿……………………………………一四三七

歷代詞人考略卷二十九

宋二十三

張表臣…………………………………一四四一
侯寘……………………………………一四四二
趙昂……………………………………一四四四
曾惇……………………………………一四四五
王灼……………………………………一四四六
吴億……………………………………一四四七
李好古李好義…………………………一四四八
姚寬……………………………………一四四九
黄中輔…………………………………一四五一
呂祖謙…………………………………一四五二
韓淲……………………………………一四五三
馮偉壽…………………………………一四五四
方信孺…………………………………一四五五
李石……………………………………一四五五

顧淡雲……一四五六
毛幵……一四五七
盧炳……一四五九
閭丘次杲……一四六一
李流謙……一四六二
李次山……一四六三

歷代詞人考略卷三十

宋二十四

陳亮……一四六五
丘崈……一四六七
張良臣……一四六八
許及之……一四六九
傅大詢……一四七〇
樓鑰……一四七一
方有開……一四七二
趙汝愚……一四七三
辛棄疾陳成甫……一四七四
彭止……一四八四
楊炎正……一四八五
謝明遠……一四八六

歷代詞人考略卷三十一

宋二十五

劉過……一四八七
蘇洞……一四九一
陸淞陳鵠……一四九二
陸游……一四九五
戴復古……一五〇二
張栻……一五〇五
晁公武戴平之……一五〇六
蔡戡……一五〇七
羅愿……一五〇八
徐似道……一五〇八

王炎……一五一〇

歷代詞人考略卷三十二

宋二十六

石孝友……一五一三
朱景文……一五一五
吳琚……一五一六
徐珌……一五一八
趙彥端……一五一八
游次公……一五二〇
俞國寶……一五二一
張掄……一五二三
何令修……一五二四
章良能……一五二五
劉褒……一五二七
楊冠卿……一五二八
史彌遠……一五二九
馬子嚴……一五三〇
李洪……一五三二
李漳……一五三二
李泳……一五三三
李洤……一五三四
李淛……一五三四
李廷忠……一五三四
呂勝己……一五三六
謝直……一五三七
廖行之……一五三八

歷代詞人考略卷三十三

宋二十七

高似孫……一五四一
趙希邁……一五四四
危稹……一五四五
王居安……一五四五

王自中……一五四七
韓彥古韓鑄……一五四七
劉仙倫……一五四九
周文璞……一五五〇
管鑑……一五五一
沈端節……一五五二
陳善……一五五五
王嵎……一五五六
陸維之……一五五六
徐沖淵……一五五七
張頠……一五五八
杜旟……一五五八
杜旃……一五六〇
趙善括……一五六一
王千秋……一五六二
李處全龍大淵……一五六四
吳禮之……一五六五
胡浩然……一五六七
曹邍……一五六八
姜特立……一五六九
周端臣……一五七一
徐照……一五七二
劉瀾……一五七三

歷代詞人考略卷三十四

宋二十八

蔡幼學……一五七七
高觀國……一五七八
張鎡張樞……一五八二
史達祖……一五八七
劉光祖……一五九一
崔與之……一五九二
俞灝……一五九四
程珌……一五九六

程垓……………………一五九七
孫惟信……………………一五九九
謝懋……………………一六〇一
俞克成……………………一六〇二
趙德仁……………………一六〇三

歷代詞人考略卷三十五

宋二十九
魏子敬無名氏……………………一六〇五
王楙……………………一六〇七
劉之翰……………………一六〇八
朱晞顔……………………一六〇九
游九言……………………一六一〇
姜夔……………………一六一〇
黄岩叟……………………一六一九
易祓……………………一六二〇
許奕……………………一六二一

真德秀……………………一六二一
夏元鼎……………………一六二二

歷代詞人考略卷三十六

宋三十
魏了翁……………………一六二五
李肩吾……………………一六二八
盧祖皋……………………一六二九
王澡……………………一六三二
劉鎮……………………一六三三
曹豳……………………一六三五
馮鎔……………………一六三六
李訦……………………一六三七
李好義易靜……………………一六三八
卓田……………………一六三九
陳韡……………………一六四〇
留元剛……………………一六四〇

李玨……一六四一
趙廱……一六四二
汪晫……一六四二
林正大……一六四三
吴泳……一六四五
洪咨夔……一六四六
撫掌詞……一六四九
劉克莊……一六五一
黄孝邁……一六五三

歷代詞人考略卷三十七

宋三十一
程公許……一六五五
李劉……一六五六
吴淵……一六五七
陳耆卿……一六五八
林表民……一六五九
吴潛……一六六〇
王邁……一六六四
姚鏞……一六六六
尹煥……一六六七
趙以夫……一六六九
鄭清之……一六七一
樓采……一六七二
劉子寰……一六七三
劉清夫……一六七五
程先……一六七六
嚴羽……一六七七
嚴仁……一六七七
嚴參……一六七九
劉學箕……一六七九
虞剛簡……一六八〇
王埜……一六八一

宋人詞話六卷

宋人詞話卷一

韋驤……一六八五
呂本中……一六八六
吳益……一六八八
沈會宗……一六八八
朱淑真……一六八九
琴操……一六九七
唐琬……一六九八
陸放翁妾……一六九九
蔣興祖女……一七〇〇

宋人詞話卷二

徐逸……一七〇三
樓扶……一七〇四
樓槃……一七〇五
史嵩之史衛卿……一七〇六
鄔文伯……一七〇七
陸叡……一七〇八
曹良史……一七〇九
仇遠……一七一〇
黃中……一七一一
朱昴孫……一七一三
趙孟堅……一七一三
章謙亨……一七一六
唐珏……一七一七
岳珂……一七二〇
楊舜舉……一七二二
牟巘……一七二三
吳大有……一七二五
錢選……一七二六
葉閶……一七二七

龔大明……一七二八
吳仲方……一七二九

宋人詞話卷三

戴復古妻……一七三一
吳文英……一七三二
楊纘……一七四四
江緯……一七四七
張樞……一七四八

宋人詞話卷四

張炎……一七五三
黃機……一七六六
宋伯仁……一七六八
薛夢桂……一七六九
陳景沂……一七七一
徐儼夫……一七七二
王同祖……一七七三
李彭老……一七七四
李萊老……一七七七
陳允平……一七七九

宋人詞話卷五

馬天驥……一七八五
許棐……一七八六
何夢桂……一七八九
翁夢寅……一七九〇
胡汲古……一七九二
范晞文……一七九三
王沂孫……一七九四
汪元量……一七九九
徐霖……一八〇二
柴望……一八〇三
周容……一八〇七

薛泳……一八〇八
薛師石……一八〇九

宋人詞話卷六

董嗣杲……一八一一
陳又新……一八一三
趙汝迕……一八一四
方君遇……一八一五
趙希彭……一八一六
韋居安……一八一六
潘希白……一八一七
陳恕可……一八一八
張玉……一八二〇
莫崙……一八二二
王易簡……一八二四
張幼謙閨秀羅惜惜……一八二六
釋淨端……一八二八
張淑芳……一八二九
章麗真……一八三〇
袁正真……一八三〇
金德淑……一八三一
啞女……一八三二
陳策……一八三三
賈雲華……一八三四
王玉貞……一八三五
衛芳華……一八三六
楊妹子……一八三七
鄭禧吳氏……一八四〇
吳鎮……一八四三
袁士元……一八四五
張可久……一八四六
劉元……一八四八
釋明本……一八四九
釋梵琦……一八五〇

附原書每冊目録……一八五二

兩宋詞人小傳五卷

兩宋詞人小傳卷一

趙企……一八五七
楊億……一八五八
曾紆……一八五九
釋仲殊……一八六〇
釋惠洪……一八六四
釋仲皎……一八六七
陳郁……一八六八
曾宏正……一八七一
趙彦端……一八七二
尤袤……一八七四
朱子……一八七五

兩宋詞人小傳卷二

雷應春……一八七九
危復之……一八八〇
徐經孫……一八八一
徐沖淵……一八八二
虞允文……一八八三
衛宗武……一八八四
梁棟……一八八五
楊伯嵒……一八八六
文天祥……一八八七
葛長庚……一八九二
陳從古……一八九六

兩宋詞人小傳卷三

張履信……一八九七
潘昉……一八九八

李昴英……一九〇〇
許將……一九〇三
黄師參……一九〇四
牟子才……一九〇四
周密……一九〇六
馮去非……一九一四
鄧剡……一九一六
翁元龍……一九一八
文及翁……一九二〇
壺敬……一九二二
趙崇嶓……一九二三

兩宋詞人小傳卷四

李霜涯……一九二五
趙時奚……一九二六
趙時行……一九二六
胡仲弓……一九二七
錢繼卓……一九二八
施樞……一九二八
葉隆禮……一九二九
蕭泰來……一九三〇
徐元杰……一九三一
方岳……一九三二
謝枋得……一九三六
阮秀實……一九三七
余玠……一九三八
郭居安……一九三九
吴儆……一九四一

兩宋詞人小傳卷五

汪夢斗……一九四五
易祓妻……一九四七
李曾伯……一九四七
馬光祖……一九五〇

劉辰翁……一九五一
孫氏……一九五六
王清惠……一九五七
劉震孫……一九五九
廖瑩中……一九六〇
家鉉翁……一九六四
姚勉……一九六五
張翥……一九六八
陳思濟……一九七六
附原書每册作者目錄……一九七八

第五册

織餘瑣述二卷

序……況周頤　一九八三
織餘瑣述卷上……一九八五
織餘瑣述卷下……二〇〇五

漱玉詞箋一卷補遺一卷坿錄一卷

漱玉詞箋

鳳凰臺上憶吹簫（香冷金猊）……二〇二三
聲聲慢（尋尋覓覓）……二〇二三
壺中天慢（蕭條庭院）……二〇二五
漁家傲（天接雲濤連曉霧）……二〇二六
一翦梅（紅藕香殘玉簟秋）……二〇二六
如夢令（常記溪亭日暮）……二〇二七
前調（昨夜雨疏風驟）……二〇二八
醉花陰（薄霧濃雰愁永畫）……二〇二九
怨王孫（夢斷漏悄）……二〇三〇
前調（帝里春晚）……二〇三〇
蝶戀花（暖雨晴風初破凍）……二〇三〇

玉樓春（紅酥肯放瓊瑤碎）……二〇三一
漁家傲（雪裏已知春信至）……二〇三一
浣溪沙（繡幕芙蓉一笑開）……二〇三一
武陵春（風住塵香花已盡）……二〇三二
浪淘沙（素約小腰身）……二〇三三
永遇樂（落日鎔金）……二〇三三
南歌子（天上星河轉）……二〇三四
轉調滿庭芳（芳草池塘）……二〇三四
多麗（小樓寒）……二〇三五
菩薩蠻（風柔日薄春猶早）……二〇三六
前調（歸鴻聲斷殘雲碧）……二〇三六
浣溪沙（莫訝杯深琥珀濃）……二〇三六
前調（小院閒窗春色深）……二〇三七
前調（淡蕩春光寒食天）……二〇三七
前調（樓上晴天碧四垂）……二〇三七
前調（髻子傷春嬾更梳）……二〇三八
蝶戀花（淚溼羅衣脂粉滿）……二〇三八
鷓鴣天（寒日蕭蕭上鎖窗）……二〇三九
小重山（春到長門春草青）……二〇三九
怨王孫（湖上風來波浩渺）……二〇三九
臨江仙（庭院深深深幾許）……二〇四〇
前調（庭院深深深幾許）……二〇四〇
好事近（風定落花深）……二〇四一
訴衷情（夜來沈醉卸妝遲）……二〇四一
行香子（草際鳴蛩）……二〇四二
孤雁兒（藤牀紙帳朝眠起）……二〇四二
滿庭芳（小閣藏春）……二〇四三
玉燭新（溪源新臘後）……二〇四三
清平樂（年年雪裏）……二〇四三
醜奴兒（晚來一陣風兼雨）……二〇四四
點絳脣（蹴罷秋千）……二〇四四
前調（寂寞深閨）……二〇四四
浪淘沙（簾外五更風）……二〇四五
青玉案（征鞍不見邯鄲路）……二〇四五

添字採桑子（窗前種得芭蕉樹）……二〇四五
攤破浣溪沙（病起蕭蕭兩髩華）……二〇四六
生查子（年年玉鏡臺）……二〇四六
慶清朝慢（禁幄低張）……二〇四六
殢人嬌（玉瘦香濃）……二〇四七
蝶戀花（永夜懨懨歡意少）……二〇四七
補遺
減字木蘭花（賣花擔上）……二〇四九
攤破浣溪沙（揉破黄金萬點明）……二〇四九
瑞鷓鴣（風韻雍容未甚都）……二〇四九
憶秦娥（臨高閣）……二〇五〇
漱玉詞箋坿錄
易安居士事輯……俞正燮　二〇五一
癸巳類稿易安事輯書後……陸心源　二〇六四
書陸剛甫觀察儀顧堂題跋後……李慈銘　二〇六五
白石道人詩詞年譜一卷
九真姜氏世系表略……二〇七一
白石道人詩詞年譜……二〇七三
附
詞話叢鈔九種
序……王文濡　二〇八三
爰園詞話……明俞　彦　二〇八五
柳塘詞話卷一……清沈　雄　二〇八九
柳塘詞話卷二……二一〇五
柳塘詞話卷三……二一一七
柳塘詞話卷四……二一二五
遠志齋詞衷……清鄒祇謨　二一三九
詞韻衷……二一五三

金粟詞話……清彭孫遹　二一五七
花草蒙拾……清王士禛　二一六一
皺水軒詞筌……清賀裳　二一六九
補遺……二一八〇
七頌堂詞繹……清劉體仁　二一八三
樂府餘論……清宋翔鳳　二一八七
樂府餘論跋……劉履芬　二一九四
詞逕……清孫麟趾　二一九五
詞逕跋……劉履芬　二一九九

詞選編三種

薇省詞鈔

例言……二二〇三

題詞

百字令……王鵬運　二二〇七

薇省詞鈔卷一

李雯……二二〇九
宋徵璧……二二一〇
潘瀛選……二二一一
徐惺……二二一一
趙而忭……二二一二
萬錦雯……二二一二
彭孫遹……二二一二

吳綺……二二一五

薇省詞鈔卷二

曹貞吉……二二一七
汪懋麟……二二一九
陸棻……二二二〇
喬萊……二二二一
方象瑛……二二二一
龍光……二二二一
陳玉璂……二二二一
錢芳標……二二二二
王士祜……二二二三
林麟焻……二二二三

薇省詞鈔卷三

顧貞觀……二二二五
高士奇……二二二八
曹鑑平……二二二九
王昊……二二二九
柯崇樸……二二二九
葉舒崇……二二三〇
王嗣槐……二二三一
孫枝蔚……二二三一
鄧漢儀……二二三二
張壎……二二三二
張德純……二二三二
陸綸……二二三三

薇省詞鈔卷四

張星耀……二二三五
侯文燿……二二三五
陳慈永……二二三六
金志章……二二三六
蔣元益……二二三六

蔣應焻……二三三七
孔繼汾……二三三七
謝墉……二三三七
王又曾……二三三七
錢大昕……二三三八
吳烺……二三三八
蔣士銓……二三三九
畢沅……二三三九
王昶……二三四〇
曹仁虎……二三四〇

薇省詞鈔卷五

韋謙恒……二三四一
吳省欽……二三四一
董潮曉……二三四二
李調元……二三四二
蔣國章……二三四三
汪孟鋗……二三四三
吳泰來……二三四四
陸錫熊……二三四五
程晉芳……二三四五
趙文喆……二三四六
嚴長明……二三四七
吳玨……二三四八
王宸……二三四八
馮應榴……二三四九
鄭澐……二三四九
張熙純……二三五〇

薇省詞鈔卷六

鮑之鍾……二三五一
周發春……二三五一
潘奕雋……二三五一
潘庭筠……二三五二

張塤……二三五二
李威……二三五三
劉錫嘏……二三五三
顧宗泰……二三五四
秦瀛……二三五四
李荃……二三五五
洪梧……二三五五
趙懷玉……二三五六
楊揆……二三五七
張師誠……二三五七
葉紹楏……二三五七
李鼎元……二三五八
薛玉堂……二三五八
邵葆祺……二三五八
黃培芳……二三五九

薇省詞鈔卷七

李彥章……二三六一
吳嵩梁……二三六一
强望泰……二三六三
汪全泰……二三六三
張祥河……二三六四
陳鴻墀……二三六四
潘曾沂……二三六五
龔鞏祚……二三六五
彭蘊章……二三六六
吳葆晉……二三六六
蘇孟暘……二三六七
宗稷辰……二三六七
端木國瑚……二三六七
孫慧惇……二三六八

薇省詞鈔卷八

吳嘉洤…………二三六九
龍啓瑞…………二三六九
袁績懋…………二三七〇
何栻…………二三七〇
潘曾綬…………二三七〇
孫鼎臣…………二三七一
方濬頤…………二三七二
潘希甫…………二三七二
潘遵祁…………二三七三
曾協均…………二三七四
鄧輔綸…………二三七四
許宗衡…………二三七四

薇省詞鈔卷九

張丙炎…………二三七五
江人鏡…………二三七五
潘觀保…………二三七六
錢勗…………二三七六
許善長…………二三七六
劉溎焴…………二三七七
端木埰…………二三七七
朱鑑成…………二三七七
彭鑾…………二三七八
何維樸…………二三七九
謝章鋌…………二三七九

薇省詞鈔卷十

許玉瑑…………二三八一
呂鳳岐…………二三八二
王仁堪…………二三八二
傅濳…………二三八二
楊晨…………二三八二

王鵬運……二三一八三
李錫彤……二三一八四
張雲驤……二三一八四
葉大莊……二三一八五
曹鍾英……二三一八五
汪行恭……二三一八五
潘鴻……二三一八六
封祝唐……二三一八六
沈桐……二三一八六
文廷式……二三一八七
史悠咸……二三一八七

薇省詞鈔卷十一 坿錄

范邃……二三一八九
方采……二三一八九
李彬……二三一八九
王一元……二三一九〇
華希閎……二三一九〇
孟瑢……二三一九一
吳登……二三一九一
張應昌……二三一九一
梁廷楠……二三一九二
徐宗襄……二三一九二
楊希閔……二三一九二
韓欽……二三一九三

粵西詞見

敘錄……況周頤 二三一九七

粵西詞見卷一

蔣冕……二三一九九
謝良琦……二三一九九
潘鐵……二三二〇〇
黎建三……二三二〇〇

冷昭……二三〇〇
朱依程……二三〇一
朱依真……二三〇一
倪承詵……二三〇二
況祥麟……二三〇二
唐建業……二三〇二
胡元博……二三〇三
侯賡成……二三〇三
龍啓瑞……二三〇三
粵西詞見卷二
王拯……二三〇五
蘇汝謙……二三〇六
周冠……二三〇七
周尚文……二三〇七
秦致祜……二三〇八
張琮……二三〇八
李守仁……二三〇九
韋業祥……二三〇九
呂賡治……二三一〇
倪鴻……二三一〇
何慧生閨秀……二三一〇
跋……況周頤　二三一二

繪芳詞

繪芳詞題詞
高陽臺（春女花身）……蕙風　二三一五
繪芳詞卷上
桂枝香美人髮……俞兆曾　二三一七
沁園春美人髮……易順鼎　二三一七
前調美人髮……曹鑑水　二三一八

前調美人髻……孫雲鳳 一二三一九
減字木蘭花美人髻……徐自華 一二三一九
沁園春美人後鬟……孫雲鶴 一二三二〇
菩薩蠻美人辮髮……周　夔 一二三二〇
醉落魄美人額……汪　藻 一二三二一
沁園春美人額……朱彝尊 一二三二一
前調美人額……錢芳標 一二三二二
前調美人額……董以寧 一二三二三
踏莎行美人眉……王德璉 一二三二三
沁園春美人眉……邵亨貞 一二三二四
前調美人眉……沈　鏄 一二三二四
眉嫵美人眉……鄒祗謨 一二三二五
眉峯碧美人眉……曹　寅 一二三二五
前調美人眉……李　符 一二三二六
柳梢青美人眉……金長輿 一二三二六
鷓鴣天美人眉……彭孫遹 一二三二七
齊天樂美人眉……朱澤生 一二三二七
采桑子美人眉……蔣春霖 一二三二八
沁園春美人眉……孫雲鳳 一二三二八
憶江南美人眉……吳尚熹 一二三二九
訴衷情畫眉……歐陽修 一二三二九
前調畫眉……黃魯直 一二三三〇
菩薩蠻美人目……謝　絳 一二三三〇
看花迴美人眼……周邦彥 一二三三一
沁園春美人目……邵亨貞 一二三三一
畫堂春美人目……董　俞 一二三三二
眼兒媚美人目……李　符 一二三三二
沁園春美人目……曹鑑冰 一二三三三
眼兒媚美人目……王　倩 一二三三三
減字木蘭花美人目……徐自華 一二三三四
沁園春美人耳……俞汝言 一二三三四
前調美人耳……朱彝尊 一二三三五
前調美人耳……錢芳標 一二三三六
前調美人鼻……朱彝尊 一二三三七

前調美人鼻……董以寧　一二三八
定風波美人渦……周　夔　一二三八
一斛珠美人口……李後主　一二三九
沁園春美人口……易順鼎　一二三九
前調美人口……曹鑑冰　一二四〇
前調美人口……孫雲鶴　一二四〇
點絳脣美人脣……李　符　一二四一
減字浣溪沙美人脣……周　夔　一二四一
沁園春美人齒……朱彝尊　一二四二
前調美人齒……董以寧　一二四三
前調美人舌……周　夔　一二四三
減字浣溪沙美人頸……周　夔　一二四四
沁園春美人肩……朱彝尊　一二四四
前調美人肩……董以寧　一二四五
白蘋香美人肩……周　夔　一二四六
菩薩蠻美人臂……陳　枋　一二四六
沁園春美人臂……朱彝尊　一二四七
風流子美人臂……周　夔　一二四八
減字浣溪沙美人手……周　瓊　一二四八
青玉案美人手……葉　辰　一二四九
沁園春美人掌……朱彝尊　一二四九
前調美人指甲……劉　過　一二五〇
前調美人指甲……沈景高　一二五一
鷓鴣天美人指甲……彭孫遹　一二五二
沁園春美人指甲……孫雲鶴　一二五二

繪芳詞卷下

沁園春美人心……姚　燮　一二五三
鳳凰臺上憶吹簫美人胷……周　夔　一二五四
沁園春美人乳……朱彝尊　一二五四
前調美人乳……董以寧　一二五六
減字浣溪沙美人腹……周　夔　一二五六
白蘋香美人腹……周　夔　一二五七
減字浣溪沙美人臍……周　夔　一二五七

沁園春美人腸 …… 朱彝尊 二三五八
前調美人膽 …… 朱彝尊 二三五九
前調美人背 …… 朱彝尊 二三六〇
前調美人背 …… 董以寧 二三六一
柳腰輕美人腰 …… 李符 二三六一
沁園春美人腰 …… 曹鑑冰 二三六二
前調美人膝 …… 朱彝尊 二三六二
前調美人膝 …… 董以寧 二三六四
念奴嬌今美人足 …… 周夔 二三六四
醉春鳳今美人足 …… 卜娛 二三六五
沁園春美人足 …… 劉過 二三六五
菩薩蠻美人足 …… 徐渭 二三六六
憶江南美人足 …… 卓人月 二三六六
畫堂春美人足 …… 董俞 二三六七
多麗美人足 …… 朱光熾 二三六七
少年遊美人足 …… 儲慧 二三六八
減字木蘭花美人骨 …… 周夔 二三六八
金縷曲美人骨 …… 周夔 二三六九
減字浣溪沙美人肉 …… 周夔 二三七〇
滿庭芳美人色 …… 周夔 二三七〇
沁園春美人汗 …… 黃憲清 二三七一
菩薩蠻美人淚 …… 溫庭筠 二三七一
沁園春美人淚 …… 黃憲清 二三七二
八歸美人淚 …… 顧復初 二三七二
踏莎行美人嗁痕 …… 王德璉 二三七三
前調美人嗁痕 …… 張令儀 二三七三
小桃紅美人匿笑 …… 來鴻瑨 二三七四
柳枝第二體美人顰 …… 吳洪化 二三七四
踏莎行美人顰 …… 張令儀 二三七五
沁園春美人聲 …… 張炳堃 二三七五
前調美人息 …… 姚燮 二三七六
前調美人息 …… 吳藻 二三七六
前調美人唾 …… 姚燮 二三七七
前調美人唾 …… 郭麐 二三七七

前調美人嚏……姚燮 二三七八
前調美人嚏……吴藻 二三七八
前調美人呵……姚燮 二三七九
踏莎行美人跡……王德璉 二三八〇
木蘭花令美人跡……陳玉琪 二三八〇
踏莎行美人跡……張令儀 二三八一
喜遷鶯美人影……毛健 二三八一
沁園春美人影……張炳堃 二三八二
詞餘坿
黄鶯兒美人乳……尤侗 二三八二
前調美人足……尤侗 二三八三
前調美人醋……尤侗 二三八三

詞評編十種

美人長壽盦詞集況評抄

美人長壽盦詞集況評抄……二三八七
美人長壽盦詞集總目題後……況周儀 二三八七

東海漁歌況評抄

東海漁歌況評抄……二三九三
東海漁歌序……況周頤 二三九三
東海漁歌校記……況周頤 二三九七

宜秋館詩餘叢抄況評抄

宜秋館詩餘叢抄況評抄……二四〇一

況周頤批點陳蒙庵填詞月課
況周頤批點陳蒙庵填詞月課……二四〇七
純飛館詞況評抄
純飛館詞況評抄……二四一五
純飛館詞續況評抄
純飛館詞續況評抄……二四二五
識語……徐珂 二四二八
東海勞歌況評抄
東海勞歌況評抄……二四三三
附
歷代詞選集評・況評
歷代詞選集評・況評……二四三七
補遺……二四五四
清詞選集評・況評
清詞選集評・況評……二四五九
歷代閨秀詞選集評・況評
歷代閨秀詞選集評・況評……二四六七

第六冊

筆記編十八種

阮盦筆記五種

選巷叢譚卷一……二四七三
選巷叢譚卷二……二四九七
附録……二五二七
鹵底叢譚……二五二九
蘭雲菱夢樓筆記……二五四一
蕙風簃隨筆卷一……二五六五
蕙風簃隨筆卷二……二五八三
蕙風簃二筆卷一……二六〇三
蕙風簃二筆卷二……二六二五
桂屑……二六二五

香東漫筆二卷

香東漫筆卷一……二六四九
香東漫筆卷二……二六七一
桂屑續……二六七一
《粤西金石略補遺》目録……二六七五
唐……二六七五
南漢……二六七五
宋……二六七六
元……二六七八
無時代……二六七八

臼辛漫筆一卷

臼辛漫筆
長物齋……二六八九

太素道人……二六八九
張月齋……二六九〇
端木子疇……二六九〇
巧妻常伴拙夫眠文……二六九一
西廂題文……二六九二
辨《茶餘客話》記雲郎事……二六九四
姓名三字同音……二六九五

草間夢憶

草間夢憶

部曹某……二七〇一
狗怪……二七〇一
田山薑與狐約……二七〇二
王城大人……二七〇三

說部擷華六卷

撰輯書目……二七〇七

說部擷華卷一

舊聞

方正學語……二七〇九
銀燭……二七〇九
雲林高致……二七一〇
弇州雅量……二七一〇
劉文定獨得題解……二七一一
龔芝麓牢籠才士……二七一一
董文敏……二七一二
周青士……二七一二
歸玄恭……二七一二
汪鈍翁……二七一三

葉横山爲鈍翁所賣……二七一三
宋牧仲……二七一四
陸射山送女……二七一四
沈石田嫁女……二七一五
方望溪……二七一五
黄陶菴……二七一六
鄭崟陽……二七一六
朱移尊徐家筵……二七一七
張叔未……二七一七
荷官……二七一七
鷃林子記陳公音事……二七一八
張芑堂南瓜爲贄……二七一九
迂闊……二七一九
狀元歸去驢如飛……二七一九
三百三十有三亭……二七二〇
船山韻事……二七二〇
王雅宜借銀券……二七二〇
奚鐵生……二七二一
香烟中現漆雕開字……二七二一
劉阮重來……二七二二
吳玉騶……二七二二
福驢……二七二三
嚷王……二七二三
與士卒同甘苦……二七二三
弊乃養人之物……二七二四
西方美人……二七二四
劉文恪……二七二四
天台老人……二七二五
口腹量殊……二七二五
容甫書函……二七二五
垂老遇仙……二七二六
烹魚雅趣……二七二六
對語敏捷……二七二七
徐文長胡穉威……二七二七

潘文恭……二七二八
彭文勤……二七二八
倪太史……二七二九
四書集注……二七二九
十四字媒……二七三〇
楊忠武……二七三〇
孫文靖……二七三一
羅提督……二七三一
菜根香……二七三二
王仲瞿……二七三二
桂林一枝……二七三二
六舟僧……二七三三
畫狀元……二七三三
十目一行……二七三三
陳忠愍……二七三四
歸宮詹……二七三五
朱相國……二七三六
聽雨樓……二七三六
宮僚雅集……二七三六
忠臣遺蹟……二七三七
分碑……二七三七
內閣所懸字幅……二七三八
右旋白螺……二七三八
翁覃溪……二七三九
梁文莊召對得體……二七三九
三藩司皆督撫才……二七三九
煮鶴焚琴……二七四〇
履不移印……二七四〇
阮文達軼事六則……二七四一
龔定庵軼事十則……二七四二
羅茗香……二七四四
吳讓之二則……二七四四
畢尚書軼事三則……二七四五
收買破銅爛鐵……二七四六

冶城山官書局……二七四六
陶文毅軼事……二七四七
陳文恭謙退……二七四七
陳蓮史先生軼事二則……二七四七
王侍御敢言……二七四八
董小狂……二七四九
湯貞愍三則……二七四九
長物齋……二七五〇
太素道人……二七五一
張月齋……二七五一
端木子疇……二七五二

說部擷華卷二

前事
松滋獄……二七五三
僞稿案……二七五四
記田督事……二七五六
記臺灣渡海開禁事……二七五九
西峯寺……二七六一
徐文誥案……二七六八
僧尼匹偶記……二七七二
陳七……二七七三
掘得金山……二七七四
戊午科場案……二七七四
葉中堂……二七七六
復父讐……二七七七
鹿洲公案……二七七九
煮人獄……二七八〇
顧亭林獄事……二七八一
犬門……二七八一
楊東村鞫案……二七八二

說部擷華卷三

藝文

夕陽詩……二七八五
沈石田謝琵琶柬……二七八六
詩評……二七八六
下第詩……二七八七
無題詩……二七八八
項羽廟詞……二七八八
詠牡丹……二七八九
明妃詩……二七八九
贈婢詩……二七八九
榆樓徵題……二七九〇
蘆花唱和詩……二七九一
論曲……二七九三
古歡堂湖隄絕句……二七九四
燒香曲……二七九六
定遠郵舍詩……二七九六
畫蘭紈扇詩……二七九七
秋闈曲……二七九七
蘭花卷子詞……二七九八
十汊海詩詞……二七九九
周雲皋……二八〇〇
梅妻……二八〇一
游戲文……二八〇一
江浙畫家詞……二八〇三
金橋詞……二八〇四
攬鏡詩……二八〇五
吳薗次四六……二八〇五
露筋祠詩……二八〇五
魏侍御聯……二八〇六
用《文選》謬誤……二八〇六
聖雨齋宮詞……二八〇六
荏平旅壁詞……二八〇七

何小山詞……二八〇八
西湖秋柳詞……二八〇八
都門竹枝詞……二八〇九
節謎……二八〇九
觀龍舟詩……二八一〇
妁字文……二八一〇
虹橋冶春詞……二八一一
紙煤詞……二八一二
巧妻常伴拙夫眠文……二八一三
西廂題文……二八一五
附　俗語試帖二十四首……東齋居士　二八一七
叫化三年嬾做官……二八一七
好喫還是家常飯……二八一七
債多不愁……二八一七
一箇和尚挑水喫兩箇和尚擡水喫
三箇和尚無水喫……二八一八
家賊難防……二八一八
圖便宜買老牛……二八一八
賊去纔關門……二八一九
無錢使翻故紙……二八一九
情人眼裏出西施……二八一九
忍得一時之氣省得百日之憂……二八二〇
做了一世鷂鷹被麻雀啄瞎眼睛……二八二〇
有錢使得鬼推磨……二八二〇
教會徒弟打師傅……二八二一
有福莫享盡有話莫講盡……二八二一
泥菩薩過河自身難保……二八二一
有借有還再借不難……二八二二
又要馬兒跑得好又要馬兒不喫草……二八二二
明日戒酒……二八二二
山中無老虎猴子稱大王……二八二二
賣菜人喫黄葉……二八二三
茅廁裏的石頭又臭又硬……二八二三
睡著的老虎不要驚醒他……二八二四

是非終日有不聽自然無……二八二四
莫罵酉時妻……二八二四

說部擷華卷四

攷證

關節……二八二五
閏正月……二八二五
薄相……二八二六
點心……二八二六
香海棠……二八二六
小姐……二八二七
《琵琶記》、《三國演義》……二八二七
妻梅子鶴……二八二八
冠者五六人童子六七人……二八二八
跨竈……二八二九
曶鼎……二八二九
五通……二八二九
竈王……二八三〇
骨牌……二八三〇
俗語常談皆有出處……二八三〇
大帥……二八三三
用人不拘資格……二八三三
卷地皮……二八三四
大蟒蛇龍王……二八三四
擇壻抛毬……二八三四
文曲武曲……二八三五
三十六禽……二八三五
敵人開戶玩處女……二八三五
竈上樓……二八三六
三軍……二八三六
扈從……二八三六
滿牀笏……二八三六
交代……二八三七
文君……二八三七

爲、舊、它、焉……二八三七
飯單……二八三八
稟……二八三八
連襟……二八三八
咈……二八三九
柴窯……二八三九
冰鑑……二八四〇
轉燭……二八四〇
敨敨……二八四〇
男娼……二八四一
弔、查……二八四一
汗搨……二八四一
通家……二八四一
塗裘……二八四二
方湖……二八四二
搏風……二八四二
器用别名……二八四三
玉尺……二八四三
顛不剌……二八四四
媚骨……二八四四
石炭……二八四四
佛郎機……二八四五
上巳當作上己……二八四五
洋呢……二八四五
計帳……二八四六
玉環體弱……二八四六
告狀……二八四六
小姪……二八四七
請安……二八四七
哄士……二八四七
掌膠……二八四八
整容……二八四八
天癸……二八四八
擡頭……二八四九

轎……二八四九
不娶母同姓……二八四九
滿月宴會……二八五〇
古人儕輩稱君臣……二八五〇
熊字三點……二八五〇
甭字……二八五一
算命……二八五一
檔應作當……二八五一
席不當作薦……二八五二
官稱缺……二八五二
高春……二八五二
精舍……二八五三
䮦隙駟隙……二八五三
首飾……二八五三
卑職……二八五四
當票……二八五四
蠟燭……二八五四
對花啜茶……二八五五
你……二八五五
鬭蘭……二八五五
玉堂……二八五六
唐伯虎……二八五六
水龍……二八五六
三字經……二八五七
卓倚兀……二八五七
紅皺黃團……二八五七
地名人名誤讀……二八五八
平仄誤讀……二八五九
連文釋義……二八五九
忽雷非琴名……二八六二
項羽爲始皇之子……二八六二
耳衣……二八六二
剃頭……二八六三
寄書桃……二八六三

長恩……二八六三
辨李太白采石捉月之誣……二八六四
文信國無黄冠歸故鄉語……二八六四
風流非淫蕩……二八六四
息夫人有盡節之説……二八六六
西施隨范蠡之誣……二八六七
昭君失節之誣……二八六八
孔子有妾……二八六九
管仲有婢知詩，晏子有妾能書……二八六九
薛家將……二八七〇
楊家將……二八七〇
吕布戲貂蟬有所本……二八七一
祝英臺化蝶之事有所本……二八七一
古美女不嫌黑……二八七二
女帥貞肅……二八七二
四王五惲……二八七三
辨某説部記毛西河夫人事……二八七三
辨《茶餘客話》記雲郎事……二八七四
姓名三字同音……二八七五
花朝……二八七五
賣卜……二八七六

説部擷華卷五

香奩

柳絮集……二八七七
緑窗遺稿……二八七七
徐德音……二八七八
延香正拍……二八七八
汪容甫夫人……二八七九
水繪羣芳……二八七九
陳爽軒……二八八一
徐珠淵……二八八一
寄女伴詩……二八八一
瑯琊三秀……二八八二

詩見節槩……二八八二
王德卿……二八八三
舒嗣音……二八八四
茜窗詩課……二八八四
問花樓稿……二八八四
苔窗詩……二八八五
警句……二八八五
鄒蕙祺……二八八五
蘊真軒詩……二八八六
慰下第詩……二八八六
艾蒳亭倡和……二八八七
秋蘭館錄閨秀詩……二八八七
閨秀詞佳句……二八八八
河東君訪半野堂小影圖傳竝題詩跋
五則……二八八八
女史題壁詩……二八九一
許若洲女史詩……二八九一
沈祐之……二八九三
眉子硯詩詞……二八九三
沈佩玉……二八九四
吟秋閣遺稿……二八九四
吳畹芬……二八九五
王綺思……二八九五
白雲洞天詩……二八九六
席媛……二八九七
趙筠湄……二八九七
錦槎軒詩……二八九八
澹仙詩話……二八九九
任夢檀……二八九九
胡智珠……二九〇〇
蓮因女史……二九〇〇
管夫人畫卷……二九〇一
絮香吟館詩……二九〇二
韻香閣詩……二九〇三

于歸後詩詞……二九〇三
閨秀說經……二九〇四
七夕詩……二九〇四
女弟子……二九〇五
顧橫波小像……二九〇五
紫蝴蝶花館詩……二九〇六
廣寒逋客……二九〇八
湖樓請業圖……二九〇九
高麗權貴妃詞……二九一一
玉臺名翰……二九一二
簪花閣帖……二九一三
秋花長卷題詞……二九一四

說部擷華卷六

神怪

飛鑼……二九一五
再世……二九一五
冥報……二九一六
縊鬼繩……二九一六
土穀祠……二九一七
鄒二癡……二九一七
鬼戲……二九一八
錢蓮仙……二九一八
乩仙……二九一九
打眚神……二九一九
送涼……二九二〇
聞角菴相士……二九二一
董庶常……二九二一
鬼迷……二九二二
滕縣遇鬼……二九二二
鬼皁隸……二九二三
彭半壺……二九二四
鬼婚……二九二四
淨眼二則……二九二五

鬼差救人……二九二六
鬼燒天……二九二六
陣亡鬼……二九二七
喚鴛鴦……二九二七
嫖鬼……二九二八
鬼說話……二九二八
買乳……二九二八
討債鬼……二九二九
王大王二……二九二九
兩指……二九三〇
倒划船……二九三〇
陳三姑娘……二九三一
王老相公桑三姐……二九三二
人而鬼……二九三二
鼠食仙草……二九三三
張氏怪……二九三四
朱方旦……二九三五
石妖……二九三六
石虎……二九三七
龜祟……二九三八
蛇妻……二九三八
妖人……二九三九
黃相公……二九三九
蜒蚰精……二九四〇
桃妖……二九四〇
狐老先生……二九四〇
天狗……二九四一
男女二怪……二九四一
管庫狐仙……二九四二
鼈精……二九四三
猪首人身……二九四四
狐報仇……二九四四
高柏林……二九四五
蜘蛛網龍……二九四六

借寓……二九四六
採蓮朱柱……二九四七
賴塇……二九四七
醫狐……二九四八
火怪愛看戲……二九四八
老段……二九四九
狐子……二九五〇
成林自述二事……二九五〇
瓊花豔遇……二九五一
荷花瓣上美人影……二九五二
部曹某……二九五二
狗怪……二九五三
田山薑與狐約……二九五三
王城大人……二九五四

眉廬叢話十二卷

眉廬叢話卷一……二九五七
眉廬叢話卷二……二九六三
眉廬叢話卷三……二九七三
眉廬叢話卷四……二九七九
眉廬叢話卷五……二九九三
眉廬叢話卷六……三〇〇三
眉廬叢話卷七……三〇一五
眉廬叢話卷八……三〇二九
眉廬叢話卷九……三〇四七
眉廬叢話卷十……三〇六五
眉廬叢話卷十一……三〇八三
眉廬叢話卷十二……三一〇一

第七册

續眉廬叢話四卷

自序……況周頤 三一二一
續眉廬叢話卷一……三一二三
續眉廬叢話卷二……三一四一
續眉廬叢話卷三……三一五九
續眉廬叢話卷四……三一六九

餐櫻廡隨筆十卷

餐櫻廡隨筆卷一……三一八一
餐櫻廡隨筆卷二……三一九一
餐櫻廡隨筆卷三……三一九九
餐櫻廡隨筆卷四……三二〇九
餐櫻廡隨筆卷五……三二一七
餐櫻廡隨筆卷六……三二二九
餐櫻廡隨筆卷七……三二三九
餐櫻廡隨筆卷八……三二四九
餐櫻廡隨筆卷九……三二五七
餐櫻廡隨筆卷十……三二六七

天春樓瑣語一卷

天春樓瑣語……三二七七

天春樓漫筆一卷

天春樓漫筆……三二八五

證壁集四卷

自序……況周頤 三三〇三

證璧集卷一

辨夏啓失道之誣…………………… 孫璧文 三三〇五
辨微子面縛銜璧之誣……………… 方濬師 三三〇五
辨孔氏三世出妻之誣……………… 王端履 三三〇七
又………………………………… 沈旹堂 三三〇八
辨孔子出妻之誣…………………… 江 永 三三一一
辨叔姬歸酅事……………………… 方濬師 三三一一
辨以班處宫公穀之誤解…………… 孫璧文 三三一二
辨息夫人不言生子之誣…………… 陳文述 三三一三
又………………………………… 孫璧文 三三一五
辨息夫人非息嬀…………………… 陶方琦 三三一六
辨西施從范蠡之誣………………… 姚 寬 三三一七
又………………………………… 楊 慎 三三一七
又………………………………… 杭世駿 三三一八
辨語兒亭舊説之非………………… 杭世駿 三三一九
辨秦始皇爲呂不韋子之誣………… 朱 璘 三三二〇
辨揚子雲投閣美新之誣…………… 焦 竑 三三二一
又………………………………… 光聰諧 三三二二
辨焦仲卿妻非賢婦之誣…………… 孫璧文 三三二三
辨陳思王感甄之誣………………… 金武祥 三三二三

證璧集卷二

辨《書譜》記王大令事之誣………… 包世臣 三三二五
辨陶淵明受桓玄辟之誣…………… 孫璧文 三三二六
坿 謝康樂像拓本題識…………… 況周頤 三三二七
辨范蔚宗《宋書》本傳之誣………… 陳 澧 三三二七
辨《玉臺新詠》劉令嫺詩之誣 …… 孫璧文 三三四二
辨《南史・梁元帝徐妃傳》
之誣……………………………… 況周頤 三三四三

證璧集卷三

辨李義山本傳之誣………………… 朱鶴齡 三三四五
辨昌黎韓氏一女兩壻之誣………… 黄定宜 三三四六

辨宋太宗燭影斧聲之誣……光聰諧　三三四九
辨花蕊夫人宋宮寵幸之誣……況周頤　三三五一
辨康保裔降遼之誣……陳漢章　三三五一
辨歐陽公江南柳之誣《蕙風詞話》……況周頤　三三五二
辨東坡私李方叔之誣……孫壁文　三三五三
辨王履道叛蘇附蔡之誣……況周頤　三三五四
辨陳潘同母之誣……徐𤇝　三三五五
辨朱淑真《生查子》之誣……況周頤　三三五六
又……況周頤　三三五八

證璧集卷四

辨李易安再適之誣……俞正燮　三三六一
又……陸心源　三三六一
又……李慈銘　三三六一
辨胡康侯附秦檜之誣……孫壁文　三三六二
辨姜白石不識錦瑟之誣……趙尊嶽　三三六二
辨陸放翁附韓侂冑之誣……趙翼　三三六三
辨吳夢窗附賈似道之誣……劉毓崧　三三六四
辨文信黃國冠之請之誣……黃定宜　三三六七
又……淩揚藻　三三六八
附　信國子陞、弟璧璋行實……文晟　三三六八
辨周文襄黨附王振之誣……孫壁文　三三六九
辨秦良玉答朱壽宜語之誣……況周頤　三三七〇
辨懿安皇后不殉節之誣……淩揚藻　三三七一
辨黃朝宣納款之誣……闕名　三三七三
辨毛西河夫人悍妒之誣……況周頤　三三七四
辨是鏡被告訐事……馮幵　三三七五
跋……趙尊嶽　三三七六

餐櫻廡漫筆十八卷

餐櫻廡漫筆卷一……三三七九
餐櫻廡漫筆卷二……三三九七

餐櫻廡漫筆卷三……三四一三
餐櫻廡漫筆卷四……三四二三
餐櫻廡漫筆卷五……三四三一
餐櫻廡漫筆卷六……三四三九
餐櫻廡漫筆卷七……三四四五
餐櫻廡漫筆卷八……三四五九
禊節瑣談……三四六八
餐櫻廡漫筆卷九……三四七三
傳燭醮談……三四七四
餐櫻廡漫筆卷十……三四八七
餐櫻廡漫筆卷十一……三五〇五
餐櫻廡漫筆卷十二……三五二一
餐櫻廡漫筆卷十三……三五三七
月夕漫筆……三五三七
萸觴瑣話……三五四八
餐櫻廡漫筆卷十四……三五五三
餐櫻廡漫筆卷十五……三五六九
餐櫻廡漫筆卷十六……三五八七
餐櫻廡漫筆卷十七……三六〇一
餐櫻廡漫筆卷十八……三六一三

第八冊

天春樓脞語五卷

天春樓脞語卷一
元旦典禮上……三六三五
元旦典禮下……三六三六

目次

萬壽賓筵志盛……三六三七
萬壽賓筵樂章……三六三八
徽號、謚法……三六三九
日月合璧，五星連珠……三六三九
《爾雅》『梫』字……三六四〇
寶星考上……三六四〇
寶星考下……三六四一
坎巨提入貢事……三六四二
推班……三六四四
牓牌……三六四四
女官名數……三六四四
借用外債……三六四五
綠營……三六四五

天春樓脞語卷二

四庫裝函……三六四七
英吉利國入貢……三六四七
教坊司改和聲署……三六四八
經濟科特記上……三六四八
記經濟特科中……三六五〇
記經濟特科下……三六五一
特科備列補紀……三六五三
陶文毅軼事……三六五三
阮文達清德……三六五四
曾文正儒雅……三六五四
日將論中國武事……三六五五
野朮……三六五五
燕與杜鵑之異聞……三六五六
採購軍馬規則上……三六五六
採購軍馬規則下……三六五八
强迫教育章程……三六五九
劉碧鬟……三六五九
僕妾教忠……三六六〇
珠光……三六六二

入梅出梅……三六六三
霓裳羽衣曲……三六六三
王闓運致李鴻章書……三六六四

天春樓脞語卷三

馬兄驢弟、雁龜親友……三六六七
移甎算法……三六六八
鬼聽琴二事……三六六八
海警戲目……三六六九
大衣……三六七〇
蕆言……三六七〇
愛妾換書二事……三六七一
僅見之加銜……三六七一
五字獄……三六七二
合歡梧桐花……三六七二
孔廟異聞……三六七二
卽用道府……三六七三
番錢……三六七三
擔生……三六七三
西湖四女士……三六七四
郗璿……三六七五
中曆勝西曆說……三六七六
朝會樂章上……三六七七
朝會樂章下……三六七八
壽聯渾雅……三六七九
蔡紓工書……三六七九
改姓奇聞……三六八〇
集唐超逸……三六八〇
老子卽老萊子……三六八一
梁山伯……三六八一
治外法權……三六八一
五女歸一姓……三六八二
迎春故事……三六八二

天春樓脞語卷四

金山豔遇……三六八三
夕陽詩……三六八三
兩惠泉……三六八四
白雲先生……三六八五
古字慎用……三六八五
刻書價廉……三六八六
虎子狗……三六八六
部宴樂章……三六八七
棘闈異聞……三六八八
科舉運衰……三六八九
張真人家世本末考上……三六八九
張真人家世本末考下……三六九一
漢畫半身美人……三六九三
雞子殼內上海……三六九三
真娘宜謚曰貞……三六九四
張真人打彈事……三六九四
砒石入藥……三六九五
辨賈充女穢行之誣……三六九五
孫文同姓名二人……三六九六
集句佳妙……三六九六
雷書考證……三六九七
畫學試士……三六九八
盜慧……三六九九
琴操墓……三七〇〇
瑞菊……三七〇〇
合體之奇人……三七〇〇
逃生朝……三七〇一
射虎兩事……三七〇二
元明時天師工畫……三七〇二
綴玉軒集句楹言……三七〇三

天春樓脞語卷五

括弧闌格……三七〇五
張真人玉印……三七〇五
裸游館……三七〇六
爲人代杖二事……三七〇六
雷書續證……三七〇八
朔十五日……三七〇九
女寵關係興亡……三七一〇
活字紙版……三七一〇
避生朝之雅故……三七一一
九九古諺……三七一二
靛染天鵝翎……三七一二
天婚四字……三七一三

陳圓圓事輯

序……金天羽　三七一七
陳圓圓事輯……三七一八

附錄

附錄一　生平資料

況周頤自述、家族成員名錄、受業知師及朱卷……三七四一
況蕙風先生外傳……腹痛　三七四三
清故通議大夫三品銜浙江補用知府況君墓誌銘……馮幵　三七四六
蕙風遺事……步章五　三七四九
近世人物志一則……金梁　三七五一
同光風雲錄一則……邵鏡人　三七五二
清稗類鈔十八則……徐珂　三七五二
安持人物瑣憶十一則……陳巨來　三七六〇

附録二　詞學專論

蕙風詞史……………………趙尊嶽　三七六七
況夔笙蕙風詞話詮評……………夏敬觀　三八〇二
學詞津逮——況蕙風先生
《詞學講義》…………………金受申　三八一九
清季四大詞人…………………龍沐勛　三八二七
讀過《蕙風詞話》、《詞》以後……………微　三八三六
介紹惜陰堂刊詞籍……………………荃　三八三九
現代中國文學史…………………錢基博　三八四一

附録三　詩詞題詠

吳昌碩一首……………………………三八五五
王鵬運十首……………………………三八五五
陳三立一首……………………………三八五九
朱祖謀六首……………………………三八六〇
程頌萬十首……………………………三八六二
林鵾翔二十首…………………………三八六五
馮幵二首………………………………三八六八
金天羽一首……………………………三八六九
王國維三首……………………………三八六九
步章五四首……………………………三八七〇
吳梅一首………………………………三八七一
謝公展、謝介子一首…………………三八七二
俞鍔一首………………………………三八七二
蔡松筠一首……………………………三八七三
陳俊卿二首……………………………三八七三
聞宥一首………………………………三八七四
黃孝紓三首……………………………三八七四

附録四　詞林嘉話

報紙

《申報》

一　梅訊………………………………三八七七

珍重閣『梅訊』……三八七七
春醪『梅訊』……三八八〇
東閣『梅訊』……三八八六
約聞『梅訊』……三八八七
其他……三八九〇
二　仕宦公告……三八九二
三　去世哀挽……三八九四
四　出版信息……三八九七
五　子孫情況……三九〇四
六　雜載……三九一〇

期刊

學衡六則……三九一三
國學論叢三則……三九一五
國立武漢大學文哲季刊三則……三九一七
小說新報一則……三九一九
華國二則……三九一九
上海市通志館期刊一則……三九三一
青鶴六則……三九三一
人間世二則……三九三六
制言三則……三九三七
逸經一則……三九三八
文史一則……三九三九
越風二則……三九三九
小說大觀二則……三九四一
新潮一則……三九四二
國學專刊一則……三九四三
詞學季刊三十四則……三九四三
同聲月刊二十九則……三九六四
語絲一則……三九七八
甲寅周刊一則……三九七九

附錄五　序跋

稼軒長短句一則……三九八一
東山寓聲樂府一則……三九八一

東山寓聲樂府補鈔一則……三九八二
斷腸詞一則……三九八三
南宋四名臣詞集一則……三九八四
蟻術詞選二則……三九八五
藏春樂府一則……三九八五
四印齋彙刻宋元三十一家詞一則……三九八六
夢窗甲乙丙丁稿手識一則……三九八七
藝風堂文集一則……三九八七
薇省同聲集二則……三九八八
鷲音集一則……三九九〇
清季四家詞一則……三九九一
寧鄉程氏全書七種三則……三九九二
州山吳氏先集二則……三九九四
雲謠集雜曲子一則……三九九五
詞莂二則……三九九五
唐宋金元詞鉤沈一則……三九九六
歷代兩浙詞人小傳一則……三九九八
佚名題識手蹟一則……三九九八
紉芳簃詞跋……三九九九
吳絲新譜一則……三九九九

附錄六　詞話　詩話

詞話

復堂詞話四則……四〇〇一
褱碧齋詞話一則……四〇〇二
近詞叢話四則……四〇〇三
清詞選集評一則……四〇〇四
人間詞話三則……四〇〇五
詞說二則……四〇〇五
小三吾亭詞話二則……四〇〇六
柯亭詞論六則……四〇〇七
聲執四則……四〇一〇
清詞玉屑三則……四〇一三
然脂餘韻三則……四〇一五

秋平雲室詞話一則……四〇一六
惆簃詞話二則……四〇一六
篋中詞一則……四〇一八
詩話
道咸同光四朝詩史一則……四〇一八
光宣詩壇點將錄斠註一則……四〇一九
粟香隨筆五則……四〇二〇
晚晴簃詩匯一則……四〇二三
雪橋詩話一則……四〇二四
天游閣集一則……四〇二四

附錄七　書目　日記　信札

書目
書林清話一則……四〇二五
清續文獻通考一則……四〇二五
碑傳集補一則……四〇二六
八千卷樓書目一則……四〇二六
冶麓山房藏書跋尾一則……四〇二六
梁氏飲冰室藏書目錄一則……四〇二七
新昌胡氏問影樓藏書目一則……四〇二七
大雲書庫藏書目一則……四〇二七
西諦書目……四〇二八
陶齋藏石記五則……四〇二九
武林金石記一則……四〇三四
日記
藝風老人日記（一八九二—一九一九，摘錄）……繆荃孫　四〇三五
紉芳簃日記（一九二五）……陳運彰　四〇六六
天風閣學詞日記（一九三四年）……夏承燾　四〇六八
信札
趙鳳昌致况周頤五則……四〇六九
王國維致羅振玉四則……四〇七一
後記……四〇七五

第一生修梅花館詞

九種

《第一生修梅花館詞》有《蕙風叢書》本，凡九種，每種一卷。此之前，已刻有《第一生修梅花館詞》，有四種本、六種本、七種本，均一册，爲光緒刊本。四種本所收爲《新鶯詞》、《玉梅詞》、《錦錢詞》、《存悔詞》，六種本較四種本新增《蕙風詞》、《菱景詞》二種，七種本較六種本增加《二雲詞》一種，其中六種本和七種本又與《香海棠館詞話》合一册。此三種扉頁均署『壬辰』，所收所刻時間並不一致。四種本、六種本、七種本均基於同一版刻，祇是其後不斷增刻結集，與《蕙風叢書》本版刻不同。此以《蕙風叢書》九種本爲底本，校以南京圖書館藏四種本、六種本和七種本，又以清光緒刊《薇省同聲集》本《新鶯詞》（下簡稱《同聲集》本）校勘。

至於重見於《秀道人修梅詞課》、惜陰本《蕙風詞》和丁亥本《存悔詞》及《養清書屋存悔詞》等中者，均用以參校。

第一生修梅花館詞

題辭

齊天樂題夔笙詞卷

江寧端木埰子疇

寂寥南宋諸公去，餘音更曾誰嗣。蕙性緘愁，蘭馨織韻，快讀《金荃》新製。南州秀起。羨潞筆湘江，綺霞爭麗。婉孌風情，玉田同世席須避。　瓊樓千古妙語，衹坡仙按譜，餘事而已。桂海英靈，榕門里閈，那便雕蟲自喜。丹山萬里。有名世文章，救時經濟。轉瞬華天，玉樓聲共倚。

前調跋夔笙詞

同　前

綵毫香浣銀河水，清才定從天賦。麗藻霞舒，英詞月豔，脫盡人間凡語。遊心太古。更一字推敲，夜燈紅處。欬唾珠璣，錦囊應讓此佳句。　論文還記往訓，吉祥資後福，何事悽楚。絢爛才華，崢嶸綺歲，忍斆號寒咽露。君當記取。待獻納論思，玉階仙署。莫把商聲，浼將吟思苦。

滿庭芳共夔笙詞話奉贈　　同　前

勤學如君，於今有幾？愛好真自天然。抗心希古，磨琢倍精研。不惜秋燈翦盡，要紙上、字字平安。卽此是，聖賢心法，三絕記韋編。　狂言。方自愧，傾蠡酌海，測管窺天。轉殷勤爲語，佩若蘭荃。不擇涓流盡受，看溟渤、吞納千川。年華健，仔肩萬事，渾不爲吟櫋。

霓裳中序第一夔笙以近作見眎，倚此奉贈。　　吳縣許玉瑑鶴巢

寥天度唳鶴。警入秋心先夢覺。何況撥絃叩角。又幽思暗縈，微波深託。宮商細嚼。笑鄙懷、如應牛鐸。申新款，擷芳楚客，翦燭侑深酌。　濱洛。共吟紅藥。甚海樣、深情似瀹。年來追悔少作。獨抱孤花，埽盡殘籜。懺愁含翠謔。怕道是王郎劍斫。晴絲裊，天高風細，漫令軟紅著。

新鶯詞第一生修梅花館詞第一

過秦樓 湘潭晚泊

鷺外霞明，鷗間水闊，暝色暗侵蘭茝。船脣臥櫓，沙觜移樁，消得天涯情味。試問九曲湘流，化作迴腸，知伊誰爲。但脩眉一抹，凝顰不語，向人空翠。　記昔日、人在花前，流離盞小，卻倚西風沈醉。珊鞍巷陌，玉篴闌干，那不而今顛頹。目斷苕苕水天，有限征鴻，錦箋難寄。又黄昏近也，憁燭替垂紅淚。

減字浣溪沙

祇爲愁多夢不成。夢成爭又帶愁醒。起來嫞自剔殘檠。　已是寒更都到枕，可堪疏雨更聞鈴。海棠香國怕重經。

南浦春草

南浦黯銷魂，共春波、誤入江郎愁賦。金谷悄和烟，王孫去、猶自萋萋無數。愁苗豔種，夕陽消盡成今古。依樣東風依樣綠。人老翠雲深處。　凭闌無限芳菲，待輕陰薄暝，殷勤乞與。生意重低徊，長亭路、爭忍玉驄輕去。春人似海，算來誰識紅心苦。何況深深深徑曲。猶有抱香蘅杜。

齊天樂遐丈出示同子疇、鶴巢兩先生遊陶然亭詞，依調奉答，且訂後約。

已涼天氣尋幽好，雲山更誰儔侶。綠鬢華年，紅塵倦客，禁得俊遊都誤。西風意苦。料一抹山眉，瘦如人否。只赤天涯，好秋孤負鳳城住。　玉作平驄幽徑慣識，問詞仙甚日，重載尊俎。露蓼扶紅，霜葭作去聲碧，遲我翠雲深處。凭闌弔古。愛無語斜暉，有情芳樹。莫待重陽，滿城風又雨。

前調秋雨〔一〕

沈郎已自拚顦顇，驚心又聞秋雨。做冷欺燈，將愁續夢，越是宵深難住。千絲萬縷。更攙入蟲聲，攪人情緒。一片蕭騷，細聽不作平是故園樹〔二〕。　沈沈更漏漸咽，只檐前鐵馬，幽怨如訴〔三〕。儻是殘春，明朝怕有，無數飛花飛絮。天涯倦旅，記滴向篷窗，更加淒苦。欲譜瀟湘，黯愁生玉柱。

【校記】

〔一〕此詞復見惜陰本《蕙風詞》卷上。

〔二〕小注「作平」：惜陰本《蕙風詞》卷上無。

〔三〕怨：惜陰本《蕙風詞》卷上作「愁」。

紅情 紅菊，用玉田荷花均。

漫疑春色。試細看不似，春花繁密。晚節鮮妍，未到西風有誰識。相對仍然味淡，持底事、耐人思憶。怕瘦損、自惜朱顔，辛苦露痕溼。　閒立。漸寒側。映一抹晚霞，半林殘日。似聞太液。無數夫容浸澄碧。顛頓東籬冷豔，只傲骨、丹心猶昔。慣領略、紅情苦，一枝倦篴。

綠意 綠菊，用玉田荷葉均。

浣秋更潔。向碧梧影裏，別樣清絕。慘綠何人，晚節誰知，不受世間秋熱。紅塵莫漫含青眼，怕情在、淡中難說。只瘦容、恰與眉山，分占黛愁千疊。　誰識餐英味好，蒨痕但掩映，湘水帬摺。絕世丰神，彷佛當年，潘鬢未曾催雪。東籬自惜琅玕質，笑弱柳、舞腰輕折。共尊前、顛頓青衫，傲得冷清霜月。

減字浣溪沙題《王幼遐丈宣南覓句圖》

畫裏前遊夢裏尋。當年刻燭翠堂深。那知人世有升沈。　燕子歸來無恙否，風流雲散恨難禁。錦箋猶在怕重吟〔一〕。

【校記】

〔一〕箋：《同聲集》本作『椾』，意同。

金縷曲《花草粹編》世尠傳本，戊子冬，得於廠肆。幼丈見之，亟爲欣賞，因錄副以贈，並媵此詞。

香露紅薇盥。裊沈烟，翠帷深下，琅函靜展。六十名家琴川刻，爭似千葩奇絢。君莫笑、魯魚不免。元刻多譌字，如『万俟』作『萬俟』之類。月上柳梢分明載，算奇寃、早爲貞姬辨。淑真《生查子》之誣，《四庫提要》辨之甚詳，此刻正作永叔，益足破升菴、子晉輩瞽說矣。　披姓字，快無限。付胥冬末成春晚。喜人間、木難火齊，居然重見。鸞掖仙人吾同好，持贈此情深淺。便珍重、憑君千萬。他日天涯音塵隔，撫香詞、莫忘鐙同翦。看異彩，動青案。

百字令題《王幼遐丈戴笠圖》，用竹垞自題畫像均。

吟詩戴笠，算後來惟有，東坡居士。畫裏風流誰會得，秀水新城而已〔一〕。鸞掖詞仙，鳳池香吏，瀟灑今如此。未容高蹈，此圖聊寫懷耳。　休便西塞山前，斜風細雨，唱桃花流水。十丈輭紅渾不染，何必水村烟市。綠鬢朱顏，烏紗絳蠟，別有千秋事。山林小隱，計惟吾輩應是。

【校記】

〔一〕秀水新城：《同聲集》本作『竹垞漁洋』，按：朱彝尊，字錫鬯，號竹垞，清秀水（今浙江嘉興）人。康熙時舉博學弘詞科，除檢討。爲浙西詞派的開創者。又：王士禛，字貽上，號漁洋山人，新城（今山東桓臺）人。清順治進士，官至刑部尚書。詩爲一代之宗，與朱彝尊齊名。

南浦六月二十八日葦灣觀荷，同幼遐前輩。〔一〕

幽路入花天，鬧紅深，恰共中仙乘興。花外小紅亭，無人到、亭外綠陰千頃。疏烟澹日，木蘭愁絕餘香凝。惜起青黃顦顇葉，曾共婣婷窺影。　無邊香色年年，算鴛鴦慣識，枝交蒂竝。年少治遊心，飄零後、禁得萬蟬淒哽。歡娛謾省。碧雲日暮頗黎冷。十二迴闌腸斷處，依約淩波來凭。

【校記】

〔一〕此詞復見惜陰本《蕙風詞》卷上。

和作

鶴　巢

閒唱惜紅衣，羡詞仙，早動南河遊興。深入畫中行，空濛處、疑有濠梁千頃。紅疏翠偃，粉痕和露餘香凝。看取新妝擎水出，似否鏡中人影。　江湖經慣烟波，甚臨流尚愛，瓜皮艇立。應憶舊盟鷗，松陵路、遙夜洞簫聲哽。閒情暗省。卷波深引荷筩冷。雪藕調冰留後約，還借北窗同凭。

又

臨桂王鵬運幼遐

踏倦六街塵，趁新晴，暫逐汀洲遊興。烟水共澄鮮，蘭舟小、占取鷗鄉俄頃。玉容何在，花間回首成銷凝。一自怨娥留照後，閒卻半潭雲影。　秋江憶采夫容，惱詩心浪遣，紅兒比竝。高柳亂蟬嘶，無人會、訴盡老懷淒哽。華年漫省。巢香散後夗栖冷。翠袖闌干天樣闊，付與柳絲閒凭。

臨江仙前詞意有未盡，再呈幼遐前輩。〔一〕

正是撩人天氣也，可憐雲澹烟輕。鬧紅深處見娉婷。花光人影，分占十分清。　畫裏歸來愁亦好，何須夜飲秦箏。他年記取小紅亭。小紅亭外，高柳萬蟬聲。

【校記】

〔一〕此詞復見惜陰本《蕙風詞》卷上。

江南好亦本事也

南湖好，畫舸近垂楊。不采花枝惟采葉，美人心事惜紅芳。花裏竝鴛鴦。

綠意詠一片荷葉

露痕玉泫。甚素秋未到，青黄相半。隨分飄零，休怨纖纖，惟願翠眉休換。淩波不盡田田影，向畫舸、去塵凄斷。倩瘦鴛、寄語紅衣，珍重月寒烟晚。　顦顇文園易老，正惆悵往事，青鬢驚看。爲惜沾泥，分付流波，爭又乍舒還捲。歸來彩筆題芳恨，也一任、翠簾天遠。問恁時、低傍蓮鉤，萬一黛顰偷展。

同作

幼遐

碧雲規月。是亭亭慣見，淩波一瞥。多謝眠鷗，相竝驚鴻，休怨西風飄撇。青黃不是甘憔悴，怕嬌臉、嫩紅猶怯。問田田、多少花間，底事賦愁偏絕。　好在木蘭舟小，繡茵掩映處，低襯帬摺。漫惜餘香，卻戀飛塵，記取纖痕一掐。微波盼斷從舒卷，早展盡、秋心層疊。儘勝他、擎住蓮房，甚日浣紗人說。

金縷曲 六月三十義勝居小酌，同鶴巢、幼遐兩前輩。

酒向旗亭買。晚涼天，銀箋絳蠟，翛然世外。一自花風吹夢覺，吟弄苦無聊賴。誰信道、知音相待。香徑紅樓今已矣，莫高談、怕有人憎駴。身世事，淺斟再。　輭紅塵裏人如海。問紛紛、王盧幾輩，韓蘇幾派。錦樣文章羅樣薄，別有浮雲世態。那不向、詞仙下拜。長願花時同尊酒，更狂迂、結習都休改。聱叟聽，也應快。指疇丈前輩。

和作　　幼遐

落花塵巾岸。數年光，卅旬又六，今宵剛半。飽餓誰憐臣朔死，聊共侏儒一粲。看眼底、風華零亂。酒釅茶甘銀鐙側，料牽人、不敵羊頭爛。容易遣，隔河漢。　桮行到手休辭孏。聽淒淒、蛬螿四壁，秋聲偷換。大噱高譚文字飲，藉作障塵腰扇。算蛉贏、尊前何限。漫道不如公榮者，勝公榮、也莫同桮琖。歌一曲，南山旰。

鶯啼序 葦灣之遊，與半唐老人一再醻和，意仍未盡，復拈此解，清遊難得，不覺言之鄭重也。

城陰萬絲瘦柳，綣尋芳意緒〔一〕。鏡匳遠、雲日涵輝〔二〕，鬧紅誰在深處。謾幽憩、銀箋按拍，指幼丈《高陽臺》。涼蟬喚入花間去。甚香風，別作平樣溫柔，澹搖洲渚。　故故來遲，傍柳畫舸，似淩波未許。翠隄外、人各天涯，曲闌應向凝佇。祇娉婷、紅衣倒影，記愁絕、中仙說作平與。露房擎，青子離離，爲誰心苦。　菱花自小，葦葉長愁，紫蓱是墜絮。問併作、幾多紅怨，畫裏回首，卻又盈盈，未開剛吐。芳塵去後，蘅臯悽斷，非花非霧情何極，錦鱗多，恨字難分付。涼雲十里，鴛鴦不是催歸，有人玉鞲愁駐。　風流自惜，也莫名花，被燕鶯暗妒〔三〕。向此際、揭作平天絲筦，踠地簾櫳，一任微波，鑒人幽愫。風裳水佩，羅衣紈扇，年年花好人暗老，望蓬山、腸斷花知否。宵來還夢湖邊，障綠愁雲，洗紅怨雨〔四〕。

【校記】

〔一〕『城陰』二句：惜陰本《蕙風詞》卷上作『輕陰半湖翠罨，想臨妝媚嫵』。

〔二〕雲日涵輝：惜陰本《蕙風詞》卷上作『一抹愁痕』。

〔三〕『風流』三句：惜陰本《蕙風詞》卷上作『逢花最惜，見說爲花，便有花暗妒』。

〔四〕『宵來』三句：惜陰本《蕙風詞》卷上作『蹋搖細槳聲中，路入疏烟，似去聞怨語』。

十六字令

誰。畫裏娉婷鏡裏窺。無人處，鷗鷺正瞑時。

齊天樂己丑秋仲，錄校疇丈前輩《碧瀣詞》，敬跋一闋。

我朝詞學空前代。薇垣況稱淵萃。鏤玉琱璚，裁雲縫月，提倡斷推《彈指》。詞宗繼起。看平揖蘇辛，指麾姜史。一曲陽春，莽蒼塵海素心幾。

慚余纖豔未滌。詎知音相待，規勸肫摯。名世文章，救時經濟，期我丹山萬里。丈贈句意。雲箋料理。要珍媲璠璵，佩同蘭芷。古誼高風，景行奚啻此。

臨江仙庚寅元日和幼遐前輩己丑除夕均

東閣官梅春事早，天涯略約吾鄉。五雲佳氣鬱相望。滿衣宫露，花底紫霞觴。　看取青青雙鬢影，未應壯志輕償。赤鱗丹鳳各昂藏。蓬山回首，三十好年光。

元作　　幼遐

爆竹聲中催改歲，年年此夕殊鄉。天涯兄弟各相望。幾時歸去，譚咲醉春觴。　已是向平婚嫁了，名山願好誰償。休從鏡聽卜行藏。春花秋月，流轉任風光。

滿江紅春月用《耐寒詞·春雪》均

料峭餘寒，渾不覺、姮娥瘦生。東風裏，簾櫳十二，捲到紅旌。但值秋天能皎潔，何妨春影特瓏玲。向宵深、還肯伴幽人，窺戶庭。　晶瑩色，爭素瑛。高寒處，引圓冰。罨碧桃花影，何處窗櫺。別樣韶光開玉宇，十分清氣透銀屏。誤認伊、殘雪在闌東，教埽烹。

元作

臨桂朱依程春岑

春雨連朝，怪一夜、清寒驟生。驚飄瞥，暫停檐溜，偷拂簾旌。瓦際初抛珠的皪，墻根時弄玉玎玲。向漏聲、深處轉無聞，盈謝庭。晨光内，凝素瑛。夕陽外，冶春冰。惹踏枝烏鵲，頻繞疏欞〔一〕。無復鳴珂迷曲巷，漫拈飛絮倚圍屏。笑茗鐺、難共党家姬，誰埽烹。

【校記】

〔一〕疏：底本作「梳」，據《同聲集》本改。

念奴嬌　憶南湖舊遊，用朱小岑先生依真漂帛塘觀荷均〔一〕。

長卿遊倦，恰年時、畫裏都是愁中〔二〕。湖上大隄隄上路，天涯見説能通〔三〕。流水三生，淩波一霎，嬌眄隔香紅。垂楊踠地，那時亭北闌東。　誰念芳字題殘，紅牙拍徧〔四〕，换羽更移宫。目送横塘天樣闊，香霧何事惺忪〔五〕。一葉顰秋，萬花妝晚，腸斷到東風。鴛鴦在否，夢雲猶帶疏鐘〔六〕。

【校記】

〔一〕依真：底本無，據惜陰本《蕙風詞》卷上補。

〔二〕「長卿」二句：六種本等、《同聲集》本作「澄湖無恙，甚年來、畫裏都是愁中」。

〔三〕『湖上』二句：六種本等、《同聲集》本作『倦客情懷渾恨別，銷魂我亦文通』。
〔四〕『誰念』二句：六種本等、《同聲集》本作『一任芳字題殘，干卿底事』。
〔五〕『香霧』句：六種本等、《同聲集》本作『贏得潘鬢惺忪』。
〔六〕『鴛鴦』二句：六種本等、《同聲集》本作『喚回香夢，隔廧何處疏鐘』。

元作

臨桂朱依真小岑

涉江路遠，望田田、何處裂帛光中。欲折青蘆渾意嬾，碧雲消息難通。鷺外霞輕，鷗邊涼重，依約見幺紅。夕陽低盡，杖藜扶過橋東。

懷想石帚當年，花迎曲送，人在水晶宮。多癖多情都未減，芳國無限惺忪。十里潭香，一聲菱唱，吹斷藕絲風。爭生消受，隔城催趁疏鐘。

玉梅詞第一生修梅花館詞第二

買陂塘題金滙生《冰泉唱和集》，用集中酬穀盦韻。泉在蒼梧冰井寺西北，唐元次山有《冰井銘》，宋紹興間太守任君建漫泉亭其上。

對雲山、分泉話茗，詩人曾占前度。斜陽玉勒城東路，隔斷幾重烟樹。紛綺緒。料愁聽、江南柳七銷魂句，菭深甃古。問寂寞蒼梧，飄零素綆，殘碣倩誰補。　林泉癖，合向谿山小住。漫亭遺址難據。何時坐我清涼國，一洗東華塵土。心賞處。要結箇、清緣更比冰堅固。狂吟醉舞。恨不共詞仙，霜前雁後，觴政肅飛羽。

南浦題譚仲修丈《斜陽烟柳填詞圖》

金粉舊湖山，甚春工，作去聲出璚簫哀怨。烟水十年心，長堤路、不信無人腸斷。斜紅瘦碧，望中依約樓臺遠。有限韶華無限恨，休問等閒鶯燕。　東風凭偏危闌，柰長條似舊，芳期易晚。歸去寫鸞箋，尊中酒、分付小紅須勸。登臨極目，餘情付與垂絲綰。曾在碧雲深處立，好向畫圖重見。

壽樓春虎阜歸舟，烟水四碧，霜月娟娟，來照清怨。口占和梅溪韻，不自覺哀音之激楚也。

遲南枝春芳。向山塘七里，愁凭篷牕。可柰荒橋枯柳，亂鴉斜陽。金粉地，銷柔腸。算阮生、窮途昌狂。恨翠冷吳峯，塵荒晉墅，終古葬紅妝。　移蘭櫂，悲歌長。漫琴挑蜀綺，箏唤秦腔。極目雲寒天遠，共誰魂傷。杯有盡，愁無鄉。甚豔才、而今江郎。只燈火高城，餘情忍忘襟袌香。

高陽臺〔一〕

舊苑鴉寒，荒皋雁瘦，吳霜正染青袍。載酒江湖，十年吹斷瑀簫〔二〕。玉梅花下相思路，算而今、不隔三橋。怨良宵，滿目繁華，滿目蕭條。　紅箋枉費珍珠字，甚江關詞賦，不抵金貂。門外垂楊，要他來繫征橈。金尊自倒休教勸，怕天涯、回首魂銷。碧迢迢，玉宇瑀樓，絳鶴難招。

【校記】

〔一〕此詞復見惜陰本《蕙風詞》卷上。

〔二〕瑀：惜陰本《蕙風詞》卷上作『瓊』。

永遇樂 吳坊本事和漱玉

慘碧山塘，畫船只在，銷淚多處。坐柳移尊，凭梅駐篴，相見應暫許。紅羅嫌窄，金鈴愁重〔一〕，底是妒花風雨。最惆悵、驚鴻散後，夢雲更迷春侶。　可憐昨夜，畫樓西畔，望斷星點三五。鈿小花羞，奩低月怨，歌態誰楚楚。禎鱗難託，紅鬘更縛，可柰杜鵑催去。江南客、傷心第一，四絃倦語。

【校記】

〔一〕鈴：惜陰本《蕙風詞》卷上作「玲」。

憶舊遊 吳趨旅夜，懷邊竺潭杭州。

記垂鞭喚酒，側帽尋詩，西子湖頭。同調天涯少，問金烟珠粉，何似清遊。六橋玉梅開後，有約弄扁舟。恨草草分攜，殘楊古渡，敗葉荒郵。　吳謳。勸人醉，柰慘綠襟痕，輕換杭州。歌管山塘路，任珠簾十里，不捲離愁。甚時墜歡重整，清唱劍虹秋。竺潭有《劍虹盦詞》。漫倚遍危闌，殘蟾怨抑寒到樓。

法曲獻仙音金閶寒夜和夢窗〔一〕

殘月闞尊，凍雲沈篴，况是天涯庭院。燭淚紅深，枕綿香薄，傷心畫譙清點。伴夢短。梅花冷，幺禽語春怨。　玉容遠。也應憐、杜郎落作平拓，悲錦瑟、絃柱暗驚淚染。宛轉碧淞潮，共垂楊、縈恨難翦。鳳紙題殘，柰雲邊、珠佩聲斷。拚去聲塵銷鬢綠，萬一跨鸞低見。

【校記】

〔一〕此詞復見惜陰本《蕙風詞》卷上。

減字浣溪沙〔一〕

綵勝釵頭故故斜。垂楊深巷泰娘家。惜花人更瘦於花。　眉黛可憐虛夜月，臉紅從此斷朝霞。傷心一語抵天涯。

【校記】

〔一〕此詞復見惜陰本《蕙風詞》卷上。

早梅芳近〔一〕

海棠春，芙蓉晚。特地明妝換。銀鸚呼酒，拚去聲得相思更相見。坐嫞鬟翠重〔二〕，笑怯眉青淺。近尊前小立，無語杏衫蒨。　紫鸞簫，丹鳳琯。金粉江南怨。仙山樓閣，不抵人間繡簾遠。瘦花鶯易妒，倦柳驄難戀。醉扶歸，鶺鴒殘月滿。

【校記】

〔一〕此詞復見惜陰本《蕙風詞》卷上。

〔二〕嫞：惜陰本《蕙風詞》卷上作『慵』。

鎖窗寒懷幼遐前輩京師，時客吳門。

對酒相思，橫琴獨嘯，素心人遠。吳烟破柳，略約露槐春淺。料東華、玉驄倦歸，茜窗也夢燈同翦。儘畫船題翠，旗亭浮白，墜歡銷黯。　鶯囀。江南岸。憶慘綠韶年，輭紅舊館。殘衫瘦馬，負了楳邊青眼。幼遐有『花外楳邊』小印。待江亭、尊俎更攜，別愁看取襟褏滿。更關心、古寺春鐘，白髮詞仙健。指疇丈前輩。

壽樓春余與實甫聞聲相思十餘年矣，壬辰春，晤於蘇州，和梅溪調見貽。明日忽又別去，素心難得，勝會不常，良用惋嘆。依調賦寄，竝呈子芾、小坡兩兄。

紉湘蘭情芳。記紅蕉舊譜，吟瘦燈牕。戊寅年始讀實甫《紅蕉》、《夢語》各詞。卻負看花日作平下，放船雲陽。庚辰實甫在京，余未北上。乙酉冬，余客夔州，實甫舟過，不知也。相見晚，摧詞腸。共翠尊、悲歌如狂。對柳外襟塵，楳邊帽影，還夢少時妝。　琴臺路，東風長。柰璚簫俊約，輕換離腔。一霎紅樓人散，綠波春傷。良晤遠，知何鄉。怕鬟絲、應憐潘郎。問明月推篷，多情忍忘吴酒香。

元作　　易順鼎實甫

招箏船羣芳。把詞仙墨淚，題遍吴牕。愁殺龐眉昌谷，瘦腰東陽。休斷盡，蘇州腸。比那時、夫差能狂。有越網千絲，隋珠十斛，來賺鏡中妝。　飄零久，相思長。記紅簫各擪，異曲同腔。俱是承平年少，到今堪傷。憐末路，溫柔鄉。似茂陵、秋風劉郎。又黄月窺人，楳邊莫忘吟暗香。

喜遷鶯壬辰正月二十日，子芾、小坡柳宜橋酒樓聯句，和夢窗韻。

亭皋愁暮。市橋畔倦客，怕聽吳艣。芾。烏帽攲風，青帘颭雪，江燕似人棲旅。坡。篋裏去年花月，燈影誰家簾戶。夔。更攜酒，問隔鄰鶯燕，歌雲聞否。芾。　　高處。媠獨倚，花影畫闌，夜夜虛晴午。坡。錦瑟華年，多情應悔，輕付尋常宮羽。夔。未忍杜郎別淚，休夢謝池佳句。芾。勸吟望，又春衫瘦盡，飄零金縷。坡。

題辭

金縷曲〔一〕

賀縣于式枚晦若

聽雨愁孤館。忽飛來，瓊瑤十幅，琳瑯璀璨。七寶樓臺鴛鴦錦，吐出天葩奇絢。知綺語、才人不免。北斗迴環銀漢迥，廣寒深、不及蓬瀛淺。應寫向，碧城遠。　年來冷著繁華眼。幾多時、西簾抱日，南雲催箭。京洛風塵江湖酒，何止桃紅千遍。悵零落、藥罏詩卷。青鏡天涯顦顇損，更那堪，子夜清歌喚。思往事，爲君怨。

此恨知難已。想蒼蒼，安排哀怨，銷磨明慧。鐵聚六州都成錯，何物人間堪悔。況璅屑、雕蟲小技。至竟干卿緣底事，問笙寒、鷄塞風吹水。參轉語，且休矣。　送君正攬長安轡。儘前途、烟花三月，江山千里。倒峽詞源波瀾闊，併入江郎筆底。好濯淨、春波紈綺。燕趙悲歌關塞格，助張華，添得風雲氣。新句好，更須寄。

【校記】

〔一〕此二首，南京圖書館藏《第一生修梅花館詞》四種本、六種本置於《存悔詞》前，七種本置於《二雲詞》前。南圖藏的一種《蕙風叢書》本，置於《蕙風詞》前。又丁亥、壬寅刊本《存悔詞》此二詞作者題作『襄陵外史穗笙』。

錦錢詞第一生修梅花館詞第三

減字浣溪沙〔一〕

重到長安景不殊。傷心料理舊琴書。自然傷感强歡娱。　十二迴闌凭欲遍，海棠渾似故人姝。海棠知我斷腸無。

【校記】

〔一〕此詞復見惜陰本《蕙風詞》卷上。

鳳棲梧過香鑪營故居〔一〕

記得天涯揮手去。夢逐征鴻，遶遍東華路。梁燕可知人在否，相逢也莫淒涼語。　淚眼更看門外樹。欲斷無腸，苦恨香驄誤。最是不堪回首處，鳳城西去棠梨雨。

【校記】

〔一〕此詞復見惜陰本《蕙風詞》卷上。

南浦題《幼遐前輩庭柳圖》

芳草閉門深，甚輕陰，蕩得簾櫳如水。渾不爲春忙，曲作平闌外、長是三眠三起。絲絲縷縷，抵今多少傷春淚。卻作平笑傷春人自苦，春在等閒桃李。　天涯休怨彫零，便腰枝似舊，難消嫵媚。烟雨黯龍池，閒鶯燕、知否黛眉深意。千紅萬紫，有人沈醉長安市。輸與詞仙工嬾慢，閒夢一庭烟翠。

菩薩蠻〔一〕

五更才得朦朧睡。夢中多少傷心事。殘月亂啼烏。夢回鐘動無。　鴛衾空復煖。魂共鑪烟斷。何日是歡期。他生重見時。

【校記】

〔一〕此詞復見惜陰本《蕙風詞》卷上。

青山溼遍五月二十四日，宣武門西廣西義園眂亡兒小羊墓，是日爲亡姬桐娟生日。

空山獨立，年時此日，笑語深閨。極目南雲淒斷，近黃昏、生怕鵑啼。料玉肩、幽夢鳳城西。認伶僂、三尺孤墳影，逐吟魂，遶遍棠梨。念我青衫痛淚〔一〕，憐伊玉樹香泥。我亦哀蟬身世，十年恩眷，付與斜暉。況復相如病損，悲歡事、只赤天涯〔二〕。儻人天、薄福到書癡。便菱花、長對春山秀，祝蘭房、小語牽衣。往事何堪記省，疏鐘慘度招提。

【校記】

〔一〕淚：《清季四家詞》本作「哭」。

〔二〕只赤：惜陰本《蕙風詞》卷上作「咫尺」，意同。

思越人〔一〕

苦恨花枝照酒杯。名花誰見老風埃。憑伊滿地飄紅雨，消得春人愛惜來。驚歲晚，又春回。傷心長是强顔開。芙蓉城闕知何處，説到神仙事可哀。

【校記】

〔一〕詞牌，惜陰本《蕙風詞》卷上作「鷓鴣天」，爲同調異名。

壽樓春 遊陶然亭，同幼遐前輩、雨人同年相約用「登陶然孤亭」五字起句，各賦一闋。

登陶然孤亭。問垂楊、閲盡多少豪英。我輩重來攜酒，但聞黄鶯。紅日晚，西山横。似怨人、天涯飄零。記越角懷人，江南作客，幽夢此曾經。　垂竿叟，渾無營。共閒鷗占斷，烟草前汀。一角高城殘照，有人閒凭。是日所見。吟未了，山鐘清。隔暮雲，相看忘情。怕香徑歸來，紅塵暗縈詩鬢青。

浣溪沙 賦鷺燕

四壁琳琅好護持。畫簾風影亂烏衣。飛近金題才小立，卻教回。　絹素乍同飄繡帶，襟紅時見涴香泥。儻是雙飛來對語，莫驚伊。

玉漏遲 直廬夏夜校《夢窗詞》，賦呈半塘前輩。

地嚴官事少。綠作平窗向晚，絳籌初報。點遍霜腴，薇露綵豪深蘸。我有中仙俊侶，似君與、蕢洲同調。誰解道。鏤金無迹，箇中清妙。　夜久漫擁青綾，愛靜掩文章，點塵難到。殿閣南薰，夢窗《鳳池吟》句。更吟鳳池新稾。一作平事詞仙羨我，對青案、承平封詔。鐘漏曉。班回御香長繞。

減字浣溪沙 夢窗《齊天樂·春暮》詞，余喜誦之，采其意作黃鐘調。

茂苑花枝不可尋。半汀風鷺一春心。流紅消息近沈沈。　淡月幽香無限恨，最傷春處最春深。

聽歌看舞到而今。

前調校《夢窗詞》畢，書後。

南渡風流少替人。杭都花月至今春。樓臺七寶試平分。晚歲西原疏佞友，早年秋壑亦能臣。未應吹索薄扶輪。詳劉毓崧《夢窗詞敘》。

減字木蘭花〔一〕

風狂雨橫。未必城南芳信準。說起前遊。夢遶青篷一葉舟。花枝縱好。載酒情懷都倦了。柳外湖邊。付與鴛鴦付與蟬。

【校記】

〔一〕此詞復見惜陰本《蕙風詞》卷上。

鷓鴣天爲半唐題玉奴詩畫便面，即采詩意成詞。

十樣山眉畫不如。人生何用五車書。蘭荃蕭艾成今古，此恨傾城道得無。歌且舞，醉難扶。

梅兄馨弟笑相呼。芳心未解秋風怨，記取雲屏識面初。

坿半唐自題

王鵬運

左右風懷老漸疏。無端綵筆付狂奴。廿年冷落槐花夢，慚愧撐腸說五車。　花解贈，玉難鋤。小梅消息費躊躇。唯應璧月團圞影，知我芳蘭佩也無。

齊天樂秋雨，自和《新鶯詞》

夕陽時節寒蛩急，宵深又聞風雨。小閣跳珠，長廊注瀑，斷夢倩伊留住。薰殘麝縷。柰襟裛餘香，惹人愁緒。點滴難消，少年心事在蕉樹。　瀟瀟還又淅淅，似悲歌乍闋，相向低訴。記得年時，金刀素手，商略枕綿衣絮。青衫舊旅。卻不道西風，者回酸苦。棖觸商音，錦絃淒換柱。

減字浣溪沙題王止軒《稽山攬秀圖》

物外烟霞秀可餐。絳帷高捲對孱顏。傳經端合占名山。　聞說洞天連委宛，向來仙境比嫏嬛。異書應許在人間。

百字令 王止軒屬題《髮冢圖》。止軒與弟繼穀父喪廬墓，將歸奉母，瘞髮墓側以行。明年，瘞處生兩芝，嗣繼穀以禱母疾，自沈鄞之月湖，母果瘉。事聞，賜旌。同人歌詠其事，作《愍孝錄》。

泣殘鵑血，念星星種種，血之餘耳。付與棠梨三尺土，淒絕同根兄弟。雨咽蒼華，雲輝紫脫，未了思親淚。重臺連葉，儘教人，說祥瑞。　回憶綠鬢年時，追隨杖履，委宛探靈祕。止軒尊人有委宛拾芝事。瑤草依然人事改，那更悲深玉季。夜月澄湖，斜陽片碣，兩兩傷心地。千鈞一髮，綱常終古維繫。

玲瓏四犯 七月十六夜宣武門西步月，同幼遐前輩、雨人同年。

秋色橫空，算綠鬢天涯，霜訊禁慣。步入琉璃，一作平雯輭紅都換。如此俊侶良宵，忍付與、倦遊心眼。儘夢雲、飛渡遙漢。羞逐鳳鸞嬌嬾。　玉笙須按《霓裳》遍。更誰聽、素娥幽怨。江湖舊話山河影，休問愁深淺。何處寂寞玉容，也悵望南雲斷雁〔一〕。拚去聲立殘清角，歸去也，花陰轉。

【校記】

〔一〕南雲：六種本等作『南樓』。

石州慢秋夜檢書簏，得亡姬桐娟對聯槀本及手書昉格。

棐几分燈，長記翠閨，芳思清發。無端綵筆香銷，忍見舊題花葉。有『蘭花手』、『柳葉眉』一聯。銀鉤鐵畫，想像弱腕能工，玉作平臺標韻今休說。昉格書《玉臺新詠序》『天情開朗，逸思雕華』數語。故紙忒禁秋，悵曇雲一作平霎。　　悽絕。阿侯嬌小，珠玉聰明，也拚摧折。斷墨零箋，夢裏付伊收拾。青鸞問訊，莫也瘦損朱顔，西風回首塵生篋。儘未卜他生，柰坤靈鴛牒。

瑞鶴仙贈雨人

鳳城慳舊雨。拚去聲寂寞芳期，燕猜鶯妒。同誰話幽愫，指梅邊花外，更聯吟侶。雲箋按譜。論格調、蘇辛法乳。卻推敲、字字珠璣，未肯小紅輕付。　　知否。紅樓香徑，只在而今，少人行處。春山別緒。漫縈得、寸心苦。儘雕瓊換骨。裁雲鍊液，料想朱顔也駐。又何妨、翦燭深宵，共吟秀句。

望海潮江建霞屬題日本女郎小華象

浮生塵海，前身香國，高歌眼爲誰青。鮫淚數行，鯨波萬疊，披圖我亦愁生。江筆忒多情。柰別魂銷黯，花困蓬瀛。十二闌干，蜃樓回首，接滄溟。　尊前竚立娉婷。記栴沈篆小，玳瑁簪輕。日本女多美髮，薰以栴沈，插玳瑁簪。蕎麥豔悰，『信州好蕎麥，情郎好顏色。不食麥猶可，遲郎愁煞我』，日本諺語。櫻花俊賞，櫻花惟日本有之，號爲花王。豐橋小華所居影事零星。天外識飛瓊。算江湖十載，枉費狂名。莫更浮查，兩潮相應作去聲秋聲。

穆護砂 薇垣夜直，書顧梁汾先生《彈指詞》後。

七百餘年矣。遡詞源、北宋誰嗣。儘槐陰綠換，薇花紅遍，清才斷推《彈指》。憶俊約、名亭荒淥水。便也莫、吟魂顑頷。指絕塞、箋傳金縷，算第一、文章情至。挂說珠簾，喚憑嬌鳥，『行處偏遭嬌鳥喚，看時誰讓珠簾挂』，陳其年贈梁汾詞句。風流還占鳳凰池。問豔如《延露》，清如《珂雪》，簪筆幾名輩。　覓句慣欬綾被。咽寒蛩、我慚香吏。想紅深宮燭，年時清暇，孤吟也應無寐。夢不到、蓬山還萬里。祇一例、絳籌聲裏。儻月下、歸來鸞鶴，應念我，倦寫桐絲。蘭畹香微，草堂春寂，燠涼風雅莫輕嗤。先生答陳栩園論詞書意。感前塵、青鬢頻搔，霓裳天上事。

蘇武慢 寒夜聞角（一）

愁入雲遙，寒禁霜重，紅燭淚深人倦。情高轉抑，恩往難回，淒咽不成清變。風際斷時，迢遞天街，但聞更點。枉教人回首，少年絲竹，玉容歌管。　憑作去聲出、百緒淒涼，淒涼惟有，花冷月閒庭院。珠簾繡幕，可有人聽，聽也可曾腸斷。除卻塞鴻，遮莫城烏，替人驚慣。料南枝明日，應減紅香一半。

【校記】

〔一〕此詞復見惜陰本《蕙風詞》卷上。

寶鼎現 題《百名家詞鈔》，康熙朝廬陵聶先晉人、長水曾王孫道扶纂定本。

鸞箋香舊，鳳管春遍，熙朝韶頀。儘派別、辛劉姜史，奇豔千葩分占取。試僂指、說詞場盛事，不讓虞山前度。笑有限、蘭荃採擷，竝世桴莽蘅圃。孫默《名家詩餘》、龔翔麟《浙西六家詞》。　日下高會羣仙處。想當年、壇坫誰主。記染翰、罏烟宮袖，何只青衫多俊侶。向此際、便論才車斛，比似河沙有數。問幾輩、雕蟲難合，丰采而今在否。　如我月露孤吟，顛頷損、歌紈金縷。儻他年、《百一》微名，《花間》許附。好自料理江南句。著意紅簫付。更珍重、一代風騷，觴濫岷源如許。

減字浣溪沙

綠鬢還堪照酒卮。青袍隨分被寒欺。隔年春事玉梅知。　凍樹翻鴉疑葉墜，驚風捲雪作塵飛。門前車馬意遲遲。

蕙風詞第一生修梅花館詞第四

金縷曲八月十八夜記夢〔一〕

風葉鳴窗竹。黯秋燈，殘更數盡，夢回難續。天上寒於人間否，記伴黔婁幽獨。惶愧煞、年時金屋。底不相逢教傳語，怕相逢、令我悲心目。應念我，瘦於菊。　西風等是無情物。說淒涼、人天一例，清寒徹骨。歸去青鸞休相問，珍重菱花香玉。只此恨、平分誰屬〔二〕。第一天涯傷心事，有阿侯、夜守秋墳哭。渾未解，訴寒燠。

【校記】

〔一〕此詞復見惜陰本《蕙風詞》卷上。

〔二〕分：《清季四家詞》本作『生』。

蝶戀花展重陽日，邃父招同幼遐登西爽閣，子美因病不至〔一〕。

西北雲高連睥睨。斜日凭闌，望極遙山翠〔二〕。誰向西風傳恨字。詩人大抵傷顛頷〔三〕。　有酒盈尊須拚醉。感逝傷離，何況登臨地。邕好秋光圖畫裏。黄花省識秋深未〔四〕。

【校記】

〔一〕詞題，惜陰本《蕙風詞》卷上作『八月二十二日，邃父招同文石、幼遐登西爽閣，子美因病不至』。

〔二〕『斜日』二句：惜陰本《蕙風詞》卷上作『萬里愁心，一抹遥山翠』。

〔三〕『詩人』句：惜陰本《蕙風詞》卷上作『秋光邕好人顛頷』。

〔四〕『邕好』二句：惜陰本《蕙風詞》卷上作『滿目烟蕪殘照裏。青青不盡平生意』。

燭影摇紅 臘月二十夜大雪，歸自四印齋作。〔一〕

夜話高齋，碎瓊隨步歸來晚。小窗燒燭對梅花，疏影如相款。贏得塵襟暫澣。甚清寒、天涯未慣。料量青鬢，幾許霜華，角聲休唤。　風雪年年，舊吟春事成依黯。素娥深鎖凍雲低，幽恨憑誰管。不恨瓊樓自遠。恨華年、無端暗换。怎生消受，明日旗亭，鸕鷀須典。

【校記】

〔一〕此詞復見惜陰本《蕙風詞》卷上。

春從天上來 臘月二十九日立春

匝地春雷。正晝鼓聲聲，丹鳳城西。雪明烟歛，天近星回。風信問取南枝。祇昨宵今日，做弄出、幾許芳菲。玉驄嘶，早六街燈火，融了香泥。　東風故人情重，儘門巷蕭閒，未便來遲。綵勝迎年，金錢壓歲，懽事憶著兒時。趁屠蘇新釀，青娥勸、薄醉先支。夜何其，罨花光不動，樺燭烟微。

祝英臺近 繆筱珊屬題《雙紅豆圖》

苣同心，花竝蒂，芳意柰何許。南國春來，消息問香土。玉容寂寞黃昏，蘼蕪一片，鎮長共、情根終古。　恨誰語。縱然種出相思，相思了無據。打起黃鶯，不解帶愁去。費他多少春工，珊瑚的的，甚空向、繡羅囊貯。

摸魚兒 甲午中秋

正良宵、玉輪高揭，桂花香墮瑤席。紅樓十二晶簾捲，誰見素娥幽寂。休怨抑，算閱盡清寒，尚有團圞日。持觴太息。問袁渚烟寒，庾樓塵掩，誰與共今夕。　凝眸處，大地山河澄澈〔一〕。秋容淨埽空碧。柔情一縷渾難訴，便抵雲羅千尺。閒竚立。怕只有流螢，來照羅衣溼。嬋娟望極。悵佳節難酬，苦吟誰和，蟲語咽苔隙。

【校記】

〔一〕澄澈：惜陰本《蕙風詞》卷上作「瑩澈」。

前調詠蟲〔一〕

古牆陰、夕陽西下，亂蟲蕭颯如雨。西風身世前因在，儘意哀吟何苦。誰念汝，向月滿花香，底用淒涼語。清商細譜。柰金井空寒，紅樓自遠，不入玉箏柱。　閒庭院，清絕卻無塵土。料量長共秋住。也知玉砌雕闌好，無柰心期先誤。愁漫訴。只落葉空階，未是銷魂處。寒催堠鼓。料馬邑龍堆，黄沙白草，聽汝更酸楚。

【校記】

〔一〕此詞復見惜陰本《蕙風詞》卷上。

唐多令甲午生日感賦

已誤百年期。韶華能幾時。攬青銅、謾惜須糜〔一〕。試看江潭楊柳色，都不忍，更依依。　東望陣雲迷。邊城鼓角悲。我生初、弧矢何爲。豪竹哀絲聊復爾，塵海闊，幾男兒。

【校記】

〔一〕謾：《清季四家詞》本和《蕙風琴趣》同，惜陰本《蕙風詞》卷上作『漫』。須糜：惜陰本《蕙風詞》卷上作『鬚眉』。

水龍吟二月十八日大雪中作〔一〕

雪中過了花朝，憑誰問訊春來未。斜陽斂盡，層陰慘結，暮笳聲裏。九十韶光，無端輕付，玉龍遊戲。向危闌獨立，綈袍冰透，休道是，傷春淚。　聞說東皇瘦損，算春人、也應顦顇。凍雲休捲，晚來怕見，欃槍東指。嘶騎還驕，棲雅難穩，白茫茫地。正酒香羔熟，玉關消息，說將軍醉。

【校記】

〔一〕此詞復見惜陰本《蕙風詞》卷上。

南浦乙未熟食，用玉田《春水》均和耘翁憶壺山桃花，是夕集四印齋，談次及春明遊事。

春事底忩忩，數番風，依約簾櫳昏曉。風景說江亭，清明近、應是山眉都埽。斜陽古寺，十年孤負紅英小。塵海緐華休重問，淒斷玉驄芳草。　壺山山下吾家，料環溪一帶，桃花放了。花外舊遊蹤，松楸路、魂夢幾回愁到。邊笳怨渺，暮寒何況天涯悄。無限芳菲無限恨，拋擲韶光多少。

壽樓春 乙未清明後一日，星岑前輩招同畬詮、半唐遊江亭，畬詮期而不至，賦此調寄懷，半唐屬和，余亦繼聲，起句同用『嗟春來何遲』五字。

嗟春來何遲。恰芳塵散麴，烟渚流澌。此際飄蕭詞客，倦游何依〔一〕。悲攬蕙〔二〕，愁搴蘺。似左徒、行吟江湄。恁錦瑟華年，青山故國，回首夢都迷。　登臨地，芳菲時。幾紅牙按拍〔三〕，白作平袷尋詩。底事尊前雙淚，者回難持。蘊香恨，今誰知。賸短碑、淒涼題辭。更不平綰春愁，垂楊過籬三兩枝。香冢在亭西北小阜上，碑陰題云：『浩浩劫，茫茫月。短歌終，明月缺。鬱鬱佳城，中有碧血。碧亦有時盡，血亦有時滅。一縷烟痕無斷絕。是耶非耶，化爲蝴蝶。』又詩云：『飄零風雨可憐生，芳草迷離綠滿汀。開盡夭桃又穠李，不堪重讀瘞花銘。』

【校記】

〔一〕倦：《清季四家詞》本作『旅』。

〔二〕攬：《清季四家詞》本作『擥』。

〔三〕拍：惜陰本《蕙風詞》卷上作『折』。

減字浣溪沙

風壓榆錢貼地飛〔一〕。油雲東北走輕雷。銅街車馬未全稀。　芳樹總隨幽恨遠，亂雅猶帶夕陽歸。城頭清角莫頻吹。

【校記】

〔一〕貼：惜陰本《蕙風詞》卷上作『帖』。

水龍吟 己丑秋夜，賦角聲《蘇武慢》一闋，爲半唐所擊賞。乙未四月，移寓校場五條胡同，地偏，宵警嗚嗚達曙，淒徹心脾。漫拈此解，頗不逮前作，而詞愈悲，亦天時人事爲之也。〔一〕

聲聲只在街南，夜深不管人顦顇。淒涼和並，更長漏短，彀人無寐。燈灺花殘，香消篆冷，悄然驚起。出簾櫳試望，半珪殘月，更堪在，烟林外。　愁入陣雲天末，費商音、無端淒戾。鬢絲搔短，壯懷空付，龍沙萬里。莫謾傷心，家山更在，杜鵑聲裏。有噓烏見我，空階獨立，下青衫淚。

【校記】

〔一〕此詞復見惜陰本《蕙風詞》卷上。

東風第一枝 落花，同半唐賦，禁用衰颯語。

絮外蜂柔，菭邊蝶瘦，峭寒催送紅雨。繡簾新緑扶將，綵幡賸香戀取。檀痕粉印，偏隔歲、東風來處。乍葉底、驚見殘英，還勝半開嬌嫵。　凭徧了、玉闌細數，飄上了，錦茵更舞。畫樓十二深深，燕歸定啣到否。飛紅萬點，怕都是、相思憑據。問眼前、錦片天涯，可似武陵溪路。

大酺 詠瓶中芍藥，用清真均。

倩曲屏遮，重簾下，春在藏嬌金屋。泉香珠粉沁，怯蜂鬚微逗，蝶翎輕觸。玉暈霞明，綃融雪蒨，花市紅分籃竹。盈盈誰持贈，恰相逢一笑，篆溫醪熟。乍香絮飛殘，落英飄盡，殿春能獨。　傾城來不速。悄相伴、塵事慵車轂。念有限、將離情味，沒骨風流，費天涯惜春心目。寂寞劉郎譜，愁更聽、夢揚州曲。儘標格、論香國。深夜須拚去聲，吟瘦鐙花紅菽。玉階記籠絳燭。

三姝媚 和半唐均

嗁鵑聲自苦。卻紅樓依然，玉容歌舞。百計留春，恁遣愁還仗，酒邊詞句。燕燕鶯鶯，休更惜、天涯花絮。此恨能消，除是西山，翠鬟終古。　芳草盈盈隨步。恰一碧無情，夢中鄉路。斷送韶光，莫畫闌真在，更無人處。廿四番風，回首憶、非花非霧。一霎城笳吹出，明妃舊譜。

采綠吟乙未五月，夢湘、子苾、半唐兩集江亭聯句，樂甚。余以姬人病，不克赴，用草窗均賦詞志恨。換頭第二句『脆』字斷句，側叶，從半唐說。

勝日愁中度，夢想玉勒城西。江亭縱目，垂楊入畫，芳草宜詩。藥鑪消恨縷，爭知我、漸疏硯匣琉璃。問西山、斜陽外，含情無語笑誰。　闌檻倚晴空，南薰轉、同聲琴筑清脆。占斷俊遊天，記畫扇羅衣。待重尋、吟事尊前，滄洲怨、多恐不堪題。還憐取，人瘦鏡中，眉翠歛微。

鶯啼序前題，用夢窗均

庭槐乍擎翠葆，罨斜陽似水。送流景、料得江亭，茜霞飄盡藤蘂。暮雲外、垂楊自碧，柔絲肯繫歡塵墜。近高城、一作平抹烟蕪，澹入吟思。　簾箔風微，燕鶯未老，泥天涯客子。恁孤負、如畫西山，俊遊期我不至。問誰消、登臨勝日，儘幽夢、鞭絲遙指。對菱花，無柰纏綿，淺顰深意。　瓊簫影事，畫角邊愁，幾暗縈瘖寐。堪更凭、碧闌天半，按譜宮羽，有恨江山，那禁清淚。觚稜望極，滄洲思渺，清歌不度浮雲北。甚琴尊、消得人顦顇。紅牙怨曲，無端卻付何戡，惹愁鬢絲風裏。　黃塵紫陌，浪蘂倡條，任翦紅刻翠。問甚日、清遊能續，爛醉休辭，綵袞當筵，不須扶起。長箋換日，輕羅消暑，鼂潭葭葦秋信蚤，莫商音、更入新詞倚。青山吟眺年年，祇恐愁痕，暗生鳳紙。

甘草子楊無咎均

烟暮。一半槐陰，澹澹橫窗戶。望極夕陽西，不見春歸路。　閒凭畫闌無人處。恨那得、落花堪數。分付孤鴻帶愁去。怕夜涼如雨。

祝英臺近示姬人病新瘉〔一〕

撫清琴，鑽故紙，相伴鎮憐汝。拂拭盤龍，珍重澹眉嫵。綠窗對影伶俜，蕿苓味好，道都是、檀奴心苦。　虎山路。料應綠徧垂楊，和烟萬千縷。是汝鄉關，是我舊遊處。恁時重繫蘭橈，紅牙按拍，爲低唱、酒邊詞句。

【校記】

〔一〕此詞復見惜陰本《蕙風詞》卷上。

蔆景詞第一生修梅花館詞第五

自記〔一〕

況周頤

乙未九月秦淮卽事《金縷曲》句云：『鬒𩒹菱花年時影，忍向天涯重見。況嗚咽、秦淮翠晚。別有西風消魂樣，是芙蓉、老去鴛鴦散。』蓋有所觸，鑑此所爲詞，因以爲名也。是詞全闋，不足存耳。夔笙自記。

【校記】

〔一〕題爲編者擬。

蔆景詞第一生修梅花館詞第五

齊天樂丙申七夕前二日，半唐書來，云將出都，似甚顛頷者。宇宙悠悠，半唐將何之？十五夜，月明如晝，傷時念遠，憮然有作，竝寄節盦鄂中。

月明也恁傷心色，翻憐昨宵風雨。雁外涼多，蟲邊夢少，病骨不作平堪延佇。飄藞最苦。算金粉江南，是人愁處。短鬢頻搔，素娥知我甚情緒。　懷人長是悵望，底徊徨去意，芳訊難據。落日觚棱，清霜斥堠，此際銷魂禁否。君須寄語。儘顛頷、而今後期休誤。唱徹《陽關》，斷雲飛不度。

憶舊遊秋夜懷半唐京師

記銜寒側帽，隔雨飄燈，同巷相過。苦恨催歸去，是迴闌那角，花影斜趖。茂陵不勝清怨，彈淚向誰多。更篋裏浮雲，尊前逝水，遺恨銅駝。　驪歌。甚無謂，恁草草分攜，如此關河。北雁傳消息，也安排琴劍，一櫂烟波。客途未應如我，吟事莫蹉跎。正匝地蟲聲，霜天慘碧愁素娥。

石州慢

落日凭闌，芳草閉門，吟事蕭索。無憑天氣晴陰，那更妒花風惡。衰桃一樹，算也自惜容顏，嬌雲冷抱閒池閣。飛夢逐楊花，驀抛人天各。　孤卻。番風過也，何止青衫，自傷飄泊。佇月聞簫，苦憶清霜殘角。瓊樓望極，說甚別樣韶華，十作平重香霧縈簾幕。回首昔遊非，衹愁心依約。

蝶戀花

滿地梨花門掩殘春風又雨。著意尋春，商略年時誤。吹咽瓊簫儂自苦。銷魂第一流鶯語。　啼杜宇。春便歸休，儂定歸何處。萬種春愁誰與訴。畫船檥徧桃根渡〔一〕。

【校記】

〔一〕檥：惜陰本《蕙風詞》卷上作『艤』。

高陽臺午橋前輩招集榕園，孝竹先生即席賦此調見貽，依均奉和。

畫裏移家，愁邊選瘦，十年消盡狂名。瘦馬塵衫，謾勞花鳥相迎。霓裳不是人間曲，撥湘絃、待倩誰聽。只垂楊，咲我而今，鬢已星星。　忘年幸託蘭荃契，向東風捧袂，水遠山平。絳鶴前頭，華鬘舊日綠清。搏沙可柰知音別，約重來、更結詩盟。最難忘，明月吹簫，紅藥傳觥。

元作

竹西耄學徐穆時年八十

捫蝨譚雄，射雕手健，十年前早知名。西燕東勞，參差未許將迎。孤尊醉倚悲歌慣，問悲歌、可有人聽。緲天涯，滿面風塵，雙鬢藞星。　相逢此日休嫌晚，祇寥寥數語，如見生平。一縷吟思，二分明月同清。儘多湖海元龍氣，肯孤它、浩盪鷗盟。且同來，花下分楠，座上飛觥。

同作

張丙炎時年七十六

荃怨耽吟，花愁殢酒，閉門早厭時名。忽枉高軒，頓教把臂歡迎。天涯不恨知音少，怕商聲、人也愁聽。最傷懷，舊日吟朋，落落晨星。　詞仙老去神尤健，說紅橋社事，追溯承平。乍合萍蹤，蘭言臭味同清。扁舟重泛秦淮碧，惱離腸、又冷新盟。揜重門，莫放春歸，秉燭飛觥。

鶯啼序 三月二十七日遊平山堂，同六舟年丈、午橋前輩、楫臣舍人，用孝竹先生舊作均。

湖天聽鸝載酒，趁殘紅未雨。麴塵外、十作平里春山〔一〕，碧雲心事誰與。共瀟灑、青衫白髮，忘年一咲成幽敘。倚晴空，拂作平柳琱闌，隔花琳宇。　一抹修眉，畫裏翠遠，是江南甚處。指烟際、依約來時，布帆曾檥津樹。儘登臨、江山絕勝，暫消遣、吟邊淒苦。恁長堤，芳草無情，作去聲愁如許。　瓊花自好，璧月長圓，杜郎是俊侶。怎奈向、角沈簫韻，鏡揜簾影，芍藥開遲，蝶魂都誤。樓臺劫換，滄桑愁劇。紅橋誰識王司李，冶春詞、舊製拋塵土。吳根越角，登高切莫凝眸，付愁斷鴻將去。　疏鐘暝合，畫舸寒輕，愜一襟野趣。尚仿佛、名園流水，別館積垣，謾說蕪城，不堪重賦。悲歌慨慷，餘情棖觸，遨頭何事慳舊雨，杏梅邊、消息春還暮。指半唐前輩。烟波容易盟漚，後日相思，竹西晚渡。

【校記】

〔一〕作平：底本無『平』字，據詞例補。

元作越中歸棹，成此，寄施夢玉、沈花潊、勞介甫、倪次郊，吴門秦玉生、符南樵、王西御，揚州六舟禪友、阿絮女道士。

嘯翁

篷窗一宵漚夢醒，連天莫雨。菰蒲外、隱作秋聲，中流一任容與。山陰道、此時經過，壺觴空憶《蘭亭敘》。念家山，千里迢遙，暗驚杜宇。　回首西湖，臨水獨眺，訪逋仙隱處。孤山路、落盡梅花，亂鶯嗁遍叢樹。繞迴闌、青峯滿目，賸江上、斜陽淒苦。怎春歸，我尚天涯，綠陰如許。

韶華水逝，客思雲孤，放懷覓舊侶。仿佛是、南屏鐘動，西竺僧歸，金石交親，斷碑披誤。鬢絲幾縷，茶烟一榻，犀香梅熟休相訊，怕相逢、衣上多塵土。謾嗤嘯詠，且教留得題痕，證它鴻迹來去。時歸自京師，淨慈主人六舟出所藏《雁足鐙》各卷冊，索題觀款。　江湖載酒，鑪椀參禪，算一般意趣。儘孤負、烟花三月，佳麗揚州，薄倖司勳，飄蘦詞賦。予懷緲緲，知音寥落，千秋事業憑誰會，柰江東、羅隱同遲暮。那堪水上琵琶唱徹，瀟瀟西興古渡。

高陽臺 沈芝房屬題《落花》詩卷

淺夢迷香，餘醒餵藥，年時誤煞纏緜。顛頷東陽，三生懺到情禪。爲花早拚飄蘦分，等飄蘦、猶隔人天。絕淒然，蜂蝶無情，還算深憐。　流波照影堪腸斷，祇酸風不定，一霎回旋。休說金鈴，怪它各自成圓。津橋柳色渾無恙，恁偏教、和雨和烟。拂吟椾，我亦銷魂，愁聽嗁鵑。

金縷曲 和王木齋贈詞均

夜氣重簾靜。燭花殘，枕函攲側，淚綃紅沁。廿五寒缸霜外咽，盼到曙光將近。時自省、圓靈虛瑩。茵溷飄蘦隨分好，衹落紅、身世淒涼定。青鬢減，怯明鏡。　瑤臺苦憶璚枝靚。恨忩忩、彩雲散後，步虛難詠。玉骨向來無一把，禁得五銖塵凝。又兀自、矜持顧影。鸞鶴有情應念我，證菩提、須是靈山境。眉樣月，照長醒。

鶯嗁序 丁酉秋暮，再遊廣陵，流連二十餘日，江山信美非吾土，將又別去。和午橋年伯均，竝呈嘯竹先生。

湖山舊盟未冷，又搴舟荻浦。綠楊外、城郭依然，雅遊休絓蟬組。羡夔作平鑠、詞仙白髮，鶯嗁盡入紅簫譜。午翁輯同人《鶯嗁序》詞爲《友聲集》，又輯宋以來諸作爲《尚友集》。更慇懃前度泥鴻，錦椾珍護。　廿四橋邊，俊賞未改，恁抛殘綺緒。悵容易、秋老江關，酒邊須惜良遇。說風流、竹作平西鼓吹，甚悽惋、蘭成詞賦。恰年來，烏帽黃驄，總然栖旅。　高吟刻燭，韻事題襟，勝流蹟可。怕重去聲問、舊時池榭，但有烟草，燕子重來，也應酸楚。司勳老去，仙翁不平聲見，茫茫今古情何極，賸江湖、滿地飄蘦苦。西風岸幘，尊前莫被黄花，咲人鬢絲塵汙。山憐意好，水亦情深，柰故人別處。忍忘去聲卻、尋碑深巷，試茗芳園，杖履曾親，玉田風度。筠清自潔，松疏逾健，孤高吾愛徐孺子，定重逢、何日平山路。烟波還又扁舟，羡煞湖邊，月明宿鷺。

減字浣溪沙

三度停橈燕子磯。青山面目尚依稀。那堪人事已全非。總爲情癡勞㝱想，休將死別當生離。秣陵回首一沾衣。

摸魚子 臘月十二日，距次兒額爾克之殤，將四閱月矣。晨起，偶讀《漱玉詞》，

聲哽，不能終闋。拚卷淒然，以淚注硯，走筆書此。骨肉之傷，於斯爲極，生之死之，於蒼蒼者，政後奚益，徒令人魂銷腸斷耳。

黯離魂、大江南北，年時相逐形影。情緣天遣供腸斷，是甚前因誰證。時自省。算不負、纏緜萬喚聲聲應。而今莫更。莫更憶掔衣，掔衣無益，生死各萍梗。天涯路，我亦伶俜薄命。霜風不耐淒緊。須知別汝無多日，見汝祇愁難定。殘㝱醒。㝱不到、古臺梧葉淒涼境。兒殯室在雨花臺側門外，有梧桐一樹。長愁耿耿。賸息壤它年，棠梨花下，伴我北邙冷。兒殤後，未忍卽葬秣陵，意在稍有定居，卽自營生壙，瘞兒於側。

此願能償與否，政未可知。嗚呼，傷已！

鶯啼序 冰甌館祝東坡生日，同嘯竹先生、殷二舍人、楫臣、王七分司稱霞。

園林乍消積玉，放紅暾永晝。指遼鶴、飛度南雲，介麋如見山斗。恰東閣、楳華豔發，丰神得似西湖柳。約題襟，一作平醉靈辰，我公來否？　綺席春融，竝舉翠斝，有詞儷白首。競疇唱、鐵作平撥紅牙，八琅如聽鏘奏。憶年時、瓊樓絕調，鎮誰共、嬋娟長久。渺河山，能幾知音，且澆芳酒。　東陽瘦損，薄病扶頭，瓣香再拜手。儘悵望、水雲笠作平屐，畫裏人遠，仿佛華鬘，舊盟多負。承平說似，熙豐當日，如公風度猶淪謫，拂荷衣、怪底緇塵厚。吟魂宛在，東南只赤金焦，俊遊可能如舊。　君搴杜若，我擘茳蘺，問送迎曲就。我意欲、緗桃花底，更拜朝雲，解道傷春，柳緜吹又。璚簫莫雨，金笳落作平月，閒愁聊付東逝水，采霧芝、來伴商山叜。鶯嗁如祝長春，更續眉山，百年俎豆。

金縷曲 前題和嘯翁均

莫惜芳尊酒。好時光，玉梅花下，未交三九。花外金猊沈烟颺，乍覺簾櫳春透。憶天水、承平時候。學士歸來金蓮炬，正春風、絃管家家有。佳話在，藝林久。　良辰自古難孤負。結吟儔、天涯斗室，姜張秦柳。問訊平山歐陽子，風義年時師友。儻無恙、心魂相守。俛仰河山成今古，恍靈旗、猶挾烟雲走。遼鶴唳，待招手。

角招竹西雪夜，懷半唐前輩京師。

舊盟誤。分攜久，暗驚心，各自遲暮。鳳城西畔路。寥逐泠雲，和雁來去。相思自苦。算那是、湖山佳處。此際君應念我，向風雪地飄蕭，更狂吟能否？回首。碧紗話雨。青帘醉月，佳會天應妒。祇今誰共語。問訊君邊，西山如故。傷春秀句。總不入、玉作平人簫譜。甚日雲飄北渡。盼春到小秦淮，黃金縷。

醉吟商小品揚州春曲，此白石自製曲，曰雙聲，迺雙調商音也，寥寥六按拍，流美非易。午翁精研宮律，試將此詞付玉簫歌之，尚無黏唇捩喉之病否。

謾問訊、鷗邊畫舸，載愁禁否？玉鉤斜路。盡日飛香絮。屈指番風都付。黃鶴好語。

玉梅令竹西風雪，敝裘不溫，連日病甚。吳儂輒謂觸寒所致，倚白石集中《高平調》作詞慰之，即用其均。

紛紛雪片。舊蹟迷隋苑。天涯客、㝱回孤館。早茂陵病損，不是不勝寒，傷心欲說，暮雲自遠。

金貂莫惜，金杯須勸。須沈醉、醉吟更健。倩梅花扶我，爲我祝東風，便一霎、好春吹轉。

壽樓春戊戌元日懷半唐

《臨江仙》聯吟。憶華天俊約，棖觸而今。余有《臨江仙·庚寅元日和半唐己丑除夕均》刻入《新鶯詞》，時半唐亦官內閣。可奈衫塵依黯，鬢霜侵尋。從別後，誰知音。有玉田、忘年苔岑。指午翁。祇雁北懷人，花南臥雪，無緒更題襟。

隋堤柳，垂黃金。漸寒消畫鼓，春入瑤琴。恨不平山闌檻，共君登臨。當此際，思何任。隔暮雲、君應同心。乍離夢驚回，西窗月沈嗁翠禽。

花心動初二記夢

替月圓姿，乍凝眸、依人一雙新燕。碧玉問年，紅褎通辭，輕笑杏渦春淺。似聞琴劍天涯路，教長傍、粉融脂蒨。早無柰、矜莊一霎，杜郎心眼。　只赤逢山恨遠。曾楊柳攀條，玉梅爲伴。鳳紙鈿去聲盟，鸞柱箏塵，此際不堪腸斷。總然蘭絮論因果，情何忍、墜歡重戀。凍雲悄，隔花翠禽又喚。

燭影搖紅 初六過舊城口占

簾幕誰家，紙鳶風急餘寒峭。選樓西畔綠楊枝，才見晴絲裊。十作平里簫聲未了。暗驚心、文園易老。酒帘低處，極目烟蕪，古城殘照。　詩鬢天涯，倦遊情味傷春早。故人門巷玉驄嘶，回首長安道。襟裦塵香自繞。待歸來、梅花一笑。二分明月，夢裏揚州，不須驚覺。

醉桃源 人日用夢窗《元日》均

隔鄰簫鼓送春聲。羅幃詩夢驚。天涯節序忒分明。枉教人瘦生。　渾未老，不勝情。屠蘇莫放醒。東風力弱柳絲輕。竹西何處亭。

點絳脣 覺翁昔填此解，有懷蘇州云：『可惜人生，不向吳城住。』余竹西倦旅懽遊，去心殆異，情同慨焉。率步元均，以志惆悵。

風雪孤吟，探梅不到平山路。翠禽啼處。應是飛紅雨。　可惜揚州，衹在愁中住。芳期誤。夕陽西去。那管人遲暮。

戀繡衾 安定門子於講堂縣紗燈數事，京都廊房頭巷物也。不知何人所留，感而賦此。

春明回首惜夢華。海王邨、東去駐車。廊房胡同在廠肆東。有如玉，人年少，試春燈，紅翠畫紗。　眼中風物堪腸斷，載琴書、辛苦計差。更吟侶，分攜久，問征鴻、雲海路賒。

遶佛閣 憶都門琉璃廠廟肆

梵鐘頓杳〔一〕。庭院四匝，奇幻瑰麗。芸笈中祕。蹴題玉映，尊彝競紅翠。木難火齊。紛綺錯繡，搖動光氣。漢碑唐誌。汝匳定盞，瑤璫更珠佩。　記得駐金勒，裛滿鑪烟班直退。曾共碧山、吟儔攜手地。也不料而今，回首顦顇。竹西歌吹。恁不遣閒愁，翻惹離思。望觚棱、暮烟凝紫。

【校記】

〔一〕杳：蕭豪韻，與以下齊微韻之韻腳似不協。

壽樓春 別幼霞三年矣，見稺霞如見幼霞，填此奉貽，竝寄幼霞。

稺霞好爲晉人語，故起句用之。

難爲兄僧彌。看鯨魚跋浪，颯作平爽英姿。示我梅邊新製，竹西芳時。君伯氏，吾詞師。乍見君、情同塤篪。政綠鬢霜華，青袍雪地，何處問親知。　蘭荃意，今淒其。莫瓊簫怨曲，輕爲人吹。那料絲闌金譜，共君天涯。君有酒，吾中之。甚慰吾、知音相思。近丹鳳城西，春寒漏遲人夢誰。

極相思 用夢窗詞均懷半唐

輭紅回首巢痕。吟袂惜輕分。纖阿應見，梅邊夢共，雁度南雲。　生就垂楊如我瘦，更何堪、擘裹離魂。玉簫聲裹，思君不見，衹是黃昏。

六么花十八《碧雞漫志》云：『《六么》曲内一疊名《花十八》。』

冰甌館詠水仙、緋桃、牡丹。

澹濃競標格。雲屏側。春弄色。紅情綠意。舊譜玉作平田識。月移還問張三影，娉婷誰最惜。玉環媚笑，洛作平妃微步，儸源夢、閒共覓。搓酥滴作平粉，番去聲風併消息。暗香來處總難辨，與梅爲四客。

殢人嬌憶宣武門西花市

豔早蜂疑，香多蜨競。春猶淺，信風巧併。金烟媚景，瓊雲障冷。梅聘否，宵來海棠妝靚。巷陌麴塵，鞭絲絮影。才當日，已成銷凝。芳期幾誤，翠交紅映。祇隔著，關河寤中尋省。

金縷曲儀徵王西御僧保《詞林瑣著》引《名媛集》『朱秋娘，字希真，朱將仕女，徐必用妻。六一詞《生查子・元夕》闋，世傳秋娘作，非也』云云。余昔譔詞話爲淑真辨誣，閱此，知先譌希真，又譌淑真也。亟拈此解，補前說所未備。時戊戌元夕。

蘭夕仍三五。定何人、柳梢月上，年時按譜。勝國毛楊亦作平非俗，玷璧青蠅何苦。賸詩卷、而今援據。水閣西樓芳塵在，更扁舟宦迹曾吳楚。腸斷是，憶親句。詳詞話。　清才自昔天能妒。說風流、塵梅慧想胡惠齋，黃花秀語李易安。一例奇冤誰湔雪，遮莫翠顰終古。應共羨、庯庯春杼。故紙辛羊難憑準，恰春詞、又被秋娘誤。瓊佩影，杳何許。

二雲詞第一生修梅花館詞第六

自題[一]

況周頤

《蕙景詞》刻於戊戌夏秋間，距今十六年。中間刻《玉梅後詞》十數闋，坿筆記別行，謂涉淫豔，爲傖父所訶，自是斷手，間有所作，輒復棄去，亦不足存也。歲在癸丑，避地海隅，索居多暇，稍復從事。頑而不豔，窮而不工。姜白石乘肩小女，花月堪悲；張材甫回首長安，星霜易換。此際潯陽商婦，琵琶忽聞；何戡舊人，渭城重唱。有不託蘭情之婉娩，綈瑤想之蟬嫣者乎？重以江關蕭條，知愛斷絕。言愁欲愁，則春水方滋；斯世何世，則秋雲非薄。似曾相識，唯吾二雲，二雲而外，吾詞何屬？以二雲名，非必爲二雲作也。寫付烏絲，但博傾城一咲。上元甲寅花朝自題於海上眉廬。

【校記】

〔一〕題爲編者擬。

二雲詞第一生修梅花館詞第六

鶯啼序擬贈彩雲

江南舊時月色，照脩蛾倦嫵。落紅怨、茵溷無端，四絃遙夜如訴。悵司馬青衫易溼，飄蕭一例成今古。幾番風，換了花前，玉容金縷。

五十三橋，畫裏寥遠，問妝樓在否？記曾泛、蓬海仙槎，翠濤飛作香雨。鳳城陰、桃花細馬，更誰識、英雄兒女。費橫波，閱遍滄桑，總然風絮。

山圍故國，涕雪新亭，恨人是俊侶。怎奈向、上陽白髮，話雨傷往，影事開天，但餘歌舞。清揚蔓草，芳菲葵麥，斜陽紅到啼鵑血，凭危闌、苦憶春歸路。天寒袖薄，蘭因一任淒迷，去日已拚多許。

相如倦後，庾信愁邊，看鬢絲倩汝。正望極、漫空輕莢，踠地倡條，楚館秦樓，易成朝暮。春人善感，情天亦老，江潭垂柳顦顇損，甚青青、得似長亭樹。關心紅紫年年，斷井頹垣，等閒付與。

綺寮怨和漚尹贈素雲，陰陽平上去入聲悉依清真。凡媤宮律，先審清濁，陰平清聲，陽平濁聲，亦如上去不可通融也。

畫裏樓臺如霧，囀春花外鶯。帶暝色、萬里烟蕪，寒潮語、似去訴飄蕭。鷫裘何辭換卻，風欺鬢、醉薄容易醒。憶舊遊、玉去勒城南，蓬瀛淺、記曲愁畫屏。　悵念杜郎絮萍，相逢怕問，黃河唱後旗亭。燕麥青青，付遺恨、與秦箏。荊駝尚餘殘照，且共汝、話春明。闌干倦凭，天涯望斷處、陰更殅。

握金釵〔一〕

鐵篴倚層樓，天涯怨芳草。定巢新燕能道〔二〕。畢竟無塵是壺嶠。花作伴，海流愁，人未老。竟夕聽笙歌，棖棖甚時曉。翠尊莫惜頻倒。沈醉東風霧長好。春黯黯，事茫茫，難自料。

【校記】

〔一〕此詞復見惜陰本《蕙風詞》卷下。

〔二〕『定巢』句：趙尊嶽《蕙風詞史》引作『空巢新燕能到』（《詞學季刊》第一卷第四號第八十頁）。

蝶戀花〔一〕

柳外輕寒花外雨。斷送春歸，直恁無憑據。幾片飛花猶繞樹。萍根不見春前絮。　往事畫梁雙燕語。紫紫紅紅，辛苦和春住。㝱裏屏山芳草路。㝱回惆悵無尋處。

【校記】

〔一〕此詞復見惜陰本《蕙風詞》卷下。

買陂塘〔一〕

又悤悤、紅桑閱盡，天涯無恙芳節。垂楊幾費黃金縷，得似寸腸縈結。芳草歇。見無數殘紅，錯認啼鵑血。鬖尋鬢雪〔二〕。悵京雒風塵，滄洲身世，容易故人別。　仙山迥，信有玉扃金闕。人寰下望愁絕。笙歌不破鶯花㝱，只是潮聲嗚咽。清怨切。更誰念、五銖衣薄春寒徹。餘香更爇。千萬捲珠簾，斜陽過也，著意看新月。

【校記】

〔一〕詞牌，惜陰本《蕙風詞》等作『摸魚兒』，爲同調異名。

〔二〕鬖：《蕙風琴趣》同，惜陰本《蕙風詞》作『侵』。

高陽臺自題《繪芳詞》，撰録古今詠美人詞，自髪迄影，得百數十闋。〔一〕

春女花身，冬郎繡口，紅牙按拍誰工。悟徹根塵，總然非色非空。斜陽送盡春無賴，賸銷磨、寫翠傳紅。漫重尋，何滿歌前，周昉圖中。　玉顏自昔悲青鏡，盡搓酥琢雪，知爲誰容。一寸瓊瑤，能消一曲絲桐。彩雲猶作真真喚，甚昂藏、七尺飄蓬。引醇醪，別有傷心，分付驚鴻。

【校記】

〔一〕此詞後底本坿詩三首，今移録於『集外詩輯録』部分。

絳都春子大別五朞矣，瀛壖捧袂，棖觸昔遊，倚此索和。

江山畫裏。又側帽放歌，相逢何世？問訊舊遊，說與蘭荃今餘幾？斜陽烟柳傷心地。怕琴筑、清歡都墜。故人天末，殘春海角，翦燈情味。　天氣。殗陰不定，便載酒甚處，共君吟醉。看取鬢絲，換了襟痕年時淚。寒潮嗚咽和風雨。作去鳳泊、鸞飄心事。劇憐樓閣參差，暮愁四起。

霜花腴

漚尹賦此詞，謂吳夢窗《鷓鴣天》『楊柳閶門』之句，蓋有老屋相近臯橋，其《點絳脣·懷蘇州》詞所云南橋，殆指此。又兩寓化度寺，詞皆有懷吳之思。豈垂老菟裘，固以此邦爲可樂耶？夫蘇州信可樂，漚尹所居曰吳氏園，謂卽臯橋老屋也可。余則賃春鴻廡，有志未逮，與夢窗《點絳脣》換頭云云有同慨焉。它年萬一卜鄰，賦此以當息壤。

翦淞不斷，艤畫船，年時載酒吹簫。曲送花迎，水溫山赭，垂楊五十三橋。采香瘮遙。問有靈、詞客誰招？說吳娘、暮雨歌前，總然棲旅亦魂銷。　飄泊鳳鸞垂老，笑牽蘿計拙，落魄青袍。風絮而今，霜花終古，人天各自無聊。寄情去潮。悵茂陵，詩鬢先彫。感前塵、畫扇青山，『畫扇青山吳苑路』，夢窗寓化度寺《夜行船》句。鶴歸春寂寥。

蘭陵王

宋拓嘉祐二體石經，海內孤本。咸豐丁巳，山陽丁建卿得於淮安市肆。何子貞太史爲賦七言長篇，今歸貴池劉蔥石。

輭塵隔。青案擳抄翠墨。蘭臺製，平揖漢京，三體黃初黯無色。氈椎世幾易。鄒嶧七篇未佚。內有《孟子》三十七紙，未經前人著錄。鐫珉字、三萬有餘，玉筯銀鉤競標格。經文凡三萬餘，篆正二體。簪豪憶恢飶。『胡恢謝飶奉敕書，雅故三蒼函古意』，儉卿和蝯叟詩句。悵劫墮淤黃，竹垞謂經石沈黃河淤泥下。塵閟瓴碧。《周禮》一種，開封修學已作瓴甋。殘縑珍弆錢吳畢。竹汀、山夫、秋帆所得皆殘本。羨攬羽威鳳，見斑全豹，高齋頤志舊審釋。儉卿所著《頤志齋叢書》有《北宋二體石經記》。付蝯叟吟箋。石癖。快良覯。共硯北香南，中壘晨夕。鴻都虎觀餘荊棘。念俊賞無恙，古芬須惜。塵開百宋，蕙石藏宋版書甚夥。更異彩，動四壁。

鳳凰臺上憶吹簫

蕙石得大小兩忽雷，作《枕雷圖》屬題。唐韓晉公製兩忽雷進御，文宗朝內人鄭中丞特善其小者。

別殿春雷，長門夜雨，玉蔥銀甲當年。悵劫塵甘露，舊譜荒烟。黶說延津一劍，新樂府、唱徹瓊筵。孔東塘得小忽雷，作院本以張之。誰得似，紫雲雙貯，中壘清緣。吟邊。擫抄倦枕，對如此江山，淺醉閒眠。漫《霓裳》法曲，回首開天。貽我故山詩事，叢桂影、曾拂么絃。小忽雷曾在伊小尹處，後歸繼蓮龕，自桂林寄貽劉燕庭。知音少，珍琴更攜，蕙石又藏唐雷威、雷霄製琴，斷紋髹漆，竝與兩忽雷同。何處成連？

壽樓春

子大閒删均《無題》詩，自和至數十首。余讀而豔之，爲拈此解，乃欲豔而不能。近來填詞皆然，亦天時人事爲之耶？

無題詩銷魂。憶紅膚素手，斜月中門。『海紅單相膚相映，月白中門手自關』，子大句。觸我雲涯琴思，酒邊襟痕。歌宛轉，香溫馨。竚畫樓、懷芳蘭蓀。認蒜押簾波，菱枝鏡汐，何似舊黃昏。　彫青鬢，驚文園。悔瓊鐫恨葉，玉種愁根。底事鸞槨吟瘦，鳳簫聲吞。金粉地，如孤邨。甚濁醪、能歡臣髡。更容易花風，銷磨翠尊知幾番。

臨江仙

子大來申，詞事雲湧。《臨江仙》連句八闋，極掩抑藴亂之致。訥翁和之，余亦疊均。晨夕素心之樂，身世斷蓬之感，固有言之不足者。

老去相如猶作客，天涯跌宕琴尊。上階難得舊苔痕。簾深春寥淺，香冷夕陽溫。　拾翠心情銷歇盡，東風不度蘭蓀。言愁天亦欲黃昏。斷魂芳草外，何止憶王孫。

其二

一桁湘簾塵不到，除非燕子歸來。吳天暢好碧於苔。月娥瓊駕出，流照軟金杯。明日晴陰君莫問，迴燈又見花開。非花非霧卽蓬萊。鄰娃工度曲，絃管未須哀。

其三

約略琵琶商婦怨，春花秋月蹉跎。貂裘換後峭寒多。江山欹枕簟，風雨缺壺歌。明鏡曉霜羞短髮，負它雲髻峩峩。相逢切莫誤橫波。雍門成舊曲，無計惜韓娥。

其四

楊柳樓臺花世界，嘶驄只在銅街。金荃蘭畹惜荒萊。無多雙鬢綠，禁得幾低徊。暖不成晴寒又雨，昏昏過卻黃梅。愁邊萬一損風懷。雁箏猶有字，蠟炬未成灰。

其五

往事秦淮流不盡，櫂歌淒斷吳舲。揭天風色帶潮青。斜陽非故國，名士又新亭。乞與相思紅豆子，銷磨記曲銀屏。雲階月地各飄藠。扶花成醉纈，仗酒破愁扃。

其六

畫舫重溫羅綺瘮，捲波風急誰知。江南大好惜年時。水香山媚嫵，花靨柳腰肢。　可有青衫供換淚，故人消息還疑。倚闌心事絕淒其。長亭霜後葉，辛苦又辭枝。

其七

西北樓高雲海闊，歗歌猶是狂生。閒愁莫誤酒杯行。多情應笑我，皺水底干卿。　過眼鶯花成昨瘮，瘮回省識飄蕭。癡龍作去雨亦慳晴。吹寒清角怨，何況帶潮聽。

其八

危坐促絃絃轉急，新愁舊恨難論。子嶲嗁血到吳根〔一〕。有樓皆蜃市，無地著桃源。　劫外琴書須位置，要它相守心魂。少留清氣在乾坤，珍珠休換字，金粉易成塵。

【校記】

〔一〕子嶲：惜陰本《蕙風詞》作「秭歸」。按：子嶲又作子規，同秭歸。

滿庭芳

簾押寒輕，窗茸暝重，一院濃緑無人。空梁舊燕，來伴倦吟身。又是荼蘼過也，銅駝陌、軋軋香輪。東風裏、殘花藉草，何處更飄茵。　前塵如昨夢，金觴玉柱，鶴嶺龍津。恁水愁風皺，山頩烟顰〔一〕。便有桃源忍問，不知漢、畢竟知秦。天涯路，關河寸寸，一寸一傷神。

【校記】

〔一〕『恁水』二句：惜陰本《蕙風詞》作『念漂零投老，惆悵逢春』。

買陂塘題水繪園書畫合璧册子。

冒巢民楷書《醉翁亭記》，董小宛楷書《喜雨亭記》，蔡女羅、金曉珠折枝、草蟲各四幀。

又銷殘、湖山金粉，舊家文物餘幾。中琴小瑟三姝媚，占斷才情佳麗。并平四美。最僥倖、檀奴鳳紙銀鉤字。行間畫裏。認公子烏衣，佳人翠袖，筆妙各遺世。　珊瑚網，合補苕華名氏。粲兮天與明慧，東皋無恙嬋娟月，曾見緑窗清事。鬟倚翠。問捧硯、湄蘭學得夫人未。小宛侍兒扣扣，姓吳氏，名湄蘭，字湘逸，真州人。十三四，能誦《文選》、杜詩，疏解《晉書》意義，蚤卒。陳其年爲之傳。春華逝水。悵覆緑亭荒，畫幀有『覆緑亭』方印。影梅盦冷，誰續玉臺史。

紅林檎近

重幕留香霧，半窗横碧陰。怨語晚鶯澀，閒愁落花深。天涯蘼蕪送目，便醉莫去登臨。斷寥猶逐迴潮，風急角聲沈。　舊壘春竝燕，芳樹夕歸禽。殘寒又力，江關何處攜琴。悵青霜詩鬢，黄塵淚袖，庾郎蕭瑟芳倦尋。

玉樓春

金猊香冷羅衣薄。鵯鵊聲中風雨惡。玉奴羯鼓悔催花，花若遲開應來落。　垂楊只在闌干角。纔隔垂楊便天末〔一〕。不須天末已魂銷〔二〕，寒食清明孤負卻。

【校記】

〔一〕末：惜陰本《蕙風詞》作『各』。

〔二〕『不須』句：惜陰本《蕙風詞》作『闌干凭到落花深』。

燕歸梁本意

忍爲留香促下簾。側雨暮寒尖。落花應是不勝銜。幾凝眸，向雕簷。　已歸莫更分花去，勸棲穩，甚呢喃。垂楊愁絕舊江潭。鬱金堂，瘮何堪。《夢窗稿》此調兩闋前後段第四句竝仄平平，聲調絕佳，《詞律》此體失載。

減字浣溪沙

嚬鳩嚬鵑不忍聞。覸鬖羅幕盪斜曛。麝篝縈損鬱金幬。　楊柳半黄猶未緑，梨花先雪便爲雲。料量春色只三分。

前調

紅瘦何因怨緑肥。須知緑暗卽紅稀。留春春卻送芳菲。　陌上有花皆躑躅，樓前無樹不思惟。思惟樹，見《魏王花木志》。嚬鵑切莫喚春歸。

前調綠葉成陰，苦憶閶門楊柳。

玦絕環連兩不勝。幾生修得到無情。最難消遣是今生。　蝶夢戀花兼戀葉，燕泥黏絮不黏萍。十年前事忍伶俜。

其二

翠袖單寒亦自傷。何曾花裏竝鴛鴦。只拚陌路屬蕭郎。　黃絹競成碑上字，紅緜誰見被中裝。長相思，被中緜也，見《侯鯖錄》。可能將恨付斜陽。「隔簾先一笑，將恨付斜陽」，《玉梅後詞·臨江仙》句。

前調櫻花出東瀛，略如西府海棠，而娟倩過之。舊有盆供二本，亂後失去，花時輒憶及之。

莫遣春風上海棠。瀛洲花事舊平章。浮槎端合爲尋芳。　西子濬妝邀傅粉，東鄰巧笑見《玉臺新詠序》半闚牆。玉容天末意難忘。

瑞龍吟 甲寅暮春，得子大湘中書，坿贈別詩，倚此卻寄。子大客歲四月來申，今年首春回湘〔一〕。

滄洲路。無恙昨寱鶯花，故人鷄黍。垂楊西北高樓，砑箋漉酒，相望平隔雨。黯離緒。容易綠鵑嗁徹，玉驄嘶去。停琴極目湘天，也應念我，絃清調苦。詩事烟波江上，贈別詩作於大通舟次。落霞回首，浮雲羈羽。紉佩楚蘭情芳，珍重魚素。危闌竚立，斜日風催絮。還淒斷、青冥海色，黃昏潮語。別後銷魂處。更誰問訊，吟邊月露。禁得春寒否？憑舊燕，商量和愁同住。茂陵鬢雪，不關遲暮。

【校記】

〔一〕『子大』二句：惜陰本《蕙風詞》無。

最高樓 題徐仲可《湘樓聽雨圖》

風又雨，蓑笠倦滄洲。載酒十年遊。楚蘭心事靈均佩，海桑身世仲宣樓。問湘波，今古恨，爲誰流？　鷗鷺冷、舊盟何處覓。鶯燕老、墜歡難再拾。春意緒，峭於秋。南雲極目蘼蕪怨，東風回首杏花愁。似三生，狂杜牧，寱揚州。

婆羅門引題仲可《純飛館填詞圖》

迦隆喚徹，坐花瑤想落鬘天。維摩懺到情禪。香國昔遊如寱，環佩卽因緣。《法華經》：「辟支得道，或聞因緣而解，或聽環佩而得悟。」倩楊枝一滴，浣徧濤箋。前身妙蓮。墮綺劫、鳳雲邊。《陳書》：徐陵母「寱五色雲化爲鳳，集左肩上，已而誕陵」。乞與梅林寶月，來照金荃。烏絲素紘，稱去竹屋、梅溪衣鉢傳。論平慧業、幾世青鸞。王荊公詩：「青鸞幾世開蘭若。」《大藏經》：「須彌山下有青鸞伽藍。」

解蹀躞甲寅寒食夕，旅滬西人執戈者爲跳舞爝火之嬉，觀者空巷。余攜二女往，歸途謂之曰：「今日禁火節，吾輩乃觀火。」二女瞠目，不知所云。因念車馬殷填、帬屐褷遝中，能有幾人知今日是寒食耶？燈灺香焦，悵然賦此。

十里珠簾齊捲，火樹迴笳吹。赤麟狂舞，春雷半天起。電幻一霎空花，賺人墜佩遺簪，輭塵何世。話遊事。兒女嬌癡無睡。喁喁茜窗底。獨憐衰鬢，歸來短檠對。莫誤京雒元宵，禁烟時節依稀，柳條能記。

踏青遊三月初十日清明，同仲可遊愚園，維琦、維璟侍行。

評泊尋芳，鶯花勸人愁裏。念舊約、天涯能幾。一分春，還只賸，三分之二。漸翠遠，垂楊玉驄嘶去，莫惜暗塵侵袂。　殘醉花扶，伶俜十年前事。蚤付與、蘭成顦顇。過橋東，穿徑曲，倦聞歌吹。拚去坐久，房櫳綠陰深處，催暝夕陽猶未。園有廣座售彈唱襍里譚，余亟引避撰斗室幽靜處憩焉。

南浦同仲可遊六三園，詠綠櫻花。日商某氏寓園在寶山縣境，通天庵東北。園中櫻花，深紅、淺紅、白色，各不下十數株。唯綠色祇二本，殆亦艱致。曩見綠菊、綠茉莉花，仍白色，微含碧暈而已。此花竟花葉同色，誠異品矣。如髫年碧玉，彈袖含情，又如萬點垂楊，雨和烟欲滴，自有花以來，未有若斯芳倩者也。倚樹無言，令人作天外飛瓊想。《南浦》有數體，此詞用玉田譜，取其音節婉美，與花宜稱也。

澹沱越娉婷，最相宜，薄暝輕陰簾戶。依約帶潮痕，移春遠、移春檻，見《開天遺事》。回首蓬山深處。瀛談豔絕。半裝高屧尋芳路。翠袖寒邊逢碧玉，解語問渠能否？　東風也自東來，儘吹殘鬢色，知應惜汝。香國渺滄洲，靈槎約、多恐暈眉人妒。蕚華得似。么禽說是天涯樹。可惜新詞吟綠意，都付隔，鄰簫譜。

綠意 六三園之遊，徘徊綠櫻花下，移晷不忍去。情文相生，宜乎言之不足，又長言之，再倚此調，以實前詞，歇拍云云。

薄陰媚夕。試黛顰淺淺，珠暈欲滴。問訊移根，幾換華年，猶帶翠蓬山色。花花葉葉渾難辨，誤醉蝶、㝱尋香國。儻玉窗、得見繁枝，纔稱謫仙吟筆。李白詩：『別來幾春未還家，玉窗五見櫻桃花。』瓶盎年時對影，只今賸悵惘，紅瘦還惜。舊有盆供二本，輕紅如海棠，亂後失去，花時輒縈㝱想。不道天涯，慘綠春衫，來賦萼華標格。東家信美非臣里，更宋玉、鬢霜催織。向十洲、譜盡羣芳，卻憶故園歐碧。

前調 劉蔥石所藏馬湘蘭薰鑪銘曰：『薰透鴛衾，香添鳳餅，一點春犀管領。』迴環刻於會蓋謂之會側。

芸黏麝裛。恰翠隄淺草，馬湘蘭於所居後築隄，人稱湘蘭隄。猶帶殘雪。碎玉聲中，湘蘭理鬢，墮一寶釵，徐語侍兒曰：『久不聞碎玉聲矣。』白練帬邊，明鄭之文作《白練帬》院本，演王百穀、馬湘蘭故事。〔一〕灰到相思慵撥。冰紈澹寫湘花影，問幾度、玉蔥偎熱。儘勝伊、簫局金虬，往事麗華休說。陰麗華有金虬屈膝、倒鳳啣花簫局，簫局，古薰籠也。

誰識春犀可可，箇儂舊管領，珠字旋斡。鳳餅濃香，鴛被奇溫，何處峭寒催徹。紅牙小印星星硯，余侶梅文植以宋拓《蘭陵公主碑》就趙晉齋易馬湘蘭牙印。馬湘蘭硯背有雙眼，竝王百穀小篆『星星』二字，馬自銘云：『百穀之品，天生妙質。伊以惠我，長居蘭室。』只一例、玉臺芳物。話劫塵、孔雀無庵，湘蘭故居在金陵孔雀庵側。賸有秣陵烟月。

【校記】

〔一〕王百穀：底本作『王百谷』，按王穉登（一五三五—一六一二），字伯穀，一作百穀，長洲人，明代後期詩人。故改。下同。

意難忘仲可示我滬上近刻，內有季剛、旭初和清真詞，四聲相依，一字不易。其意緜邈，其辭閎雅，非方千里、楊澤民所及。惜於陰陽平聲未嘗措意。遙夜坐雨，偶肰放效，竝陰陽平悉依清真。唯是束縛已甚，脩辭未工，巴人下里，猶慚方、楊，何止不能仰冀清真而已？它日二君見之，當必有以教我。

烟柳昏黃。又愁邊換節，過了流觴。禁寒猶倚袖，耽孏幾薰香。彈怨曲，入伊涼。迸急雨淋浪。清真『判劇飲』『判』字，以後段『待說與』『待』字例之，當是去聲。恨暗生，匳花鈿去雀，忍自端相。春山畫出無雙。只評深問淺，易誤張郎。娉婷知惹妒，清減不宜妝。思舊瘳，攬柔腸。便一鼂還妨。更那堪、雲涯寸碧，竚損韶光。細審清真此調，觴，陽平。香，陰平。涼、浪，陽平。相，陰平。郎，陽平。妝，陰平。腸、妨，陽平。光，陰平。兩聲相間，抑揚相應，兩段一律，至前段起句『黃』，陽平，後段起句『雙』，陰平，所以爲換頭也。昔人於陰陽平分析配合，謹嚴如此。吾輩可忽乎哉？黃九烟先生云：『三仄應須分上去，兩平還要辨陰陽。』誠知音之言矣。

沁園春 綠櫻花第三詠

東都妙姬，《蕪城賦》句。南都石黛，《玉臺新詠序》句。傾國傾城。恁宜笑宜顰，盈盈晚翠，如烟如霧，冉冉春青。妒煞鸚哥，誤它鳳子，照影前池澹不勝。芳菲節，倩碧雲捧出，天外飛瓊。　多情更惜殘英。只點上、蒼苔辨未曾。算何必成陰，總然蔥蒨，忍教結子，如此娉婷。中國櫻花不繁而實，日本櫻花繁而不實。淺暈鄉愁，濃分海色，回首東風第幾町。花知否？念荷衣慘綠，似我飄蘦。作綠櫻花詞，不必切綠櫻花，卻碻是綠櫻花，斯爲妙艁。此第三詠，欲傳綠櫻花之神，及作成，乃只得『如烟如霧，冉冉春青』二句，其妙處在『冉冉』二字。〔一〕

【校記】

〔一〕『作綠櫻花詞』以下注文，惜陰本《蕙風詞》無。

玉樓春 綠櫻花第四詠

雕鏤翡翠成香玉。青眼闚簾迴曼睩。儻教結子更同時，越恁嬌嬈紅映綠。　蕚華只在蓬山曲。我欲泛槎陪徐福。尋芳直到海東頭，容我碧雲深處宿。

同作

吴縣卜　娱

春波照影亭亭立。妒煞垂楊幽徑側。翠紅相映越精神，回首扶桑初日出。　宮眉淺黛羅衣碧。比似丰姿渾未及。膽瓶誰插最繁枝，雨過遙天同一色。

月華清

徐仲可之女公子名新華，蚤慧，擅文筆，楷法得北碑神韻。曾爲余書楹聯，尤工繪事，嘗見所作山水數幀，不失宋、元人矩矱。肄業滬上某女校，今年輟業，擬從余學詩詞。其微尚所寄，高出尋常閨秀萬萬。以侍母疾，息勞染疾，於甲寅灌佛前二日棄五濁浮提而去，年廑二十有一。仲可傷悼特甚，屬余爲詞，道敭芳懿。余謂女公子之才不可及，其孝尤不可及。《靜女》之三章曰：『彤管有煒，曰貽女美。』愧拙詞無能爲役耳。

詩筆楊傳，經籯伏授，不堪追憶入疇曩。孝穆中年，爲說明珠擎掌。教婉聽、執枲尤工，恩綺屬、頌椒何讓。珍賞。更玉臺書畫，時名無兩。　得似西河都講，毛西河女弟子徐昭華，號徐都講，有詩坿《西河集》。待請業湖樓，謬推吾長。底事苕華，一霎人間天上。儻信息、青鳥能通，知慰藉、紫蕤無恙。仲可夫人已愈。蓬閬。料驂鸞合與，飛瓊相傍。按：《詞律》此調收兩體，其第三句，洪瑹作『九霄雲暮初卷』，蔡松年作『故國秋光如水』，疑此句當作仄平平平平仄。洪『幕』字作平，蔡『國』字作平也。今第四字用『憶』字入聲，可作平，與洪合，餘亦悉依洪體。

四字令冰絃得小銅印，文曰：『石家侍兒。』白文方式，以拓本見貽，賦此報之。

石家侍兒。綠珠宋褘。當年畢竟阿誰？捺銀楠紫泥。　香名未知。鄉親更疑。綠珠，廣西博白人，余舊有『綠珠紅玉是鄉親』小印。紅玉，陳文簡侍兒，墓在臨桂棲霞山麓。願爲宛轉紅絲。繫帬腰恁時。

珍珠簾

寱回春去聞啼宇。悄無人，幽草綠陰庭戶。辛苦惜殘紅，奈韶光遲暮。側雨闌風銷不盡，甚滴粉搓酥情緒。愁竚。幾顧影娉婷，池波知否？　桃李等是芳菲，問東風底事，卻教相妒。蜂蝶恰無情，更如簧鶯語。袖薄天寒誰倚竹，也占取、嬋娟先誤。休訴。倩花外玉簫，曲中金縷。

紫玉簫甲寅四月二十二日，晤漚尹蘇州，商定近詞，深譚移晷，略涉身世，因以曲終奏雅自嘲，向來危苦之言，以跌宕出之，愈益沈痛，是亦填詞之微恉也。行沽市樓，草草握別，歸涂惘然，倚此卻寄。

流水凝眸，迴潮逐瘮，素心人在花間。殘衫瘦馬，怕者回相見，星鬢驚看。恨碧山遠，君憶否、舊話長話。曩在京師，夜話四印齋，幾於無言不詞。自半唐逝後，詞事蕭條久矣，即談藝之樂，亦未易復得。還商略，一字一聲，按譜絲闌。曲終換羽淒絕，遮半面琵琶，減了朱顏。矜持幾費，恰嘑鶻身世，說與春寒。問旗亭酒，得似我、袖淚辛酸。斜陽路，曾是庾郎，落拓江關。

餐櫻詞第一生修梅花館詞第七

餐櫻詞自序

況周頤

余自壬申、癸酉間即學填詞，所作多性靈語，有今日萬不能道者，而尖豔之譏在所不免。己丑薄遊京師，與半唐共晨夕，半唐於詞夙尚體格，於余詞多所規誡。又以所刻宋、元人詞屬爲斠讎。余自是得闚詞學門徑，所謂重、拙、大，所謂自然從追琢中出，積心領神會之，而體格爲之一變。半唐亟獎藉之，而其它無責焉。夫聲律與體格竝重也，余詞廑能平側無誤，或某調某句有一定之四聲，昔人名作皆然，則亦謹守弗失而已，未能一聲一字剖析無遺，如方千里之和清真也。如是者廿餘年。壬子已還，辟地滬上，與漚尹以詞相切礴。漚尹守律綦嚴，余亦恍然嚮者之失，齗齗不敢自放。《餐櫻》一集，除尋常三數孰調外，悉根據宋、元舊譜，四聲相依，一字不易。其得力於漚尹，與得力於半唐同。人不可無良師友，不信然歟？大雅不作，同調甚稀，如吾半唐，如吾漚尹，寧可多得？半唐長已矣，於吾漚尹雖小別，亦依黯，吾漚尹有同情焉，豈過情哉？豈過情哉？乙卯風雪中，漚尹爲鍥《餐櫻詞》竣，因略述得力所由，與夫知愛之雅。爲之序，與漚尹共證之。

歲不盡六日，夔笙書於餐櫻廡。

餐櫻詞題詞

還京樂

歸安朱孝臧古微

倦裏抱，閱盡斜陽，稍覓微波語。任墜香迷燕，亂紅踾馬，緘情無據。問綘都花事，傷春淚、潑閒風雨。併萬感吟夜，醉曉鑾芳成譜。　舊銷魂處，傍珍叢千繞，而今漲筆，狂塵絃外調苦。沈吟又拍闌干，盪雲愁、海思如許。坐滄洲、還賺得天涯，文章羈旅。半篋秋蕭瑟，蘭成身世重賦。

餐櫻詞第一生修梅花館詞第七

鶯啼序為徐積餘題《定林訪碑第二圖》，訪碑五人，其一，余也，距今十七年矣。

吳雲澹摇寱影，罨臺城倦柳。悵天末、隨分飄萍，幼輿丘壑孤負。忍重問、年時蠟屐，清遊幾誤滄桑後。只山靈，壁上龍蛇，總然呵守。

十七華年，逝水迅羽，賸披圖感舊。共清暇、乘興登臨，記曾危磴攜手。儻巖陰、重來剔蘚，定猶識、題名誰某。曾刻題名於宋賢之次。渺人天，乾道偏安，劍南詩叟。

新亭燕麥，故國鶯花，破愁但仗酒。莫慣倚、綠蘿紅樹，更與僧語，六代興衰，幾回搔首。江關倦旅，氈椎陳跡，銷魂金粉傷心字，便秋山、也說新來瘦。荒苔一抹，依稀片石韓陵，是墨是淚知否？

遙情孝穆，韻事堯章，紀昔遊句秀。姜白石有《昔遊詩》十五首。為說與、留痕鴻雪，也付榛蕪。第一圖亂後失去。近拂溪藤，别開林岫。滄烟恨滿，鍾雲愁絕，承平幽賞唯畫裏，要憑君、珍重逾瓊玖。松扃無復龍泉，嶄壁斜陽，半沈翠黝。宋人題名在龍泉龕後石壁上，龕今已圮。

燭影搖紅甲寅除夕〔一〕

問訊梅花，蚤春消息殘寒外。小窗兒女自團圞，幽恨憑誰解。往事思量莫再。隔朦朧、金鑪翠靄。爲誰詩鬢，苦恨銷磨，年年春在。　豈好屠蘇，引杯不分愁如海。椒紅柏緑總依然，誰念朱顔改。瘮裏風雲萬態。作去蘭夜、笙歌一派。此時情味，減了年時，東陽腰帶。

【校記】

〔一〕此詞復見惜陰本《蕙風詞》卷下。

高陽臺和漚尹社作均，我非社中人也。〔一〕

網戶斜曛，銅街薄暝，窺人柳眼猶青。幾換晴陰，東風又緑林亭。流鶯勸我花前醉，怕花枝、萬一多情。最愁人，何處高樓，今夕殘箏。　韶華不分成蕭瑟，奈江關庾信，略約平生。戲鼓餳簫，尊前儘費春聲。蘼蕪特地傷心碧，算年年、總負清明。更何堪，舊壘紅襟，來話飄零。

【校記】

〔一〕此詞復見惜陰本《蕙風詞》卷下。

花犯和漚尹賦六三園櫻花，今年花時，缶廬、漚尹同遊，余病足，弗獲與。

數芳期，風懷倦後，多情誤佳麗。霧霏烟媚。重認取飛瓊，天外環佩。晚殅畫罨明霞綺。闌干心萬里。漸瞑入、銷魂舍粉，滄洲餘淚幾。　東風鬢絲涴香塵，嗁鵑外、滿眼斜陽如水。拋未忍，探芳信、繫驄前地。仙山路、蒨雲恨遠，顦顇盡、濃春殘醉裏。更瘮警、玉窗寒峭，笙歌鄰院起。

減字浣溪沙余賦櫻花詞婁矣〔二〕，率羌無故實。偶閱黃公度《日本雜事詩》注及日人原善公道《先哲叢談》，再占此九調，時乙卯大暑前一日。黃氏詩注云：『櫻花，五大洲所無，有深紅、淺絳，亦有白者，一重至八重。三月花時，公卿百官，舊皆給假賞花，今亦士女徵逐，舉國若狂也，東人稱爲花王。墨江左右隄有數百樹，如雪如霞，如綿如荼。』又云：『有賣櫻飯者，以櫻和飯。賣櫻餅者，團花爲餻。或煎，或蒸，有「團子貴於花」之謠。賣櫻茶者，點櫻爲湯，少下以鹽，可以醒酒。花枝或插於帽，裹於袖，繫於帶，遊客歸時，滿城皆花矣。』又云：『墨江木母寺旁，有墳名梅兒。相傳古美人梅若以三月十五日化去，是日遇雨，都俗謂之淚雨。名流賞花，必弔其墳。』原氏《叢談》引安積覺《湖亭涉筆》云：『文恭酷愛櫻花，庭植數十株，每花開賞之，謂覺等曰：「使中國有之，亦當冠百花。」義公環植櫻樹於祠堂之旁，存遺愛也。』桉：明餘姚朱之瑜，字魯璵，號舜水，私謚文恭。甲申後避地日本，客於水戶。水戶義公以官師禮厚遇之。

爛漫枝頭見八重。倚雲和露占春工。十分矜寵壓芳叢。鬢影衣香滄海外，花時人事瘮魂中。去年吟賞忒悤悤。

其二

萬里移春海亦香。五雲扶艦渡花王。從教綵筆費平章。萼綠華尤標俊賞，綠者尤娟倩。藐姑射不競濃妝。偏翻芳譜只尋常。

其三

不分羣芳首盡低。海棠文杏也肩齊。東風萬一尚能西。見說墨江江上路，綠雲紅雪繡雙隄。梅兒冢畔惜香泥。

其四

何止神州無此花。西方爲問美人家。也應惆悵望雲涯。風味似聞櫻飯好，天台容易戀胡麻〔二〕。一春香瘮逐浮槎。

其五

畫省三休竚玉珂。峩冠寶帶惹香多。錦雲仙路簇青娥。似此春華能愛惜，有人芳節付蹉跎。

隔花猶唱《定風波》。

其六

舜水祠堂瑑雪霞〔三〕。廣平鐵石賦梅花。葛薇身世一枯槎。《韓子通解》：『伯夷哀天下之偷且以彊，則服食其葛薇，逃山而死。』人第知夷齊采薇，而不言其衣葛。紅樹仙源仍世外，綵旛春色換郯家〔四〕。過牆蜂蝶近紛拏。

其七

何處樓臺罨畫中。瑤林瓊樹絢春空。但論香國亦仙篷。未必移根成悵惘，祇今顧影越妍濃。怕無芳意與人同。

其八

且駐尋春油壁車。東風薄劣不關花。當花莫惜醉流霞。總爲情深翻怨極，殘陽偏近蒨雲斜。唬鵑說與各天涯。

其九

翦綠裁紅十四詞。昨今兩春爲櫻花賦詞凡十四闋。迷花我合署櫻癡。花能惹淚怕花知。安得籥雲飛綺寱，儘教裛露折繁枝。三山立馬豔陽時。

【校記】

〔一〕婁：惜陰本《蕙風詞》作『屢』，按：婁爲屢的古字。

〔二〕天台：一九二五年五月十三日《申報》之《餐櫻廡漫筆》引作『花時』。

〔三〕雪：《蕙風琴趣》同，惜陰本《蕙風詞》作『雲』。

〔四〕郯：惜陰本《蕙風詞》作『鄰』。

還京樂 爲漚尹題《彊邨校詞圖》

坐蒼翠，著意鳴泉唳鶴皆商羽。更寱尋香徑，玉笙鐵板，荃雲何處。近埭西幽勝，香山最惜孤遊侶。白香山詩：『唯有上彊精舍好，最堪遊處未曾遊。』上彊山在埭溪歸安地。念桂苣招隱，畫裏丹鉛朝暮。似去周郎顧。費春來紅豆，銷磨記曲，銀屏多少麗緒。時聞駐拍微吟，倦評量、世事魚虎。寫烟嵐、翻硯北新聲，《花間》舊譜。倚篷樵歌發，松風相和谿路。

清平樂 自戊子迄乙未，余客都門，同半唐校宋、元詞，最如干家，即《四印齋所刻詞》也。今半唐之墓木拱，《所刻詞》不復可得，因題《彊邨校詞圖》，不能無感。

詞仙去後。荃豔飄蕭久。鏤玉雕瓊無恙否。四印高齋非舊。　上彊大好林泉。幽人几席丹鉛。儻許圖中著我，依稀清課當年。

定風波〔一〕

未問蘭因已惘然。垂楊西北有情天。水月鏡花終幻跡。贏得。半生魂㿥與纏緜。　戶網遊絲渾是罥。被池方錦豈無緣。爲有相思能駐景。消領。逢春惆悵似當年。

【校記】

〔一〕此詞復見惜陰本《蕙風詞》卷下。

玉團兒示維瑀字佩雙

酥搓膩粉瓊瑩質。藕舒臂、緗桃醲色。老孄心情，無端嚬笑，都費憐惜。　它年跨竈傳詞筆。付壯遊、蓬山玉立。第一櫻花，人間奇豔，多處須摘。

戚氏 檃括近作《減字浣溪沙·詠櫻花》九首，詞成，塵略具所用典，其言中寄託與夫言外之意，得十之二三而已，爲櫻花詞第十五。〔一〕

倚珍叢。落日搔首海雲東。錦織鸞情，粉含蛾笑，總愁儂。㻏瓏。占春工。酥搓蘂破一重重。綠華舊日吟賞，駐馬何似少從容。閬苑環佩，瓊林冠冕，後塵五等花封。算神州載得，西指槎遠，何處相逢？　說與俊約仙篷。江樹玉秀，綺綰岸雙通。餐英侶，飯抄霞起，餅擘脂融。弔驚鴻。畫舸淚雨，繁華燭轉，記省番風。殢鶯浪蝶，島日町烟，眼底著意妍穠。　舜水祠環繞，憑香豔絕，映帶貞松。怪底星旛未改，付花狂、絮舞暗塵中。劇憐畫省翹冠，翠娥鞸鬟，春好人知重。甚醉鄉、容易韶華送。風雨橫、多少殘紅。膹倦吟、暮色簾櫳。又芳節、蒨雪照春空。作去神山瘳，瓊枝在手，俛瞰魚龍。

【校記】

〔一〕此詞首復見惜陰本《蕙風詞》卷下。

小重山 暮春之初，賦櫻花調《花犯》，有句云『滄洲金粉淚』，以四聲稍未諰易之，漚尹甚以爲惜。因率占此解用之，蓋亦在十四詞外者。

何止相逢非故鄉。滄洲金粉淚、帶斜陽。闕臣省識宋東牆。傷情怨、無計惜明妝。　露檻見雲裳。牡丹香豔絕、稱花王。爭春也莫費柔腸。蓬山曲、回首冠羣芳。

繞佛閣 讀半唐自定詞，愴然賦此。

漱蘭九畹。花外錦瑟，誰和清散。題恨箋短。桂堂倦羽，飄蘁舊時燕。玉樓記孅。仙路見否，銀浪今淺。徑香愁剗。《集韻》：『剗，平也。』更堪篴裏，黃壚送春晚。萬一共淪落，話雨滄洲須酒滿。容易寱中，相逢醒已遠。賸鳳紙蟫塵，淒黯心眼。杜鵑孤館。怕淚灑郴山，流繞難徧。竚南雲、義山詩：『萬里南雲滯所思。』袖寒簾捲。

八歸 題張子苾祥齡《半篋秋詞》

吳霜鬢點〔一〕，京塵衫色，如寱事往倦說。何堪蠹紙珍珠字，還付九天哀怨，兩潮嗚咽。二十年前分袂地，賸慘黯、銅駝烟月。渭水曲、莫賦招魂，此恨總華髮。賡和年時對影，揮豪珠玉，四印高齋清絕。曩寓都門，與子苾、半唐連句《和珠玉詞》於四印齋。遠遊王粲，少時張緒，荏苒蘭荃摧折。訪滄桑舊雨，我獨中腸杜陵熱。知何許、令威華表，瘦損瓊簫，香詞空半篋。

【校記】

〔一〕吳霜鬢點：《清季四家詞》本同，惜陰本《蕙風詞》作『吳鬢霜點』。

眉嫵馬湘蘭印石，方徑一寸弱，高一寸七分彊。白文『聽鸝深處』四字，邊款：『王百穀兄索篆贈湘蘭仙史，何震。』桉：南昌彭介石《摶沙拙老筆記》云：『舊有馬湘蘭印，壽山石，方徑寸四五分，厚三分餘，瓦紐，白文「浮生半日閒」五字，邊款：「壬子穀日，偕藍田叔、崔羽長、董元宰、梁千秋社集西湖舟中，女史馬湘蘭索刊，雪漁震字。」』此印惜未見，後段及之。

悵湘花紈影，孔雀奩塵，桑海黯回首。玉楮鈐珠字，千秋豔，何郎風調斯籀。練帬映柳。問聽鸝、何處攜酒。撰花藥，一寸相思寫，泥溫瑩去葱手。　還又。雕鋟瓊玖。有故人青舫，前度紅袖。閒日浮生少，傳深意，韶華休遣孤負。茜囊艾綬。待願償、雙貯能否？倩泥染蘭金，憑捺取，《集韻》：『捺，乃曷切，手重按也。』浙語稱鈐印曰捺。快芳遘。

隔浦蓮近杭州人來，言湖上荷花盛開，爲占此調，依夢窗體。〔一〕

蘅皋不度佩響。飛瘳成來往。畫裏樓臺換，迷金碧，千波晃。鷗鷺知悵惘。天機錦，未了雲霞想。影娥上。含情怕問，玉容別久無恙。夕陽芳草，負了紅衣雙槳。香色年年送去浪。休忘。蹋搖歸路妍唱。

【校記】

〔一〕此詞復見惜陰本《蕙風詞》卷下。

品令缶廬來言，六三園荷花甚盛。翌日漚尹見過，乃曰：『殆將殘矣。』戲占此解。園中綠櫻花絕佳，令人作除卻巫山想。

倦遊心眼。萼華去、花開誰管？芳信昨日今朝變。舊攜酒處，隨意流年换。紅嫵綠深雲錦爛。付鴛鴦棲戀。翠娥期與經春見。杜鵑須喚，珍重韶華晚。

垂絲釣近憶榕湖，湖在桂城西偏，湖上有樓，舊西門城樓也，俗名榕樹樓。樓前榕樹，相傳李唐時物。湖水空翠澄鮮，如鏡新拭，峯巒匼匝，樓閣參差。方春萬柳垂絲，夏則紅香千畝。昔放翁於桂林山水有詩境之品題，此則詞境也。别來三十年，每憶青篷玉勒，少年情味，不無悵惘久之。

地偏樹古。鷗鄉昔遊回首。鏡裏綠陰，舊染詩袖。湖上柳。更繫船能否？綸竿手。問卅年忍負。澹妝西子，紅衣青蓋時候。記曾載酒。無奈飄蕭後。佳處非吾有。南鴈遠，送暮雲竚久。

減字浣溪沙無米戲占

逃墨翻教突不黔。瓶罍何暇恥甔𥂝。半生辛苦一時甜。　傳語枯螢共寧耐，每憐飢鼠誤闚覘。頑夫自笑爲誰廉。

前調擬《新鶯詞》

小立虛廊忽聽蟲。才知庭院有西風。安排明鏡較秋容。　但有嬋娟都照徹，秋心爭得似梧桐。天涯何處不愁儂。

丹鳳吟贈漚尹

按謚《樵歌》商羽，朱希真詞名《樵歌》。振綺幽棲，朱淑真自號幽棲居士。席棻名閥。瓊林韶濩，僊瘦韻珂清絕。滄桑過眼，晼蘭淒抱，縹簡雕華，丹鉛落葉。畫裏家山記省，繪《彊邨校詞圖》。待與閒雲，分占松桂芳節。　念我瑤情晚晼，素琴和曲花外咽。半唐逝後，同調甚稀。鳳紙斜行草，付推敲、移盡深巷寒月。香塵人海，鐵篴玉去笙消歇。爲語雙鬟，須意解、唱黃河休徹。倚尊彊笑，相見驚素髮。姜白石《古怨》琴曲：『豈不猶有春兮，妾自傷兮遲暮，髮將素。』

秋宵吟賣書

減山藏，黯閣火。坐擁虛帷寒彈。憑消遣、奈伴損琴邊，興孤圖左。捨難拚平，事竟果。漸失百城嵬駴。腸迴處、似怨別侯門，玉去容深鎖。　字裏珠塵，待幻作、山頭飯顆。半生蟲篆，萬軸琳瑯，總付淚飄墮。思憶渾無那。舊約謨觴，尋寱暫可。薦蒉茅、拜手長恩，螢雪淒寂賸念我。

玉京謠徐仲可以其女公子新華山水畫稿二幀見貽，冰雪聰明，流露楮墨之表，於石谷、麓臺勝處，庶幾具體，爲謚夷則商犯無射宮腔，即以奝謝。

玉映傷心稿，鳳羽清聲，寱裏仙雲幻。用徐陵母寱五色雲化爲鳳事。故紙依然，韶年容易淒惋。乍洗淨、金粉春華，澹絕處、山容都換。瑤源遠，湘蘋染墨，昭華擒管。徐湘蘋、徐昭華皆工畫。　茸窗舊掃烟嵐，韻致雲林，更楷模北苑。陳跡經年，蟫匳分貯絲繭。黯贈瓊、風雨蕭齋，帶孺子、泣珠塵漕。簾不捲。秋在畫圖香篆。

風入松宋徽宗琴名松風〔一〕

北來征鴈帶魂銷。夕吹咽寒濤。太清樓畔鶤絃澀，空回首，僊樂層霄。舊謚水雲舟夜，新聲國寶湖橋。　杏花詞事翦冰綃。遺恨付桐焦。音官大晟飄藷後，風和雨、送盡雲韶。今古人天淒籟，《霓裳》一例蓬蒿。

《宋史》：宣和四年四月丙午，詔置宣和樓及太清樓、祕閣。汪水雲淮河舟中夜聞宮人彈琴，賦《水龍吟》詞。太學生于國寶題《風入松》詞於西湖斷橋酒肆屏風上〔二〕。徽宗《燕山亭》杏花詞首句『裁翦冰綃』。《宋史》：崇寧四年八月辛卯，賜新樂名，大晟置府建官。音官，樂官也，見《國語》。

【校記】

〔一〕此詞復見惜陰本《蕙風詞》卷下。

〔二〕于國寶：《清季四家詞》本作『俞國寶』。

前調前題，禁前調所用典。

故宮風雨咽龍吟。法曲惜銷沈。獸香錦幄聞箏後，絲桐語、特地情深。十八胡笳淒拍，九重仙樂遺音。　玉笙雞塞瘮重尋。客路各霑襟。瘦金藷落《霓裳》譜，朱絃怨、茸母光陰。說與宮聲不返，隴雲嗁損雙禽。

周美成詞：『錦幄初溫，獸香不斷，相對坐調箏。』爲徽宗幸李師師家作。　李後主詞：『細雨夢回雞塞遠，小樓吹徹玉笙寒。』　徽宗書銀鉤鐵畫，細筋入骨，名瘦金書。　徽宗北去，遇清明，詩云：『茸母初生認禁烟，無家對景倍淒然。』茸母，草名。　郭浩按邊至隴口，見紅白二鸚鵡在樹間，問上皇安否。浩曰：『崩矣。』鸚鵡悲鳴不已。　《樂府雜錄》『安公子』：　隋煬帝遊江都時，有樂工笛中吹之，其父老廢，於臥內聞之，問曰：『何得此曲？』子對曰：『宮中新翻也。』父乃謂其子曰：『宮爲君，商爲臣，此曲宮聲，往而不返，大駕東巡，必不回矣，汝可託疾勿去也〔一〕。』精鑒如此。

【校記】

〔一〕『必不』二句：　惜陰本《蕙風詞》作『勿去也』。

前調　前題，第三、四詠仍前禁體。

蒼官擁仗鳳鸞鳴。篤耨篆香清。百琴堂裏彈薰日〔二〕，須不讓、黃鵠秋聲。別殿春雷合奏，先朝靡玉齊名。　霜瞳點漆海東鷹。溪絹也飄蕭。孤臣心事流泉激，知音少、絃斷誰聽。唯有風烟喬木，黃昏吹角空城。

《五雜組》：　宋宣和間，宮中所焚異香，有篤耨、龍涎、亞悉、金顔、雪香、褐香之類。　《琴苑》：　宣和殿百琴堂有琴名黃鵠秋。　又云：　宣和多古琴，今存者唯春雷。　又云：　靡玉，宋太祖琴名。　徽宗畫鷹多以漆點睛，高出紙上。　岳武穆《小重山》詞：『欲將心事付瑤琴，知音少，絃斷有誰聽？』蓋指主和議者多也。　姜白石《揚州慢》詞：『自胡馬窺江去後，廢池喬木，猶厭言兵。漸黃昏，清角吹寒，都到空城。』

【校記】

〔一〕薰：惜陰本《蕙風詞》作『曛』。

其二

層樓倚翠萬松巔。清籟戛湘絃。璢瓏花石丹霄路，秋濤語、飛墮歌前。轉眼驚飆揭地，斷腸衰草黏天。

孟婆無計送歸船。別鵠不堪彈。當筵猶自呼方響，紅鸚鵡、心事殘鵑。淒斷雙聲徵角，河清舊曲誰傳。

《楓窗小牘》：壽山艮嶽，徽宗所築，山之西有萬松嶺，嶺畔有倚翠樓。徽宗北行戲作小詞云：『孟婆孟婆，你做些方便，吹箇船兒倒轉。』孟婆，風名。《楓窗小牘》：高廟在建康，有大赤鸚鵡自江北來，集行在承塵上，宦者以手承之，鼓翅而下，足有小金牌，有『宣和』二字，因以索架置之，稍不驚怪。比上膳，以行在草草無樂，鸚鵡大呼：『卜尚樂，起方響。』久之，曰：『卜娘子不敬萬歲。』蓋道君時掌樂宮人，以方響引樂者，故猶以舊例相呼。高廟爲罷膳泣下。《鐵圍山叢談》：宣和初，雅樂新成，八音告備，因作《徵招》、《角招》，有曲名《黃河清慢》。

戀繡衾擬《存悔詞》

鸚簾絲雨茉莉香。響新蟲、天氣已涼。看沈水，銷心字，較秋更今夜短長。上階三五流螢小，見西風、紅淚海棠。倩誰問、南樓鴈，寄相思、何處玉去璫。

西江月乙卯七月二十五日寱中哭醒口占〔一〕

寱裏十年影事，醒來半日閒愁。羅衾寒側作去深秋。清淚味酸於酒。　何處傷心不極，此生只恨難休。眼前紅日在簾鉤。聽雨聽風時候。

【校記】

〔一〕此詞復見惜陰本《蕙風詞》卷下。

鷓鴣天憶寱再占

苦恨疏鐘送夕暉。晨光何事也熹微。十年鳳紙相思字，併作天涯老淚揮。　芳事改，素心違。淒涼無色上羅衣。鬢絲得似梧桐葉，未到秋深已漸稀。

解連環乙卯中秋和漚尹《夜飛鵲》

露香金粟。乍嬋娟望極，絮雲濃簇。弄素影、愁絕山河，蚤藥誤兔春，桂輪蟾宿。玉宇瓊樓，最高處、直須窮目。幻殅陰拚去得，象板鳳簫，倚酲翻曲。　人天事憐轉燭。坐清虛竟夕，娥怨孀獨。省臂寒、鬢溼今宵，悵青瑣洞房，瘳搖難續。太液波翻，盪秋冷、孤光誰掬〔一〕。賸無眠、慨慷對酒，問天玉局。

【校記】

〔一〕盪：趙尊嶽《蕙風詞史》引無（《詞學季刊》第一卷第四號第八十七頁）。

夜飛鵲　漚尹

金波曖斜，漢流照屏山。樺燭冷散，青烟珠簾欲上，美人去誰家，今夜今年。當窗亂雲霧恣，《霓裳》狂舞，換謚鈞天。乘風汗漫，問瓊樓、何似人間。　多事桂宮仙斧，七寶尚淩虛，妝綴嬋娟。闌外秋香，泣露移盤。清淚消盡金僊。廣寒殿闕，怕嫦娥、不許流連。共孤光，誰與不成把盞，北望淒然。

定風波九月五日詠牡丹，或曰非時，漚尹曰非非時。

百寶闌邊蜂蝶忙。雲烘月托出天香。穠李夭桃渾爛漫。須看。看它低首拜花王。　便相姚黃妃魏紫。多事。騷人閣筆費平章。凝露一枝紅豔絕。芳節。斷無杯酒酹斜陽。

多麗 秋雨〔一〕

碎秋心，斷鴻殘角疏砧。更何堪、瀟瀟颯颯，黄昏付與愁霖。問誰消、蟲聲四壁，知難醒、蝶瘳重衾。敗葉階前，孤桐井畔，絲絲渾似淚霑襟。美人隔、紅牆碧漢，塵世自晴陰。重陽近，橫空作去暝，見說登臨。　鎖姮娥、濃氛慘結，西風消息侵尋。費香添、猊薰恁熱，兼露滴、鶴警還瘖。變徵無端，移宮未穩，鄰家鐵篴入雲深。向此際，違寒避溼，菊釀索濃斟。滄江晚，斜陽回首，恨滿烟林。

【校記】

〔一〕此詞復見惜陰本《蕙風詞》卷下。

霜花腴 哈園九日同漚尹作。園主人哈同，猶太人。

撰幽載榼，翠淺深、樓臺畫裏參差。蕪剗烟疏，石皴霜碎，寒香看取東籬。問花主誰，甚絮萍、人各天涯。凭危闌、暫得忺姓，俊遊說與彊支持。　愁目亂雲殘照，怕文峯一曲，《河南野史》：唐尹氏善歌，重陽與羣女登南山文峯，嚬眉緩頰，歌一曲，聲達數十里。易換哀絲。葵麥吟情，茱萸年事，蘭成鬢雪誰知？暮山斂眉。影斷鴻、遙黛淒其。引荒臺、戲馬何人，只今秋氣悲。

紫萸香慢九日再賦〔一〕

凭危闌、茱萸愁把，作寒野色淒迷。拚去一回扶醉，便消得、夕陽西。信是無風無雨，甚寥天鴻唳，寥壓雲低。笑劉郎恁日，搦管怯糕題，指峻路、《西都賦》：臨峻路而啓扉。〔二〕有人手攜。　秋期。省記疑非。鬒欲損、遠山眉。算黃花晚畹，閒情得似，陶令東籬。可無白衣人至，最醒處，易成悲。峭西風、未妨吹帽，茂陵絲鬢，誰惜綠減霜欺。清淚自持。

【校記】

〔一〕此詞復見惜陰本《蕙風詞》卷下。

〔二〕小注，惜陰本《蕙風詞》卷下無。

最高樓雨夕餞秋〔一〕

風和雨，嗚咽似驪歌。芳節惜蹉跎。高樓何況聞鴻雁，重衾生怕寥山河。說傷心，應更比，送春多。　鐘未到、尚餘梧幾葉。更欲斷、最憐花寸蠟。霜晚畹，鬢銷磨。西風樹到無聲苦，東籬菊亦奈愁何。賸淒清，今夕也，等閒過。

【校記】

〔一〕此詞復見惜陰本《蕙風詞》卷下。

鷓鴣天〔一〕

如瘳如烟憶舊遊。聽風聽雨臥滄洲。燭銷香灺沈沈夜，春也須歸何況秋。　書咄咄，索休休。霜天容易白人頭。秋歸尚有黄花在，未必清尊不破愁。

【校記】

〔一〕此詞復見惜陰本《蕙風詞》卷下。

浪淘沙　餞秋明日詠菊

猶有傲霜枝。采采東籬。秋容澹絕欲無詩。看取寒香渾未晚，何似秋歸。　消得玉山穨。花影浮卮。西風殘照各矜持。花若有情應念我，雙鬢成絲。

徵招　漚尹將之吳門，有書來云：『雖小別，亦依黯也。』賦此報之。〔一〕

清琴各自憐孤倚，停雲總成消黯。後約幾情深，比黄花香澹。客襟淒萬感，算霜月、一秋分占。見說將離，綠蕪愁到，冷吟闌檻。　點檢浣花箋，珍珠字、天涯更無人念。咫翠隔吳雲〔二〕，也難爲別暫。不辭青鬢減。只尊酒、再攜須釃。兩潮語、寂寞滄洲，更鴈驚寒漸。

【校記】

〔一〕此詞復見惜陰本《蕙風詞》卷下。

〔二〕『天涯』二句：趙尊嶽《蕙風詞史》引作『天涯更無人見。念咫尺翠隔吳雲』（《詞學季刊》第一卷第四號第八十七頁）。

鷓鴣天 得明正德補版元本《爾雅》殘破特甚，補綴成篇，賦此題後。〔一〕

老向書叢作蠹魚。病餘還補蠹餘書。劇憐風雅彫殘甚，怪底經生故訓疏。　風雨外，閉門居。一編能遣幾居諸。尋常豹鼠何難識，未必終童我不如。

【校記】

〔一〕此詞復見惜陰本《蕙風詞》卷下。

瓏璁玉元姚雲文，字聖瑞，高安人，有《江邨遺稿》，當是倚聲嫥家。

《紫萸香慢》、《瓏璁玉》，皆自度曲。聲情悱惻，饒絃外音，余極憙之。今年九日既賦《紫萸香慢》，寒宵無聊，更仿此調〔一〕。聖瑞詠雪，余則詠霜，此題蓋廑有作者。

無恙危闌，染秋色一夕誰知。林疏日薄，作去寒那更天涯。惱亂丹楓醉舞，甚嬋娟青女，猶鬭華姿。淒其。虧荒城、侵曉角吹。　漫惜何郎鬢緑，念江山金粉，一例成悲。孏具鸘裘，向東籬、且看寒枝。葭蒼伊人何處，便咽盡、孤琴促節，雅操貽誰。錦書滯，悵南樓、驚雁過遲。

【校記】

〔一〕仿：底本作「昉」，據惜陰本《蕙風詞》改。

南鄉子〔二〕

秋士慣疏蕭。典盡鸘裘飲更豪。況有鸞笙丹鳳琯，良宵。不放青燈照寂寥。　一笠一詩瓢。隨分滄洲聽兩潮。何止黃花堪插帽，嬌嬈。江上芙蓉亦後彫。

【校記】

〔一〕此詞復見惜陰本《蕙風詞》卷下。

曲玉管 憶虎山舊遊〔一〕

兩槳春柔，重闉夕遠，尊前幾日驚鴻影。不道瓊簫吹徹，淒感平生，忍伶俜。杳杳蘅皋，茫茫桑海，碧城往事愁重省。問訊寒山，可有無限傷情。作去鐘聲。　換盡垂楊，只縈損、天涯絲鬢。那知倦後相如，春來苦恨青青。楚腰擎。抵而今銷黯，點檢青衫紅淚，夕陽衰草，滿目江山，不見傾城。

【校記】

〔一〕此詞復見惜陰本《蕙風詞》卷下。

醉翁操 外國銀錢有肖像絕娟倩者，或曰自由神，亦有其國女王真像。

嬋媛。苕顏。蓬仙。渺何天。何年。如明鏡中驚鴻翩。月娥妝映蟾圓。凝佩環。典到故衫寒。得楚腰掌擎幾番。　泛槎怕到，博望愁邊。玉去容借問，風引神山寥斷。冠整花而端妍。鬟蟬雲而連蜷。東來蘭絮緣。西方榛苓篇。此豸秀娟娟。倩誰扶上輕影錢。『風引』句，東坡作『空有朝吟暮怨』，或以稼軒作『或一朝兮取封』證之，謂『怨』當讀烏員切，音淵。校： 此琴曲也，鰥生觕諳琴律，以爲作去，尤婉美也。且第七部可叶之字多矣，東坡詎窮於一字而必以去聲字作平叶耶？

前調一九初交，寒消未幾，海濱風日，饒有春意。天時人事，我愁如何？倚此，索隘庵、孟劬、漚尹和。〔一〕

淒然。春妍。含暄。渺風烟。堪憐。南鴻爲誰愁驚寒。雪明霜暗何天。凭畫闌。有恨付無言。隔輭紅幾家管絃。豔陽錯認，生怕嘸鵑。玉去鍾翠袖，回首承平少年。花有香而歌前。柳有陰而吟邊。何因青鬢斑。多情無韶顏。阻瘦萬千山。亂雲殘照春忍還。『回首』句鰓平，依稼軒備一體。

【校記】

〔一〕注文，惜陰本《蕙風詞》無。

前調爲漚尹賦與客談人變虎事

樞星。之精。堪驚。底平生。不平。牛哀異聞淮南徵。擇肥而噬膨脝。如大烹。我意動怦怦。欲負嵎咀嚼有聲。暫宜豹霧，紅袖丁寧。恁時未分，文采斑斕炤映。羆與猾兮縱橫。爪與牙兮淩兢。食牛容未能。深山寒無情。虎拜舊通明。殿中風度誰敢攖？

聲聲慢遙夜坐愁，和夢窗韻。

縈愁香篆，破睡茶槍，詩肩孤聳巉巖。過盡霜鴻，玉瑺珠字嫞緘。隔窗瘦梅爲伴，夜沈沈、月暗風尖。吟事減，念冬郎身世，顦顇香匳。　慣領天涯情味，幾燈昏鳳炧，漏咽虯潛。倦倚屏山，依然金粉江南。寒衾𤺋春能否，近垂楊、須學腰纖。渧幽恨，費琤琮、鐵馬半簷。

浣溪沙漚尹住還蘇滬，閒蟾不再圓，驪輒一唱，感時惜別，情見乎詞。〔一〕

身世滄波夕照邊。總然相見亦相憐。那更垂楊偏不繫，木蘭船。　莫向天涯輕小別，幾回小別動經年。蚤是無多雙鬢綠，況霜天。

【校記】

〔一〕此詞復見惜陰本《蕙風詞》卷下。

千秋歲引連句詩自漢時有之，連句詞未詳所自始。沈雄《古今詞話》：張樞言席上劉巨源、僧仲殊在焉，命作西湖詞，巨源口占云：『憑誰好筆，横掃素縑三百尺；天下應無，此是錢唐湖上圖。』仲殊應聲云：『一般奇絕，雲澹天高秋夜月；費盡丹青，只這些兒畫不成。』又命賦梅花，仲殊先吟云：『江南二月，猶有枝頭千點雪；邀上芳尊，卻占東風一半春。』巨源續和云：『尊前眼底，南國風光都在此；移過江來，從此江南不復開。』調《減字木蘭花》，此連詠體也。乙卯長至後五日，與漚尹昉爲之。

玉宇瓊樓，綠尊翠杓。不分傷春蹙眉萼。花辭故枝忍爛漫，莽黏墜絮仍飄泊。寶匳金，錦衾鐵，總成錯。夔笙 昨夜寱沈情事各。今夜寱回思量著。那惜行雲楚臺約。當初莫愁愁似海，而今瘦沈腰如削。四條絃，五紋繡，渾閒卻。漚尹

菊㝱詞第一生修梅花館詞第八

鷓鴣天

錦障濃香一㝱中。持觴消得酹殘紅。憑渠斷送春歸去，未是消魂第一風。　風又雨，蝶和蜂。紛紛又過粉牆東。青青換到侯門柳，辛苦香緜似玉容。

金縷曲 海上秋深，炎景逾庚伏，感拈此解。〔一〕

天也因人熱。甚秋風、年年容易，者回奇絕。餤餤燒空雲如火，占斷滄溟空闊。卻付與、亂蟲騷屑。空谷斷無人倚竹，笑梧桐、何苦知清節。誰障扇，庾樓月。　燠涼也作滄桑閱。便尋常、天時人事，而今休說。門外風沙驕陽路，珍重填胷冰雪。問襪襪、何如吾拙。推枕總然無好㝱，又朝暾、紅似殘鵑血。愁極目，且晞髮。

【校記】

〔一〕此詞復見惜陰本《蕙風詞》卷下。

石湖仙中秋集愚園爲彊邨補祝

涼陰分柳。仗一雨收塵，心眼清透。今夜月團圞，忍登臨、江山似舊。浮雲彈指，早見慣、白衣蒼狗。相守。共素娥、儘意長久。　西風暗吹鬢影，爲情多、休辭面縐。後約沙鷗，幾歷滄桑知否。一晷凝眸。百回搔首。每依南斗。尊有酒。年年晝裏攜手。

定風波前詞意有未罄，再填此解。〔一〕

淨洗塵氛一雨涼。中秋天氣日猶長。把酒祝君千萬壽。知否。天教留眼看紅桑。　莫負名園今夜月。清節。未花桂葉亦芬芳。更撅玉去笙鏗鐵板。休管。綠陰深處萬螢蟗。

【校記】

〔一〕此詞復見惜陰本《蕙風詞》卷下。

玉燭新重陽近矣，倚此爲寒花問。〔一〕

光陰簪菊近。費暗省秋期，幾探芳信。故人自別，江山瘦、邕好登臨誰分？題糕落帽，忍忘去卻、年時疏俊。簾乍捲、笙語霜前，依稀破人酲困。　安排更把茱萸，怕剗地烟塵，放晴難穩。素娥問訊。應不負、占取一天風韻。無情有恨。數舊約、曾無憑準。愁暫倚、風雨壺觴，低徊看鬢。

【校記】

〔一〕此詞復見惜陰本《蕙風詞》卷下。

鷓鴣天節近重陽，有就菊之約。天時難知，彡雨無準，漫拈此解，姑妄自娱。

推枕休言好寱無。東籬舊約未全疏。接天晝暝蟲喧草，一雨秋清鳳立梧。　欣得句，任催租。爲霜消息露成珠。似聞青女嬋娟甚，珍重紉蘭作佩萸。

傾杯丙辰自壽〔一〕

清瘦秋山，斑斕霜樹，年年勸人杯琖。浮生事、未信長是，似月難圓，比雲更幻。便南飛、黄鶴依然，腰笛意孄。舊江山、寱沈天遠。自惜金縷滄桑，莫辭留倦眼。　首重去回、承平遊衍。怕者回凭闌，斜陽如水，去日蹉跎，青鏡鬢絲，較甚文章賤。持此恨誰遣，憑消領、梧葉閒愁，芙蓉幽怨。相期老圃寒花晚。

【校記】

〔一〕此詞復見惜陰本《蕙風詞》卷下。

洞仙歌 秋日獨遊某氏園〔一〕

一霎閒緣借。便意行散緩，消愁聊且。有花迎徑曲，鳥呼林罅。秋光取次披圖畫。恣遠眺、登臨臺與榭。堪瀟灑。奈眽斷征鴻，幽恨翻縈惹。　忍把。鬢絲影裏，袖淚寒邊，露草烟蕪，付與杜牧狂吟，誤作少年遊冶。殘蟬肯共傷心話。問幾見、斜陽疏柳挂。誰慰藉？到重陽、插菊攜萸事真假。酒更貰。更有約、東籬下。怕蹉跎霜訊，瘦沈人悄西風乍。

【校記】

〔一〕此詞復見惜陰本《蕙風詞》卷下。

紫萸香慢 丙辰重九

又怱怱、一回重九，菊萸總逐愁新。恁悲哉秋氣，慣蕭瑟，隔年人。最是無風無雨，費遙山眉翠，鎮日含顰〔一〕。念東籬俊約，跡往越成塵，渺遇雁、幾重冷雲。　黃昏。忍對清尊。持薄酒，與誰溫？甚青娥皓齒，檀痕掐損，畢竟聲吞。總然夕陽如醉，算多事、怨濃雰。李易安重陽詞：『薄霧濃雰愁永晝。』〔二〕

强登臨、自憐衰鬢，故人不見，寥落客裏佳辰。霜重閉門。

【校記】

〔一〕含：《清季四家詞》同，惜陰本《蕙風詞》作『合』。

〔二〕小注，惜陰本《蕙風詞》無。

玉京謠白菊

絕代姿天與，占取東籬，顧影空凡卉。漫比黄花，紛紛何況紅紫。最澹遠、秋水文章，甚色相、緜霜身世。西風裹。矜持晚節，鉛華須洗。　淵明未解簪裾，問訊清標，更有誰得似。明月應知，瓊樓玉宇前地。怪素衣、卻感風塵，但瘦冷，昔遊羅綺。闌獨倚。芳訊故人千里。

金人捧露盤芙蓉

恁娉婷。真不染，世間塵。似去靜女、歐陽文忠《芙蓉》：『娟娟如靜女，不肯傍阡陌。』曉鏡妝新。當樓映幕，未煩初日助丰神〔一〕。拒霜高格，與東籬、傲骨同論。　瘦江頭，搴木末，誰手把，寄夫君。舊情在、麝度微薰。集裳欲問，水花莫誤注騷人。《古今注》：『荷花，一名水花。』後開隨分，向西風、展盡紅顰。

【校記】

〔一〕丰神：　惜陰本《蕙風詞》作『風神』。

被花惱 詠蟲

商飆驀起斂炎威，騷屑亂蟲如雨。慘綠秋陰換庭戶。寒螿促奏，霜沈碎響，舊約拋殘處。嘑月損，攬燈昏，夜長天與成叨絮。　玉砌更雕闌，得意爭鳴會相妒。樓臺占蟻，鼓吹凭蛙，未算平生遇。恁黏苔翳草太紛紛，問能幾、涼天付私語。觸客㝱，寫入琴絲聲最苦。

竹馬子 古簿籧字皆從竹，其具蓋以竹爲之。今人局戲，文言之曰看竹。蕙風始作詞，賦其事。

憑花掩、重門冠餀四座，早燈遲酒。拚去牧豬誚我，盤龍乞汝，年時身手。費煞刻骨沈思，鉤心競巧，勝緣非偶。已彼悄誰知，惹旁觀惆悵，無言紅袖。　脆響紛如雨，投瓊筵席，『投瓊』見《列子》，即骰子。暫停還又。揮金儘，值論斗，贏得逢場消受。一局未了閒愁，此君應念，佳約長孱僽。流光漫惜，世事摴蒱鬭。

滿路花 呂聖求體　彊邨有聽歌之約，詞以堅之。〔一〕

蟲邊安枕簟，雁外寥山河。不成雙淚落，爲聞歌。浮生何益，儘意付消磨。見說寰中秀，曼睩修蛾，舊家風度無過。

鳳城絲管，回首惜銅駝。看花餘老眼，重摩挲。香塵人海，唱徹《定風波》。點鬢霜如雨，未比愁多。問天還問嫦娥。梅郎蘭芳以《嫦娥奔月》一劇蜚聲日下。

【校記】

〔一〕此詞復見惜陰本《蕙風詞》卷下、《秀道人修梅清課》。「呂聖求體」，《秀道人修梅清課》無。

塞翁吟 彊邨婁聽歌，鰥生竟弗與，雖曠世希有，如《嫦娥奔月》一劇，不足以動其心，信孄不可毉耶〔一〕？抑興會不可彊也。

有約無風雨，不分冷落歌塵。幾愁裏，掩重門。黯燭淚襟痕。逢花拚去酒年時寥，何處暫許溫存。繡隱幕，麝飄茵。爲說與消魂。

冰輪。凭闌見、嫦娥自昔，渾未肯、多情向人。便真箇、聞聲對影，也無望、點拍《霓裳》，駐得浮雲。相如倦也，只有纖阿，來照黃昏。

【校記】

〔一〕信：惜陰本《蕙風詞》無。此詞復見《秀道人修梅清課》。

蕙蘭芳引

秋士多悲，舊遊如瘳，尋芳倦矣，孤負萼綠華來，消魂黯然，萬一杜蘭香去，誰能遣此？情見虖詞。

歌扇舞衣，早淒斷、倦遊心目。豔十里秋塵，多恐破愁未足。茂陵病損，意最感、《霓裳》新曲。悄瘳雲不度，只赤天涯絲竹〔一〕。玉去雪伊人，星辰昨夜，總付棖觸。問能幾消磨，何止鬢難再綠〔二〕。垂鞭側帽，墜歡忍續。招素娥，來話廣寒幽獨。

【校記】

〔一〕只赤：惜陰本《蕙風詞》卷下、《秀道人修梅清課》作『咫尺』，意同。

〔二〕止：《秀道人修梅清課》作『只』。

八聲甘州

《葬花》一劇屬梅郎擅場之作，爲賦兩調。〔一〕

向天涯、絲管已難聽，何堪恁傷春。算憐卿憐我，無雙傾國，第一愁人。仿佛妒花風雨，逐瘳入行雲。芳約嚥鶗鴂外，回首成塵。　占取人天紅紫，早頹垣斷井〔二〕，分付消魂。拚去隨波未肯，何計更飄茵。便三生、願爲香土，費怨歌、誰惜翠眉顰。腸迴處、只青衫淚，得似紅巾。

【校記】

〔一〕此詞復見惜陰本《蕙風詞》卷下、《秀道人修梅清課》。

〔二〕頹：《秀道人修梅清課》作『穨』。

西子妝〔一〕

蛾蘂顰深，翠茵蹴淺，暗省韶光遲暮。斷無情種不能癡，替消魂、亂紅多處。飄藷信苦。只逐水、沾泥太誤。送春歸，費粉娥心眼，低徊香土。　　嬌隨步。著意憐花，又怕花欲妒。莫辭身化作微雲，傍落英、已歌猶駐。哀箏似去譺。最腸斷、紅樓前度。戀寒枝、昨瘮驚殘怨宇。

【校記】

〔一〕此詞復見惜陰本《蕙風詞》卷下、《秀道人修梅清課》。

減字浣溪沙 聽歌有感〔一〕

解道傷心《片玉詞》。『此歌能有幾人知。』《片玉詞·定風波》句〔二〕。歌塵如霧一顰眉。　　碧海青天奔月後，良辰美景葬花時。誤人畢竟是芳姿。

其二

惜起殘紅淚滿衣。它生莫作有情癡。人天無地著相思。 花若再開非故樹，雲能暫駐亦哀絲。不成消遣只成悲。

其三

蜂蝶無情剗地飛。楊花薄倖不成歸。落紅身世底矜持。 便似青山薶玉骨，願爲香霧護瓊枝。棖棖歌管夜何其。

其四

儂亦三生杜牧之。多情何事誤芳期。最傷春處送秋時。 少日驄嘶芳草路，東風鶯囀上林枝。而今真箇隔天涯。

其五

帶月霑霜信馬歸。曉來添得鬢邊絲。綺窗重按玉梅詞。舊作有《玉梅詞》。 紫陌銅駝勞悵望，黄河羌篴費淒其。閒愁萬一阿儂知。

【校記】

〔一〕此詞復見惜陰本《蕙風詞》卷下、《秀道人修梅清課》。

〔二〕注文，惜陰本《蕙風詞》和《秀道人修梅清課》作『《片玉詞》句』。按：此爲周邦彦《定風波》『莫倚能歌斂黛眉』中句。

前調 期漚尹定詞不至〔一〕

仿佛停琴佇月時。一簾疏雨更天涯。桐陰立盡碧雲知。付雁只應沈遠信，鄦榆約之。吟梅何況是香詞。相思容易爲披衣。陶詩：『相思則披衣，言笑無厭時。』

【校記】

〔一〕此詞復見惜陰本《蕙風詞》卷下、《秀道人修梅清課》。

鶯啼序 梅郎自滬之杭，有重來之約，其信然耶？宇宙悠悠，吾梅郎外，孰可念者？萬人如海，孰知念吾梅郎者？王逸少所謂『取諸懷襄』、『因寄所託』。《樂記》云：『言之不足，故長言之。』唯是瘮蝀驚鴻，大都空中語耳。不於無聲無字處求之，將謂如陳髯之賦雲郎，則吾豈敢？〔一〕

聞歌向來易感，倚孤琴倦語。記曾幾、花月因循，自別何事凝竚。費遙夜、紅牙按拍，湖天可有癡雲駐。爲傷春，蹙偏雙蛾，似憐遲暮。　芳約燕蘭，㝱裏事往，賸滄洲臥雨。渭城唱、禁得何戡〔二〕，茂陵詩鬢將素。忍重尋、旗亭敗壁，最棖觸、新腔金謎。翠禽邊，昨夜星辰，縞衣仙路。　驚鴻片雯，怨宇三生，此情定念否？人去也、一聲雙淚，便抵河滿，慧業愁根，更誰儂汝。玉瑺盼斷，青衫淫偏，何郎詞筆猶蕭瑟，再休提、舊曲《霓裳序》。人天幾劫，何曾換卻華鬘，葬花怕無香土。　離魂化蝶，到得西泠，要柳絲繫住。尚仿佛、江山金粉，未盡消磨，幾見娉婷，舊家風度。雲涯恨遠，霜華愁重，相思休管鶴更瘦，便瑤臺、從此迷烟霧。淞潮待翦還嫞，自撥湘絃，斷腸誰與。

【校記】

〔一〕此詞復見惜陰本《蕙風詞》卷下、《秀道人修梅清課》。

〔二〕何戡：惜陰本《蕙風詞》本作『何堪』。

前調　題王定甫師《嬃碪課誦圖》。周頤年十二，受知定甫先師，忽忽四十餘年，垂白江湖，學殖益荒落，愧且皐已。丙辰歲暮，晤補園十五兄滬上，出示《嬃碪課誦圖》。靈均博謇之節，少陵明發之痛，胥寓虖是。展對肅然，增倫教之重。復念吾廣右詞學，朱小岑先生依真倡之於前，吾師與翰臣、虛谷兩先生繼起而振興之，周頤得見虛谷先生手蹟，自此圖題詠始。又題詞中如張興治、馮魯川、顧子山三君皆工倚聲，周稚圭先生尤填詞嫥家。端木子疇前輩，曩同直薇省，奉爲詞師，有感氣類之雅，輒學邯鄲之步，矧丁陽九，神州擾離，風雅弁髦，名教埽地。吾人今日處境之難堪，有甚於藎丁孤露，飲冰茹檗，又豈吾師及諸先輩所及料？俛印興懷，曷能自已？歌哀響繁，不覺言之覼縷也。定甫師蚤孤，依姊氏。姊孀，家綦貧，有廢圃數弓，梧桐一，石二。姊課師讀，師展卷，姊擣衣，各據一石。其後師官京朝，憶姊鄉居，繪圖徵題。時道光乙巳、丙午間也。玿記。〔一〕

音塵畫中未遠，莽滄桑換幾。賸依黯、昔日春明，秭歸嘑處離思。記分占、桐陰片石，書鐙慘澹碪霜碎。便蘭騷、能貌嬋媛，未抵情至。　垂老侯芭，載酒記省，悵華年逝水。爲讀畫、棖觸鄉愁，梗萍行念身世。數承平、鸞箋象筆，擅荃豔、誰爭臣里。向天涯，昨寱重尋，舊家詩事。　驚秋斷杵，映雪寒窗，坐我更悽悱。差勝是、廿年親舍，戲綵剎繞，蒜髮荷衣，那禁清淚。故山雁斷，新亭麥秀，唯應月姊知人怨，破書堆、萬一薶憂地。披圖涕雪，松楸望極南雲，漲天可奈塵起。　趨庭丱角，雅學初程，授誦亦謝姊。仲姊月芬適黃，蚤逝。曾手鈔《爾雅》授頤讀。重去愴念、吟邊雪絮，寱裏曇花，仲姊綺年明慧，曾於秋夜見彩雲，俄頃卽散，竊以爲蘭摧之預兆。此恨生離，未應得似。羈孤易感，情親難再，人生能幾年少日，況山河、風景而今異。填胷事往休論，四十年前，絳紗弟子。

【校記】

〔一〕此詞復見惜陰本《蕙風詞》卷下。

百字令 康更生屬題何梅理女士畫冊，女士曾遠侍更生，徧遊東西各國。

仙樣瀛海，便收來腕底，十洲春色。俛視管姬楊妹輩，脂粉更無餘習。萬里長風，三生明月，壺嶠羅胷臆。玉臺畫史，幾人同此閱歷。　家世官閣吟梅，幽香逸韻，總入丹青筆。消得白雲爲伴侶，還勝臥癡高格。明史忠，字癡翁，姬人何玉仙，自號白雲道人。工篆書，善畫。癡翁築樓，名臥癡。見《列朝詩集小傳》。東鰈西鶼，南田北苑，有臨董、巨山水，及昉甌香館設色數幀。清課成追憶。優曇影幻，尺縑珍重芳澤。

六州歌頭 韓無咎體　鏡中見鬢絲有白者

飛蓬兩鬢，容易雪霜欺。能似舊。青青否？一絲絲。不須悲。草木無情物。催換葉。清秋節。芳未歇。寒先徹。底禁持。似我工愁，儻不教顑頷。造物何私？況天涯魚羈切，飄泊後、咋寥都非。老態垂垂。鏡先知。　念歡事少。憂心悄。吾衰早。復奚辭？長似此。星星矣。欲胡爲？莫頻窺。一樣傷心色。行滋蔓，到吟髭。金粉改。江山在。越淒其。商婦琵琶，咽到無聲處，惜蛾眉〔一〕。便青春又也，忍憶少年時。醉插花枝。『惜蛾眉』句或作『縈損蛾眉』，南澗詞作『也應悲』，時本一作『花也應悲』。細審其音節，覺四字句非宜，近於聲律家所謂不起調。此調固以緐絃促柱，極戛玉鏗金之妙也。

【校記】

〔一〕惜蛾眉：　惜陰本《蕙風詞》本作『縈損蛾眉』。

浣溪沙 自題《菊㾓詞》〔一〕

辛苦回鐙憶㾓時。㾓餘遺恨滿天涯。叢菊賺人多少淚，況梅枝。　酒畔光陰銀鑿落，曲中消息玉參差。雪虐霜欺須拚去得，鬢邊絲。

【校記】

〔一〕此詞復見惜陰本《蕙風詞》卷下。

金縷曲 積餘爲刻《菊㾓詞》，賦謝。

此事關襟袌。莫高談、紅樓香徑，有人騰笑。難得多情吾徐孺，不薄雕蟲技小。怕冷落、空山幽草。繡段英瓊非吾有，只蘭荃、深意差爲報。人海闊，幾同調？　高情卻負彊邨老。詞未成卷，漚尹先有剞劂之約，俄復屬之積餘。約明年、玉梅開後，爲編新稿。重與美人謀金錯，知比者回多少？須拚去得、冷吟清歗。滿目江山殘金粉，到稾端、總是傷心料。消此恨，費梨棗。

存悔詞第一生修梅花館詞坿錄

存悔詞自識〔一〕

況周頤

余性耆倚聲，是詞爲己卯以前作，固陋，無師友切磋，不自揣度，謬禍梨棗。戊子入都後，獲睹古今名作，復就正子疇、鶴巢、幼遐三前輩，寖饋其間者五年始決。知前刻不足存，以少年微尚所寄，未忍概從棄置，擇其稍能入格者十數闋，錄坿卷末。功候淺深，不可彊如是，後之視今，猶今視昔，庶有進焉。

壬辰小寒後四日。

【校記】

〔一〕此題爲編者所擬。此段文字原在詞前，依全書體例移於此。

存悔詞第一生修梅花館詞坿録

醉春風〔一〕

香孏金猊噴。箏緩銀鸞褪。海棠嬌小月瞢騰，困。困。困。倚樓長笛，一聲吹破，半天酒悶。

風細紅鐙暈。涼夜干卿甚。不是雲山幾萬重，近。近。近。人間天上，蓬山只在，靈犀一寸。

【校記】

〔一〕此詞復見丁亥本《存悔詞》。

金縷曲院内秋海棠數株，西風紅淚，嬌小可憐。轉瞬小春將半，寒重於秋，娉婷晚翠，變爲黄葉蕭蕭矣。流景自傷，漫拈此詞。

秋也抛人去。峭寒多、黄昏院落，淚痕在否〔一〕？還憶碧闌幽夢小，月底瞢騰香霧。拚寂寞、和烟和露。未解飄零無限意，恰西風、已覺思量苦。如我瘦，最憐汝〔二〕。　而今更是悽無語。誤芳期，脂痕鬢影，暗傷遲莫。不爲此時顦顇損，只爲前時媚嫵。爭迸作〔三〕、一時情緒。翠袖不堪重倚竹。正愁人，何止飄紅雨？ 悲錦瑟〔四〕，唱《金縷》。

【校記】

〔一〕『峭寒』二句：惜陰本《蕙風詞》作『舊吟邊、是花是淚，都無尋處』，丁亥本《存悔詞》及《養清書屋存悔詞》作『弄黃昏、晚寒又力，最生憐處』。

〔二〕『如我』二句：丁亥本《存悔詞》作『如有恨，共誰訴』。

〔三〕迸：惜陰本《蕙風詞》作『併』。

〔四〕悲錦瑟：惜陰本《蕙風詞》作『休爲我』。悲：《養清書屋存悔詞》作『思』。

花發沁園春 小春見梅

薄煗輕寒，去春還遠，綺窗又見春色。纖紅吐秀，小碧銜妍，略約去年丰格〔一〕。年時記得。花落後、時時相憶。恰開也，又說花枝，撩人春恨如織。　問訊瑤臺只赤〔二〕，算何郎韶顔，一見還識。簾深貯豔，檻曲移香〔三〕，何處好春消息。花前小立。應勝似、無端尋覓。便三點、兩點春光，此時多少憐惜。

【校記】

〔一〕丰格：惜陰本《蕙風詞》作『風格』。

〔二〕只尺：惜陰本《蕙風詞》作『咫尺』，意同。

〔三〕『問訊』五句：丁亥本《存悔詞》及《養清書屋存悔詞》作『一抹疏烟淡日，是眉間愁痕，撮上無迹。銀屏著影，翠箔籠香』。

減字浣溪沙〔一〕

如水清涼沁碧衫。一重秋樹一重簾。一痕眉月影纖纖。　樹隔層烟烟隔月，幽情無柰一窗銜。玉鉤銀燭海棠酣。

【校記】

〔一〕此詞復見惜陰本《蕙風詞》卷下、丁亥本《存悔詞》。

踏莎行〔一〕

錦瑟年華，紅箋意緒。可憐一例思量苦。當時不誤不而今，後時莫説而今誤。　春小於人，花柔似汝。雲涯悵望知何處。今宵無柰月籠晴，明宵怕是聲聲雨。

【校記】

〔一〕此詞復見丁亥本《存悔詞》。

如夢令〔一〕

睡起寒窗獨坐。懸壁一琴和我。琴尚未安絃，各自吞聲且過。無那。無那。琴也自知寡和。

【校記】

〔一〕此詞復見丁亥本《存悔詞》。

臨江仙〔一〕

淺笑輕顰情約略，嫩悰撩亂花天。倦紅亭榭碧陰圓。未能通一語，春趣飽眉彎。　已是而今惆悵處，也休還憶當年。登樓無柰看雲山。好春千里意，楊柳可勝綿。

【校記】

〔一〕此詞復見丁亥本《存悔詞》。

羅敷媚〔一〕

芳期嫩約年時誤，碧玉誰家。只是天涯。無據思量夢也賒。　繡簾能隔秋多少，一抹湖霞。一院嬌花。十二闌干六扇紗。

【校記】

〔一〕此詞復見丁亥本《存悔詞》。

鷓鴣天〔一〕

一抹芳痕上碧紗。東風都不忍天涯。夜寒那更初三月，春好何妨第二花。　人寂寞，影欹斜。倦燈紅瘦暈些些。怎能消得情如許，破睡無端悔試茶。

【校記】

〔一〕此詞復見丁亥本《存悔詞》。

水調歌頭 落花

擁被不聽雨，作算一宵晴。峭風多事吹送，到枕一更更〔一〕。花落已知不少，一半可能留得，未問意先驚。簾幙帶烟捲，紅紫繡中庭〔二〕。　促成陰，催結子，此時情。了他春事，不是風雨妒殘英。風雨枉教人怨，知否無風無雨〔三〕，也自要飄零。只是一春老，無計勸愁鶯。

【校記】

〔一〕『峭風』二句：丁亥本《存悔詞》及《養清書屋存悔詞》作『爭奈風央雨送，到枕一聲聲』。

〔二〕『簾幙』二句：丁亥本《存悔詞》及《養清書屋存悔詞》作『呼婢捲簾看，說甚可憐生』。

〔三〕『風雨』二句：丁亥本《存悔詞》及《養清書屋存悔詞》作『恁地紅柔香脆，便是無風無雨』。

江南好〔一〕

憐花瘦，移向繡闈中。掩卻碧紗屏十二，曉來依樣有殘紅。不敢怨東風。

【校記】

〔一〕此詞復見惜陰本《蕙風詞》卷下、丁亥本《存悔詞》。

前調 詠梅〔一〕

娉婷甚，不受點塵侵。隨意影斜都入畫，自來香好不須尋。人在綺窗深。

【校記】

〔一〕此詞復見惜陰本《蕙風詞》卷下、丁亥本《存悔詞》。

玉楳後詞

一卷

光緒丁未（一九〇七）《阮盦筆記五種》刊於南京，《玉楳後詞》一卷附刻其中。後又收入《蕙風叢書》中，附於《粤西詞見》後。中國國家圖書館藏有綠印刊本《阮盦筆記》，凡三種，也附有《玉楳後詞》。又有《香豔叢書》八集排印本（署『蔆笙』）。此以《阮盦筆記五種》爲底本，校以《蕙風叢書》本、綠印刊本和《香豔叢書》本。

玉棵後詞

自識〔一〕

況周頤

《玉棵後詞》者，甲龍仲如，玉棵詞人後遊蘇州作也。是歲四月自常州之揚州，晤半唐於東關街儀董學堂。半唐謂余是詞淫豔，不可刻也。夫豔，何責焉？淫，古意也。《三百篇》褋鼎淫〔二〕，孔子奚取焉？雖然，半唐之言甚惎我也。唯是甚不似吾半唐之言，寧吾半唐而顧出此？余回常州，半唐旋之鎮江而杭州、蘇州，略舉余詞似某名士老於蘇州者，某益大呵之〔三〕，其言寖不可聞。未幾而半唐遽離，兩廣會館之戚言反常，則亦爲妖。半唐之言，非吾半唐之常也。而某名士無恙至今，則道其常故也。吾刻吾詞，亦道其常云爾。

丁未小寒食，自識於秦淮敉廬之珠花簃。

【校記】

〔一〕自識：底本無，茲補題。

〔二〕鼎：《香豔叢書》本作『貞』。

〔三〕呵：底本作『何』，據《香豔叢書》本改。

玉楳後詞

減字浣溪沙

點檢春蠶盡後絲。妙年無奈是當時。相思無益未妨癡。　待翦淞潮供淚眼，難消楚岫妒香眉。江南柳是斷腸詞。

其二

秀靨迴眸見海棠。菱花窺鏡試輕黃。菱花，色黃，見《敬齋古今黈》，昔人賦詠云紅色者，誤也。天涯禁得幾回腸？　第一矜莊堪痛哭，無雙明豔莫端相。三生從此瘦横塘。

其三

抛卻無端恨轉長。十年心事鬢雲香。未應憐惜是荒唐。　有瘦便須安枕簟，爲雲猶自想衣裳。寒山鐘語絕淒涼。

其四

鐵撥雲璈不可聽。風懷愁絕曝書亭。無端天付與娉婷。　明月梅花應念我，青春鸚鵡最憐卿。總然顛頷到它生。

玲瓏四犯 寒食前二日晚泊梁溪，是日咯血勺許，作淺脂色。

碧悄岸雲，紅愁漁火，客作平懷低黯如雨。早知春瘵惡，不合吳城住。吟魂料量在否。爲誰銷、問花無語。忍更推篷，不如昨作平夜，猶見去時路。　天涯漫羸羈旅。況韶光別後，須拚去聲虛度。總然真薄倖，但保修眉嫵。衰桃不是相思血，斷紅泣、垂楊金縷。長記取，多情是、相逢暫許。

徵招

梨雲不度瓊窗影，金猊颺殘心字。踠地綠楊絲，說來遲非計。露桃風絮裏。更榆莢、笑人無謂。一角紅樓，一簾華月，一襟清淚。　已拚不思量，難生受、天涯病餘情味。記否瘵中逢，隔碧作平城十二。別懷慵自理。怕輕墮、玉清塵世。海棠晚，一霎濃春，付等閒吟醉。

臨江仙十四首錄八

記得當車誰玉立，迴眸一笑嫣然。豔塵飆舉萬花先。搓酥融蒨雪，寒側不禁憐。　那日驚鴻曾照影，而今影在愁邊。願爲油壁貯嬋娟。願爲金勒馬，寧避紫絲鞭。

其二

記得西樓長竚立，珊珊想望明璫。妍風吹墜彩雲香。隔簾先一笑，將恨付斜陽。　未似齊姬爭六注，嗔人博進須償。當時祗道是尋常。願爲雙絳蠟，輸淚照棠妝。

其三

記得樓臺歌舞夜，駐雲一角嬌紅。非花非霧忒溟濛。近鬟香處立，生受有情風。　襟上玉花花上月，月移玉輭花慵。津亭放鬧莫悤悤。茗香鐙暈冷，猶得暫時同。

其四

記得鬒雲香覆額，新興梳裹偏宜。繡兜吴語也初卸海棠時。銀蟾剛一寸，光豔越嬌癡。　翦綠匀紅無限好，泥人縷縷絲絲。天涯對影愧鬚眉。蘭成青鬢減，生怕小菱知。

其五

記得瓊窗風不度，芙蓉香霧氤氳。丹成九轉費溫存。爲憐蔥玉損，重撫昨宵痕。　婁試䨥犀通也未〔一〕，櫻紅潤到情根。如烟恨事莫重論。鬢絲禪榻畔，腸斷對鐙昏。

【校記】

〔一〕䨥犀：《香豔叢書》本作『靈犀』，意通。

其六

記得嬌嗤吳語澀，當筵親授琅琅。那時恩寵是脂香。比郎詞律細，字字叶宮商。　楚客何緣莊獄置，負它嚦嚦鶯吭。瓊漿無分到裴航。生疏鸚鵡舌，獨自說淒涼。

其七

記得象牙花鏡子，背人親付柔荑。平生此物最相思。早知珍重意，故說欲貽誰。　好好當眉長寫翠，總然不照雙飛。菱花標格牡丹時。輭溫懷袌裏，何福得爲伊。

其八

記得江皋無那別，陰陽離合徊徨。聰明第一斷人腸。雲蓱才子淚，露葉美人香。　已拚青鸞消息斷，吳天未抵愁長。桃花無數更垂楊。可憐今夕瘦，何止隔橫塘。

淡黃柳 蘭陵客舍和白石

紅樓一角。人隔江南陌。罨畫春陰寒惻惻。換盡何郎鬢綠。吹斷瓊簫更誰識。　照愁寂。殘蟾淡如食。彊飛瘦，泰娘宅。怕緗桃未抵離襟色。瘦不禁憐，那人知否？分付吳天寸碧。

側犯 過惠民橋口占

病懷倦理，甚春薄倖偏明媚。桃李。更柳拂烟絲，弄晴翠。碧作平雲瘦不度，那是相思地。愁倚。賸一霎，闌干伴顑頷。　紅樓似否，依約盈盈水。還記取。隔驚鴻，延竚月寒裹。淚泣鮫殘，血唬鵑碎。脈斷高城，暮山凝紫。

琵琶仙

絲雨慳晴，海棠晚、潤裛鑪熏金鴨。誰念春色三分，蹉跎二分弱。鸚喚起、銀屏瘦窄，蚕愁共、病來難遏。曉鏡慵紅，春衫慘綠，惆悵天各。　甚吹縐、烟浦匳漪，怕曾向、橫塘鑑嬌靨。何況別離時候，更蘭橈催發。花路遠、驄嘶不度，隔麴塵、竚想羅韈。記否一作平歸勾留，絳紗噂聞。

長亭怨慢

甚容易、東風吹絮。一瘮驚鴻，數聲嘑宇。慘綠遙山，澹黃纖月，憶眉嫵。落紅如雨。飛不到、愁春處。玉鴨水沈微，裊寸碧、鬘天能否？　怨語。說雲涯悵望，蚤被燕鶯輕妒。絲殘血盡，怕腸斷、更無憑據。第一是、未卜它生，也難得、玉環分付。儘鳳泊鸞飄，淒絕菱香誰主？

減字浣溪沙

蚤是從來少睡人。何堪聽雨更愁春。春愁疑瘮瘮疑真。　蠟炬未灰猶有淚，麝薰微度已成塵。屏山畫裏亦含顰。

其二

夾岸垂楊罨畫溪。溪樓盡日子巂啼。亂愁芳草共淒迷。　聞說妒花多橫雨，那能沾絮是香泥。碧雲心事短長隄。

秀道人修梅清課

一卷

《秀道人修梅清課》一卷，有光緒庚申（一八八〇）活字印本。又有《秀道人咏梅詞》，收《清平樂》二十一首，另附《減字浣溪沙》『寱入羅浮卽會真』一詞，爲民國時惜陰堂鉛印本。上海圖書館藏況周頤題贈趙尊嶽本《秀道人修梅清課》，有朱墨筆批校，本編以此爲底本，校以上圖藏《秀道人咏梅詞》。

至於前十一首已見載於《第一生修梅花館詞》本《菊寱詞》，此存目而不錄正文。

秀道人修梅清課

修梅清課序

孫德謙

夫聲音之道，感人深焉，是以韓娥流唱，同閈異其悲懽；車子善謳，合座動其怨慕。蓋有觸於中，情不能已。古者能文之士，所以飛翰騁藻，詠入篇章者，彼豈陶寫，中年唯耽絲竹哉！亦謂風鐸交鳴，霜鐘互答，有來斯應，理勢然也。臨桂況夔笙先生，襟宇孤潔，藝業通深，樂府之工，允稱獨秀。每當露晨星晚，候雁初鶯，往往絳蠟燒殘，猶尋幽緒；黄華笑冷，自寫傲情。頃歲以來，遺世介立。瓊樓高處，東坡戀其淒寒；玉田夢餘，西杭增其怊悵。意有鬱結，則一寓之詞。此修梅清課先生近爲畹華作。延年特善其技，郭訥能言其佳。於是蘋洲按譜，輒造新聲；竹屋酣謠，幾成癡語矣。吾觀往昔詞人，若白石諸賢吹簫橋畔，乃賦《暗香》；拂袖樽前，爲歌繡帶。一時娱情之作，頗亦有之。矧先生宋玉悲秋，非真好色；子安舒嘯，本是忘榮。其如與言，滴粉搓酥，都爲穠作者，蓋不過香草美人，因寄所託，如斯而已。是則鍾隱豔曲，足奏紅羅；靖節《閒情》，何瑕白璧？讀先生詞，毋與屯田麗浮、順庵詼誕同類而並譏之也。

庚申四月隘堪居士孫德謙。

題詞

如聞秀鐵面，還作宮中語。索咲苦巡檐，吳歌常爾汝。
雪北香南去，聲塵湊極微。江風無限浪，吹起野雲飛。

寐叟

秀道人修梅清課

滿路花（蟲邊安枕簟）

（存目，見《第一生修梅花館詞》本《菊癯詞》）

塞翁吟（有約無風雨）

（存目，見《第一生修梅花館詞》本《菊癯詞》）

蕙蘭芳引（歌扇舞衣）

（存目，見《第一生修梅花館詞》本《菊癯詞》）

八聲甘州（向天涯絲管已難聽）

（存目，見《第一生修梅花館詞》本《菊夢詞》）

西子妝（蛾蘂顰深）

（存目，見《第一生修梅花館詞》本《菊夢詞》）

減字浣溪沙（解道傷心《片玉詞》）

（存目，見《第一生修梅花館詞》本《菊夢詞》）

其二（惜起殘紅淚滿衣）

（存目，見《第一生修梅花館詞》本《菊夢詞》）

其三（蜂蝶無情剗地飛）

（存目，見《第一生修梅花館詞》本《菊㾓詞》）

其四（儂亦三生杜牧之）

（存目，見《第一生修梅花館詞》本《菊㾓詞》）

其五（帶月霑霜信馬歸）

（存目，見《第一生修梅花館詞》本《菊㾓詞》）

鶯啼序（聞歌向來易感）

（存目，見《第一生修梅花館詞》本《菊㾓詞》）

清平樂 庚申春暮，畹華重來滬濱，朱雍公子賦此調贈之，余亦繼聲，得廿一解，即以題《香南雅集圖》，博吾畹華一粲。

彩雲吹墜。人在妍風裏。海色潮聲都嫵媚。天若有情須醉。　低頭看取羣芳。阿誰占斷韶光。今古人天哀怨，付它一曲鶯吭。

其二

玉容依舊。便抵江山秀。不信相思從別後。看取淚痕襟袖。　每依北斗闌干。京華望極千山。更爲梅花作賦，人生能幾朱顏。

其三

鳳樓十二。那是銷魂地。容易相逢輕別去。彈指二年前事。　鬢絲幾換吳霜。蘭成詞賦淒涼。不分者回攜手，花前子細端相。戊午四月，晤畹華於都門。

其四

一聲檀板。省識春風面。分付梁塵飛莫倦。不是尋常歌管。　五雲依約仙篷。夢中能幾相逢？何況者回非夢，舞茵特地嬌紅。

其五

天然名貴。家世神仙尉。倚竹無言堪絕世。何況歌珠舞翠。羅浮香夢苕苕。縞衣無限丰標。寫我烏絲百幅，當它翠羽啾嘈。

其六

國香服媚。苕玉鐫名字。笑問芝蘭佳子弟。畢竟預人何事？天涯棖觸絲簧。楚騷身世悲涼。珍重西風紉佩，要它知我情芳。

其七

絃繁管急。大徧《霓裳》徹。此際微聞蘭氣息。萬籟一時俱寂。坐中詞客狂顛。生平不受人憐。仿佛傾城一顧，卻教感徹人天。

其八

散花天女。仙袂飄飄舉。最是殢人腸斷處。帖地蓮花曼舞。茶烟禪榻蕭然。三生悵望情天。我亦維摩病也，花飛不到愁邊。

其九

新妝宜面。掌上身如燕。道是遏雲歌宛轉。雲也爲伊留戀。　劇憐天上人間。總然弱水蓬山。長伴蓮花婀娜，願爲白玉連環。晼華佩白玉連環。

其十

惜花心事。試問花知未。斷井積垣隨處是。愁絕嫣紅姹紫。　莫嫌老圃花寒。前身儻是朝顔。消得月中霜裏，幾回芳意深憐。晼華愛牽牛花，手種多異品。

其十一

鳳飢鶴瘦。我亦飄零久。得似半天嬌韻否？飲啄玉人親手。　大鵬斥鷃休論。紅香是我青雲。儻許花間將護，金鈴不惜隨身。晼華所飼鴿，珍愛甚至，鴿一名半天嬌。

其十二

雲飄萬里。法曲東風裏。似小夫人千百乳。顛倒天之驕子。　東家不敢輕顰。櫻花低首香塵。安得三山立馬，豔陽時節逢君。舊作櫻花詞，有『三山立馬豔陽時』句。

其十三

珠聲玉笑。唱徹春光好。別有傷心誰解道。只辦花前傾倒。　烏衣公子翩躚。羽衣仙子嬋媛。碧海青天夜夜，良辰美景年年。

其十四

憐花念蕊。不盡千金意。錦瑟華年須惜起。難得乾坤清氣。　舊游京雒繁華。而今滿目風沙。可有紅羅亭子，當儂詞句籠紗。

其十五

翩翩裙屐。花底陪瑤席。紅暈海棠嬌欲滴。得似玉郎羞澀。　聞歌幾許情悰。何如言語惺鬆。依約困人天氣，小窗兒女喁喁。『惺鬆言語勝聞歌』，《片玉詞》句，當移贈吾畹華。

其十六

芙蓉妒頰。小立人如日〔一〕。平視劉楨僥倖絕。只此深恩刻骨。　尋常鏡檻香篝。無端雅澹溫柔。它日瑤京情話，道儂曾看梳頭。

【校記】

〔一〕日：墨筆旁批『月』，又《秀道人咏梅詞》作『月』。

其十七

消魂一字。殘夢瞢騰裏。落拓吳簫從此謚。不是向家常侍。不才已拚平生。吐華難得朱櫻。可惜卓庵無地，錫余孤負嘉名。近以秀盦自號，《鶯夢》曲中之一字也。

其十八

十年萍泊。照水鶯衰白。第一愁人渾拚得。可奈無雙傾國。繞花一日千番。夢魂猶殢花前。何況無情風雪，空山冷臥袁安。

其十九

人生離合。好證華鬘劫。暫許真靈參位業。掌上觀珠一霎。本來金粟前身。香南莫忘去蘭因。我意釘釘藤纜，無情除是流雲。『香南』字見《五燈會元》『潞府妙勝臻禪師』章次。

其二十

紅箋怨闋。總是啼鵑血。怪底癡生癡欲絕。苦恨臉霞肌雪。來時故故遲遲。悤悤見說歸期。屈指幾番花信，怕它開到將離。

其二十一

春光如此。消遣應無計。皺水一池干底事。贏得東風沈醉。 花天昨夢低徊。瓊枝只在瑤臺。早是襹褷病鶴，不成月地雲階。

前調題畹華《折枝牡丹》畫卷

名花傾國。花外無春色。萬紫千紅爭比得。況是玉郎綵筆。 梅蘭容易齊芳。牡丹合讓花王。人也如花如畫，花前畫裏平章。

西江月〔一〕《玉簪記》『偷詩』齣所謂詩，卽此調一詞〔二〕，蓋製曲者所爲，托陳妙常作〔三〕。雖雅鄭雜陳〔四〕，卻無晚近纖豔之失，謂之鄭可，謂之俗不可。庚申送春前四日，香南二集，戲用其韻，得十一首〔五〕，屬吾畹華按拍。所謂無聊之極思，抑鬱之奇致也。

春色柳遮花映，芳姿鴈落魚沈。餘寒猶在翠羅衾。妒我羅浮夢穩。 骨豔修梅能到，嬌多擲果愁禁。蘭言誰許訂同心。高會一時之盛。

其二

影事三生記省，閒愁一晌消沈。夢爲蝴蝶戀重衾。只揀南枝棲穩。佇月圓猶有恨，倚風嬌不能禁。百宜天與稱人心。何止容豐鬒盛。

其三

可奈瑤笙催徹，不知玉漏將沈。歸來燭影在羅衾。看取今宵睡穩。記上危樓百尺，吾衰甚矣還禁。五雲扶月到天心。得似素娥妝盛。後段與《清平樂》第十六闋同指。

其四

纔是舞餘歌罷，難消雨過星沈〔六〕。醉時枕簟夢時衾。都付吟梅未穩。明月二分無賴，秋波一轉難禁。東風傳出海棠心〔七〕。不抵玉人心盛。

其五

酒畔從教竝影，情中枉費鉤沈。除非好夢到輕衾。清淺蓬瀛渡穩。問鶴如儂病損，守花念汝寒禁。青天碧海一春心。終古月娥年盛〔八〕。

其六

海國濃春灩灩，情人遥夜沈沈。風懷點檢坐寒衾。容易黑甜安穩。　驚夢誰教夢好，拷紅憐絕紅禁。散花無礙葬花心。長願月圓花盛。

其七

佳士襟情朗潤，舊家培養深沈。梅花清到屬同衾。花底雙鴛棲穩。晼華伉儷最篤，缶老爲晼華夫人作『清到梅花』小印。　書畫性靈微會，箋豪腕弱能禁。珠爲咳唾錦爲心。香國居然文盛。

其八

月地雲階縹渺，珠簾繡幕深沈。海棠睡足卸紅衾。四壁千花護穩。　鳳亦與卿爲侶，香如更妙誰禁？玉芙蓉畔話芳心。菊部才難斯盛。

其九

綵筆嚬朱怨粉，金爐費麝銷沈。山爲簾幕雪爲衾。那得尋梅夢穩。　別後天涯最苦，尊前《河滿》誰禁？珠歌字字貯人心。不數芳叢小盛。盛小叢，唐時善歌者。

其十

慧業一門今昔，聲家幾輩升沈〔九〕。春明殘夢在綾衾。門外斑騅繫穩〔一〇〕。曩與名父、竹芬訂交，儤直餘閒〔一一〕，過從甚密。　凝碧管弦須咽，輭紅塵土難禁。雲韶家世蕙蘭心。珍重香名鼎盛〔一二〕。

其十一

仙子雲端綽約，衰翁海角浮沈。斷無香雪到寒衾。苦恨幺禽睡穩。　忉利情天難問，中山酤酒還禁。聽歌看舞十年心。腸斷開天全盛。

【校記】

〔一〕本組詞十一闋，《申報》於一九二〇年五月十二日至十四日分三次刊出其中八闋，另一闋不見此卷，錄於《集外詞輯錄》。

〔二〕『所謂詩，即此調一詞』二句，《申報》作『賓白中有陳妙常《西江月》一首』。

〔三〕托陳妙常作：《申報》無。

〔四〕陳：《申報》作『成』。

〔五〕十一首：《申報》作『九首』。

〔六〕『纔是』二句：一九二〇年五月一二至一四日《申報》所載作『早被鸎嗔燕妒，誰知雨過星沈』。

〔七〕傳：《申報》作『將』。

〔八〕『青天』二句：《申報》作『凝眸依約會同心，此意須知甚盛』。

〔九〕升：《申報》作「浮」。

〔一〇〕「門外」句：《申報》作「門外班騅嘶穩」。

〔一一〕儤：《申報》作「曝」。

〔一二〕下闋，《申報》作「金譜楹傳未改，紅牙徵變能禁。嗣音香細印蘭心。難繼儘教極盛」。

戚氏 漚尹爲吾畹華索賦此調〔一〕，走筆應之。

佇飛鸞。萼綠仙子綵雲端。影月娉婷，浣霞明豔，好誰看。華鬘。夢尋難。當歌掩淚十年間。文園鬢雪如許，鏡裏長葆幾朱顏。縞袂重認，紅簾初捲，怕春暖也猶寒。乍維摩病榻，花雨催起，著意清歡。

絲管賺出嬋娟。珠翠照映，老眼太辛酸。春宵短，繫驄難穩，栩蝶須還。近尊前。暫許對影，香南箋語，偏寫烏闌。番去風漸急，省識將離，已忍目斷關山。畹華將別去，道人先期作虎山之游，避之。念我滄江晚，消何遜筆，舊恨吟邊。未解清平調苦，道苔枝、翠羽信纏緜。劇憐畫罨瑤臺，醉扶紙帳，爭遣愁千萬。算更無、月地雲階見。誰與訴、鶴守緣慳。甚素娥、暫缺能圓。更芳節、後約是今番。耐清寒慣，梅花賦也，好好紉蘭。

【校記】

〔一〕吾：惜陰本《蕙風詞》本無。

十六字令

梅。真向百花頭上開。瓊枝秀，只合在理臺。

其二

蘭。舊約湘皋澧浦間。花知否，得似素心難。

其三

芳。非霧非花枉斷腸。東風裏，唱徹意難忘。

鷓鴣天 觀畹華演《葬花》，一肌一容，令人心骨香豔。歸途集句，得『願爲明鏡分嬌面，閒與仙人掃落花』一聯，屬漚尹書楹，言貽畹華，並足成此解。

脆管簾櫳捲暮霞。淩波繡蹙牡丹芽。願爲明鏡分嬌面，閒與仙人掃落花。　風又雨，太寒些。憐紅須不到天涯。瑤臺只赤相思路，囀到春鶯易月斜。

五福降中天 晼華大母陳八十壽詞

絳紗誰爲持觴祝，榛苓舊家芳矩。錦簇雲屏，花迎玉杖，一笑春風和煦。珠歌翠舞，有服媚蘭孫，弁英菊部。畫荻重闈，籍聲佳俠溯香祖。　麻姑桑海閲徧，恰瓊芝〔一〕、采得來獻金母。魏晉何知，蓬壺自遠，凝碧十年塵土。《霓裳》按譜，尚依約承平，畫堂簫鼓。夢裏春明，鶴飛迷倦羽。

【校記】

〔一〕芝：底本作『枝』，朱筆旁批『芝』字，據改。

浣溪沙《西廂記》『佳期』、『拷紅』二齣，晼華夙所擅場。因奉貽全帙，俾資訂聲。別後展卷懷人，庶幾不我遐棄，並媵以此解。君如低唱，我便吹簫，香詞嬌韻，當不讓白石老仙夜泊垂虹時也。〔一〕

夢入羅浮卽會真。梅邊依約見雙文。瑤華持贈縞衣人。　芳約簡酬扶玉困，春光柳洩費紅顰。三生萬一證蘭因。

【校記】

〔一〕詞牌下詞題，一九二〇年五月十日《申報》載作『題暖紅室刻本《西廂記》贈晼華』。又按：《申報》所載有況氏識語云：『《西廂記》「佳期」、「拷紅」二齣，畹華夙所擅長。因奉貽全頁，俾資訂聲。別後展卷懷人，庶幾不我遐棄，媵以《減字浣溪沙》。君如低唱，我便吹簫，香詞嬌韻，當不讓白石老仙夜泊垂虹時也。』

前題自題《修梅清課》後

清課修梅五十詞。何曾修得到梅知。不辭人說是梅癡。　癡不求知癡更絕，萬千珠淚一瓊枝。華鬘回首我伊誰？

坿錄

清平樂姚玉芙以《玉簪記》曲本見貽，並手自題識，賦此答謝。

玉郎眉宇。隱秀呈嬌嫭。長與梅花爲伴侶。只恐翠禽深妒。　美人標格娉婷。書生性格聰明。猶是衛恆未嫁，玉芙未娶。簪花早擅時名。

二絶句爲玉芙作

（存目，見《集外詩輯録》）

蕙風詞

二卷

《蕙風詞》上下二卷，所收錄詞主要選自《第一生修梅花館詞》九種（其中卷上選《新鶯詞》五首、《玉梅詞》五首、《錦錢詞》七首、《蕙風詞》十一首、《菱景詞》一，卷下選《二雲詞》十五首、《餐櫻詞》三十一首、《菊夢詞》二十一首、《存悔詞》六首）與《秀道人修梅清課》（選一首），此外有二十首不見于他集者。

此集有《惜陰堂叢書》本。此書又有民國三十八年（一九四九）成都薛氏崇禮堂校刊《清季四家詞》本。民國時，孫德謙輯朱祖謀《彊邨樂府》和況周頤《蕙風琴趣》二家詞爲《鶩音集》，有民國七年四益宧刊鉛字印本，《蕙風琴趣》所收均見於《蕙風詞》中。

此以《惜陰堂叢書》本爲底本，校以《清季四家詞》本和《蕙風琴趣》。

凡見載於《第一生修梅花館詞》等諸集中者，只存目，注明已見集名，不再重錄詞的正文。

蕙風詞卷上

齊天樂（沈郎已自拚顛頷）

（存目，見《新鶯詞》）

南浦（幽路入花天）

（存目，見《新鶯詞》）

臨江仙（正是撩人天氣也）

（存目，見《新鶯詞》）

鶯啼序（輕陰半湖翠罨）

（存目，見《新鶯詞》）

念奴嬌（長卿遊倦）

（存目，見《新鶯詞》）

高陽臺（舊苑鴉寒）

（存目，見《玉梅詞》）

永遇樂（慘碧山塘）

（存目，見《玉梅詞》）

法曲獻仙音（殘月闚尊）

（存目，見《玉梅詞》）

減字浣溪沙（綵勝釵頭故故斜）

（存目，見《玉梅詞》）

早梅芳近（海棠春）

（存目，見《玉梅詞》）

減字浣溪沙（重到長安景不殊）

（存目，見《錦錢詞》）

鳳棲梧（記得天涯揮手去）

（存目，見《錦錢詞》）

菩薩蠻（五更纔得朦朧睡）

（存目，見《錦錢詞》）

青山溼偏（空山獨立）

（存目，見《錦錢詞》）

鷓鴣天（苦恨花枝照酒杯）

（存目，見《錦錢詞》）

減字木蘭花（風狂雨横）

（存目，見《錦錢詞》）

蘇武慢（愁入雲遥）

（存目，見《錦錢詞》）

金縷曲（風葉鳴窗竹）

（存目，見《第一生修梅花館詞》本《蕙風詞》）

蝶戀花（西北雲高連睥睨）

（存目，見《第一生修梅花館詞》本《蕙風詞》）

燭影搖紅（夜話高齋）

（存目，見《第一生修梅花館詞》本《蕙風詞》）

摸魚兒（正良宵）

（存目，見《第一生修梅花館詞》本《蕙風詞》）

前調（古牆陰）

（存目，見《第一生修梅花館詞》本《蕙風詞》）

唐多令（已誤百年期）

（存目，見《第一生修梅花館詞》本《蕙風詞》）

水龍吟（雪中過了花朝）
（存目，見《第一生修梅花館詞》本《蕙風詞》）
壽樓春（嗟春來何遲）
（存目，見《第一生修梅花館詞》本《蕙風詞》）
減字浣溪沙（風壓榆錢貼地飛）
（存目，見《第一生修梅花館詞》本《蕙風詞》）
水龍吟（聲聲只在街南）
（存目，見《第一生修梅花館詞》本《蕙風詞》）

祝英臺近（撫清琴）

（存目，見《第一生修梅花館詞》本《蕙風詞》）

蝶戀花（門掩殘春風又雨）

（存目，見《蔆景詞》）

蕙風詞卷下

握金釵（鐵箋倚層樓）

（存目，見《二雲詞》）

蝶戀花（柳外輕寒花外雨）

（存目，見《二雲詞》）

摸魚兒（又悤悤）

（存目，見《二雲詞》）

臨江仙（老去相如猶作客）

（存目，見《二雲詞》）

其二（一桁湘簾塵不到）

（存目，見《二雲詞》）

其三（約略琵琶商婦怨）

（存目，見《二雲詞》）

其四（楊柳樓臺花世界）

（存目，見《二雲詞》）

其五（往事秦淮流不盡）

（存目，見《二雲詞》）

其六（畫舫重溫羅綺夢）

（存目，見《二雲詞》）

其七（西北樓高雲海闊）

（存目，見《二雲詞》）

其八（危坐促絃絃轉急）

（存目，見《二雲詞》）

滿庭芳（簾押寒輕）

（存目，見《二雲詞》）

玉樓春（金猊香冷羅衣薄）

（存目，見《二雲詞》）

瑞龍吟（滄洲路）

（存目，見《二雲詞》）

沁園春（東都妙姬）

（存目，見《二雲詞》）

燭影搖紅（問訊梅花）

（存目，見《餐櫻詞》）

高陽臺（綱戶斜曛）

（存目，見《餐櫻詞》）

減字浣溪沙（爛漫枝頭見八重）

（存目，見《餐櫻詞》）

其二（萬里移春海亦香）

（存目，見《餐櫻詞》）

其三（不分羣芳首盡低）

（存目，見《餐櫻詞》）

其四（何止神州無此花）

（存目，見《餐櫻詞》）

其五（畫省三休佇玉珂）

（存目，見《餐櫻詞》）

其六（舜水祠堂瘞雲霞）

（存目，見《餐櫻詞》）

其七（何處樓臺罨畫中）

（存目，見《餐櫻詞》）

其八（且駐尋春油壁車）

（存目，見《餐櫻詞》）

其九（翦綠裁紅十四詞）

（存目，見《餐櫻詞》）

定風波（未問蘭因已惘然）

（存目，見《餐櫻詞》）

戚氏（倚珍叢）

（存目，見《餐櫻詞》）

八歸（吳鬢霜點）

（存目，見《餐櫻詞》）

隔浦蓮近（蘅皋不度佩響）

（存目，見《餐櫻詞》）

風入松（北來征雁帶魂消）

（存目，見《餐櫻詞》）

其二（故宫風雨咽龍吟）

（存目，見《餐櫻詞》）

其三（蒼官擁仗鳳鸞鳴）

（存目，見《餐櫻詞》）

其四（層樓倚翠萬松巔）

（存目，見《餐櫻詞》）

西江月（夢裏十年影事）

（存目，見《餐櫻詞》）

多麗（碎秋心）

（存目，見《餐櫻詞》）

紫萸香慢（凭危闌）

（存目，見《餐櫻詞》）

最高樓（風和雨）

（存目，見《餐櫻詞》）

鷓鴣天（如夢如烟憶舊遊）

（存目，見《餐櫻詞》）

前調（老向書叢作蠹魚）

（存目，見《餐櫻詞》）

徵招（清琴各自憐孤倚）

（存目，見《餐櫻詞》）

玲瓏玉（無恙危闌）

（存目，見《餐櫻詞》）

南鄉子（秋士慣疏蕭）

（存目，見《餐櫻詞》）

曲玉管（兩槳春柔）

（存目，見《餐櫻詞》）

醉翁操（淒然）

（存目，見《餐櫻詞》）

浣溪沙（身世滄波夕照邊）

（存目，見《餐櫻詞》）

金縷曲（天也因人熱）

（存目，見《菊癭詞》）

定風波（淨洗塵氛一雨涼）

（存目，見《菊癭詞》）

玉燭新（光陰簪菊近）

（存目，見《菊㝱詞》）

傾杯（清瘦秋山）

（存目，見《菊㝱詞》）

洞仙歌（一鼏閒緣借）

（存目，見《菊㝱詞》）

紫萸香慢（又悤悤）

（存目，見《菊㝱詞》）

金人捧露盤（恁娉婷）

（存目，見《菊癯詞》）

滿路花（蟲邊安枕簟）

（存目，見《菊癯詞》）

塞翁吟（有約無風雨）

（存目，見《菊癯詞》）

蕙蘭芳引（歌扇舞衣）

（存目，見《菊癯詞》）

八聲甘州（向天涯）

（存目，見《菊㝱詞》）

西子妝（蛾蘂顰深）

（存目，見《菊㝱詞》）

減字浣溪沙（解道傷心《片玉詞》）

（存目，見《菊㝱詞》）

其二（惜起殘紅淚滿衣）

（存目，見《菊㝱詞》）

其三（蜂蝶無情刬地飛）

（存目，見《菊寱詞》）

其四（儂亦三生杜牧之）

（存目，見《菊寱詞》）

其五（帶月霑霜信馬歸）

（存目，見《菊寱詞》）

鶯啼序（聞歌向來易感）

（存目，見《菊寱詞》）

前調（音塵畫中未遠）

（存目，見《菊寱詞》）

水調歌頭 明瞿忠宣公印文曰『起田氏』。石質青帶微黃，有赭紺二色理，高一寸七分彊，方徑七分，頂一角微缺。朱文『起田右氏』，左邊款：『稼軒太史之命，震孟。』

人世自桑海，金石詎消磨？孤山忠武王印，歷劫水雲窩。難得後先輝映，唱徹鶴歸來後，《鶴歸來》傳奇，記忠宣歸骨虞山事〔一〕。遺製見文何。可惜昆吾鐵，斫不到蛟鼉。擊賊笏，遼東帽，等摩挲。戔戔身外物耳，聲價重山河。我是湘南聱叟，懷想靈旗風雨，渺渺洞庭波。甚日數椽隱，乞與壯烟蘿。

【校記】

〔一〕記：《蕙風琴趣》作『紀』，意同。

六州歌頭（飛蓬兩鬢）

（存目，見《菊㝱詞》）

浣溪沙（辛苦回鐙憶夢時）

（存目，見《菊癭詞》）

繞佛閣過教場頭巷鶩翁故居。鶩翁晚年自號半塘僧鶩。

舊懷拚去損。殘照故國，無淚堪霣。愁路聽引。夢華逝水，雪鴻更休問。鳳城大隱。門巷未改，閲世朝槿。暗塵淒緊。燕歸莫也，雕梁怕重認。送目幻樓閣，自古滄桑無此恨。誰念未歸，山丘須與忍。賸占取人天，各自孤憤。惘然金粉。便對影江山，無復遊俊。悄寒邊、暮雲低盡。

水調歌頭壬戌六月十一日，集海日樓爲寐叜金婚賀。海外國俗結褵五十年爲金婚。

嘉耦歲寒侶，琴瑟亦冰絃。黄金白首相況，金欲遜其堅。偕老百年常事，公是劉樊仙眷，何止百而千？百者數之始，中半最華年。雙燭照，樓百尺，敞瓊筵。騰天躍海，看取晨旭總成圓。指顧光華復旦，仙仗御香深處，比翼更朝天。吉林索綽絡相國英和，元配薩克達夫人，道光三年冬，上冊封佟雅皇后，相國爲持節，使夫人奉旨，詣後宫行禮，偕相國入東華門，觀者豔之。唐權文公與縣君同朝興慶宫，有詩，取其句爲《比翼朝天圖》。見《恩福堂筆記》。醉寫催妝句，眉筆老逾妍。

雙調望江南曩年十三歲，賦落花得「香」韻，全闋不足存，越五十年改定，二首風格渾不似也。

閒庭院，花落更斜陽。肯與遊絲爲繾綣，莫將飛絮共平章。漂泊不能狂。　東風急，無計挽紅芳。輪與鄰家蜂蜜好，不知何處燕巢香。迴盡舊時腸〔一〕。

【校記】

〔一〕按：此詞與丁亥本《存悔詞》之《雙調望江南·梅憶》「梅花笑」上闋首句、下闋三至五句同。

其二

花如畫，未必畫非真。見説畫中花不落，移家作箇畫中人。占取最長春。　春未肯，著我輭紅塵。花若有情花亦瘦，十年香夢太酸辛。我與我溫存。

戚氏（佇飛鸞）

（存目，見《秀道人修梅清課》）

鷓鴣天 贈阿鰲

桃李爲容雪作膚。本來珠海出明珠。十年看舞聽歌倦，胞管簾櫳一起予。　春婉娩，錦模黏。江山金粉屬儂渠。冰霜磨鍊相思骨，容易天教付點酥。

甘草子 七月初五夜雨

風雨。颯颯瀟瀟，卷地收殘暑。一葉下廊腰，省識秋來路。　低盡碧天凝眸處。更黯黮、淫雲堆絮。驀憶江南庾郎賦。比斷鴻哀否？

摸魚兒 癸亥八月初二日賦

近尊前、一聲《河滿》，聲吞和淚腸熱。十年花事伶俜甚，禁得綵旛摧折。風雨咽。爲己斷，鵑魂苦憶嗁時血。情天一髮。念芳約俱寒，墜歡何望，曲怨玉箋裂〔一〕。　花落後，無那佳人又別。臙脂猶有殘雪。天涯忍此春消息，不是眾芳消歇。千萬結。賸弱線，衰楊青眼堪愁絕。倡條冶葉。問底事干卿，一池吹皺，持恨與誰說。

【校記】

〔一〕玉箋：一九二三年十二月《學衡》第二十四期『文苑·詞錄』載作『玉笙』。

鷓鴣天

匝地嬌雷殷畫輪。疏鐘無力破黃昏。總然明月都如夢，也有青山解辟塵。滬瀆無山。楓葉醉，菊花新。色香天與饋吾貧。西風肯到閒庭院，消得凭闌一岸巾。

前調重陽不登高，示緜初、密文兩女。客有作重陽詞者，用避災字，此字不易用也。

秋是愁鄉雁不來。登高何望只風埃。暫時楓葉濃如錦，何處萸囊避得災。憐霸業，委荒萊。卽今戲馬亦無臺。何如偃蹇東籬下，猶有南山照酒杯。

減字浣溪沙

風雨高樓悄四圍。殘燈黏壁淡無輝。篆烟猶裊舊屏幃。已忍寒欺羅袖薄，斷無春逐柳緜歸〔一〕。坐深愁極一霑衣。

【校記】

〔一〕『已忍』二句：一九二四年七月《學衡》第三十一期『文苑·詞錄』載作『芳草已拚和夢遠，柳緜須不伴人歸』。

其二

花與殘春作淚垂。何論茵溷已辭枝。憐花切莫誤情癡。　聽雨聽風成暫遣，如塵如夢最相思。腸斷都不似年時。

其三

荏苒霜華改鬢絲。自從青鏡見顰眉。杜鵑啼徹落花時。　屏上有山非小別，釵頭無鳳不常離。一泓清淚影娥池。

其四

一晷溫存愛落暉。傷春心眼與愁宜。畫闌凭損縷金衣。　漸冷香如人意改，重尋夢亦昔遊非。那能時節更芳非。

其五

紅到山榴恨事多。斷無消息奈愁何。尊前唱徹懊儂歌。　猧子局翻悲短劫，鮫人淚織委空波。鈿盟禁得幾蹉跎。

其六

風雨天涯怨亦恩。漂摇猶有未消魂。能禁寒徹是情根。　月作眉顰終有望，香餘心字索重温。不辭癡絶佇黄昏。

其七

慘碧鬘天問不譍。護花能得幾金鈴。摧殘風雨若爲情。　搗麝塵香終淡薄，飛龍骨出亦伶俜。總然無夢不如醒。

其八

錦瑟知人恨已深。如何絃柱不侵尋。暗思前事擁輕衾。　燈灺自憐偏炯炯，更長難得是沈沈。一簪華髮十年心。

金縷曲 題東軒老人山水畫冊，老人一號寐叟。

遺恨橫蒼翠。算年時、多情海日，見人顚頦。滿目江山殘金粉，叟也何嘗能寐。丘壑是、填胷塊壘。疊嶂層巒空迴合，甚蘭根、欲著渾無地。知渲染，費清淚。　靜觀無那東軒寄。俯茫茫、同昏八表，濤驚雲詭。陵谷遷流十年夢，並作無聲詩史。聊付託、迂倪顚米。兜率海山堪盤礴，莫驂鸞、回首人間世。墨黯淡，剡谿紙。

霜花腴《彊邨先生霜腴圖》題詞

醉扶壽客，近酒邊、何知世有滄桑。風雨天涯，燠寒人境，十年顧影情芳。自持晚香。甚歲華、葵麥斜陽。費腸迴、舊約東籬，義熙牋管幾吟商。　消得未荒三徑，是懷姿卓傑，炤映容光。彭澤秋高，酈泉花大，纔知瘦亦尋常。校餘夢涼。彊村以校夢名菴。引鏡看、詩鬢能蒼。辨餐英、駐景年年，采山烟路長。

金縷曲（秋也拋人去）

（存目，見《第一生修梅花館詞》本《存悔詞》）

花發沁園春（薄煖輕寒）

（存目，見《第一生修梅花館詞》本《存悔詞》）

減字浣溪沙（如水清涼沁碧衫）

（存目，見《第一生修梅花館詞》本《存悔詞》）

水調歌頭（擁被不聽雨）

（存目，見《第一生修梅花館詞》本《存悔詞》）

江南好（憐花瘦）

（存目，見《第一生修梅花館詞》本《存悔詞》）

前調（娉婷甚）

（存目，見《第一生修梅花館詞》本《存悔詞》）

跋

趙尊嶽

吾師臨桂況先生自定詞，曩與歸安朱先生詞合編爲《鶩音集》者，名《蕙風琴趣》，前於丁巳夏秋間仿聚珍版印行，僅二百本，未足廣其傳也。客歲尊嶽校刻《蕙風詞話》斷手，亟請並刻自定詞，纚屬以行。詞凡如干闋，視曩編《琴趣》增益無多。吾師詞可傳者，寧止此數？蓋從嚴格矜慎之至也。自卷下《握金釵》迄《霜花腴》並辛亥國變後作，撫時感事，無一字無寄託，蓋詞史也。昔人謂蘇文忠才大如海，其爲詩無不可賦之題，無不可用之典，吾師之於詞亦然。晚歲避地滬濱，鬻文爲活，滬人士對於吾師，無論知與不知，咸欲得一詞自增重，於是乎吾師之詞之題，乃至陸離光怪，匪夷所思，求之前人集中，殆未曾有，而其詞益妥帖易施，題不足爲詞病，而皆爲自定詞所不取。其它驚才絶豔之作，蚤歲克副盛名，中年用自排遣者，吾師之所吐棄，它人得其一二，以之收名定價而有餘，則夫自定詞之風流自賞，寸心千古，豈偶然哉？並世承學之彥，受而讀之，於格調、旨趣、氣息間，深閟其得力之故，由門徑而塗轍，而堂奥，一一與《詞話》相印證，而歧趨與時習末由而中之，則庶幾《蘭畹》、《金荃》去人不遠矣。

乙丑閏四月下沐，受業武進趙尊嶽謹跋。

存悔詞

一卷

《存悔詞》一卷，所收與《第一生修梅花館詞》之《存悔詞》不盡同。此書多次刊印，上海圖書館、南京圖書館均藏有清光緒丁亥（一八八七）刊本。上圖藏本有牌記，題曰『丁亥仲秋鐫於香海棠館』，爲南圖藏本所無。南圖又藏有光緒壬寅（一九〇二）刊本，所收與丁亥本同，半頁行數字數亦同，只是版框、字號略小些。又中國國家圖書館藏有《養清書屋存悔詞》，收詞五十六首，其中五十首見於丁亥刊本。此以丁亥本爲底本，校以壬寅本和《養清書屋存悔詞》本。《養清書屋存悔詞》中爲丁亥本所不載的六首補在末後，以『補遺』標之。

其中十二首已見錄於《第一生修梅花館詞》之《存悔詞》中，此僅存目，不再重錄詞的正文。

存悔詞

序

悔道人

吾生二十以外，便非妙齡。明鏡笑人，黯然今昔，況復養花天氣，薄煖輕寒，殢酒情懷，纔醒又睡。一春魚鳥，不信浮沈，兩字鴛鴦，也拚惆悵。尋芳倦矣，和影憐誰？不得已，以恨遣情，以悔分恨，悔而存之，仍無不悔之一時也。央花比瘦，懺甚紅愁；著柳傷離，依然綠怨。至若銅琶鐵撥，尤多當哭之音；玉引甀抛，强索無憀之作〔一〕。既無庸悔，更不足存。冬郎風格，不能例以香籢；秋士蕭疏，不過好爲妮語云爾。

己卯花朝，悔道人識於明月梅花共一窗下。

【校記】

〔一〕無憀：《養清書屋存悔詞》作『無聊』。

題辭

金縷曲

襄陵外史　穗笙

聽雨愁孤館。忽飛來，瓊瑤十幅，琳瑯璀璨。七寶樓臺鴛鴦錦，吐出天葩奇絢。知綺語、才人不免。北斗迴環銀漢迴，廣寒深、不及蓬瀛淺。應寫向，碧城遠。　年來冷著繁華眼。幾多時、西簾抱日，南雲催箭。京洛風塵江湖酒，何止桃紅千遍？悵零落、藥罏詩卷。青鏡天涯憔悴損，更那堪，子夜清歌喚。思往事，爲君怨。

此恨知難已。想蒼蒼，安排哀怨，銷磨明慧。鐵聚六州都成錯，何物人間堪悔。況瑣屑、雕蟲小技。至竟干卿緣底事，問笙寒、鷄塞風吹水。參轉語，且休矣。　送君正攬長安轡。儘前途、烟花三月，江山千里。倒峽詞源波瀾闊，併入江郎筆底。好濯淨、春波紈綺。燕趙悲歌關塞格，助張華，添得風雲氣。新句好，更須寄。

存悔詞

念奴嬌

秋風容易，凝眸處、做弄一天蕭瑟。和月和鐙，人料峭、隔箇窗兒不得。倦笛思量，閒枰惆悵，何事長相憶？且歌《金縷》，有花堪摘須摘。　近復消滅情懷，幾回傷往事，徒傷何益。醉臉不羞，明鏡笑、寒重眉尖無力。司馬青衫，揚州紅袖，一例甘岑寂。玉人何處，人間天上今夕。

風流子

疏簾一夜月，梅花發、春意弄輕柔。對銀蠟寸灰，思量無據，玉蟾千里，瀟灑生愁。碧雲悄、鸞箭芳恨捻〔一〕，鳳紙倦痕揉。和影瘦生，自看憔悴，醉時無賴，扶也應羞。　天涯拚惆悵，棋枰又酒盞，那不清幽。爭奈可憐宵色，是處凝眸。獨空尋意惘，籠鐙嫩約，隔紗泥語，花外紅樓。生怕此時還憶，情事從頭。

【校記】

〔一〕箾：《養清書屋存悔詞》作『簫』。

浪淘沙

又雨又今朝。情趣寥寥。廉纖一陣忽疏蕭。開箇窗兒看不得，暗地無聊。　寒重壓眉梢。還倩誰描？誰家庭院可春宵。攪亂竹枝清不彀，又打芭蕉。

前調

拚醉不勝酡。春好由佗。人無憀賴柰春何。微雨寂寥天黯澹，春也銷磨。　春也等閒過。夢也蹉跎。東風吹透薄於羅。夢不分明春又悄，還戀衾窩。

醉春風（香孍金猊噴）

（存目，見《第一生修梅花館詞》本《存悔詞》）

江南好

闌干曲，花影倦紅斜。便是玲瓏能似汝，也應還隔一窗紗。小立怨韶華。

其二

闌干曲，春緒裊晴絲。十二連環無限意，卍紋不是斷腸詩。惆悵又芳時。

其三

闌干曲，寒悄繡簾垂。花裏亞紅纔五尺，更添一寸是相思。幽夢遶天涯。

其四

闌干曲，曉色試晴窗。一夜塵生爭忍拂，好花不及袖痕香。底事著思量。

其五

闌干曲，風靜夜痕清。除是玉簫憑夜月，那時不負一春情。何處正銷凝。

金縷曲（秋也拋人去）

（存目，見《第一生修梅花館詞》本《存悔詞》）

花發沁園春（薄煖輕寒）

（存目，見《第一生修梅花館詞》本《存悔詞》）

浣溪紗

今日時難不易癡。醒人花氣夜涼時。西風憔悴海棠絲。　月下偶懷聽雨夢，秋來縠補惜春詩。空階落葉一聲遲。

前調

纔是而今悔已輸。恁風流處也模糊。當年不合便生疏。　近覺鬢眉羞弄影，醉來猶自倩人扶。

好秋涼入茜紗幮。

前調（如水清涼沁碧衫）

（存目，見《第一生修梅花館詞》本《存悔詞》）

漁家傲

和月花枝影亦妍。滿庭霜意嫩黃天。簾幕沈沈寒淺淺。閒倚徧。闌干也自禁愁慣。　那得涼宵不可憐。琴心綽約顫冰絃。慢解紅囊彈別怨。人意嬾。西風學得東風輭。

醉落魄

韶華如許。教人那得不孤負？送春還又留春住。春去還來，沒箇尋春處。　黃昏依樣廉纖雨。枕函贏得傷春句。相思欲訴和誰訴？不是相思，只是無情緒。

滿江紅

疏雨斜風，人料峭、寒聲嗚咽。多少事，不堪回首，倦燈愁怯。燕子商量花意煖，鸚哥懊惱春光洩。啞謎兒猜不到今年，風流歇。　　蝴蝶夢，杜鵑血。人一箇，春三月。悵絲長柳短，東風吹折。酒意撩人醒又醉，月痕多事圓還缺。到而今那便不思量，和誰說？

浪淘沙

瘦影怯簾櫳。涼煞燈紅。濃雲如墨鎖長空。顯得流螢光一點，趁入尖風。　　一半夢惺忪。一半愁中。此情記得昨宵同。記得昨宵猶有月，不過矇朧。

秋波媚

纖雲弱霧碧窗深。鐙悄月沈沈。捲簾人瘦，無情難學，有恨不禁。　　天涯何處無秋色，隨意滿書琴。如斯涼夜，當年況味，若是而今。

白蘋香

相見爭如不見，司馬君實句。要愁那得工夫。辛稼軒句。一分涼意月欲無。莫在海棠多處。　酒地歡塵未撲，花天影夢微蘇。西風一夜翦霜梧。拚換閒愁滿樹。

點絳脣

雲日輕和，酬春無計仍孤負。不如風雨。迸作愁情緒。　小研雲箋，揉碎傷春句。花深處。紅樓人語。隔夕陽無數。

踏莎行（錦瑟年華）

（存目，見《第一生修梅花館詞》本《存悔詞》）

攤破浣溪紗

杏子紅衫桂子風。玉簫低拍玉玲瓏。蝶夢輕寒鴛夢煗，月明中。　如此夜涼千里共。不禁秋困一枰鬆。花影爭如人影瘦，隔簾櫳。

如夢令（睡起寒窗獨坐）

（存目，見《第一生修梅花館詞》本《存悔詞》）

沁園春　曉妝

輕煖輕寒，把人驚覺，欲笑還顰。正藕碧和衫，撩雲意緒，菱紅爽鏡，琢玉精神。透夜餘香，驚春半夢，釵鳳猶含一段溫。宜人處，是捲簾曉色，清到眉痕。　當前自問無因。便妝點，隨宜意十分。恰擱鬟思量，可憐昨夜，勝梳年紀，那放良辰。渦暈霞姸，黶羞月滿，倚袖新慵略欠伸。零脂粉，笑雙鬟無賴，也學輕勻。

浣溪紗

手撚花枝步轉忙。泥人花下悄思量。纔經折處手痕香。　安得身爲花上蝶，此時酣夢鬢雲旁。嫩晴無力月昏黃。

臨江仙（淺笑輕顰情約略）

（存目，見《第一生修梅花館詞》本《存悔詞》）

青門引烹茶

薄晚西風定。烟瘦倦鑪紅燼。從來佳茗似佳人，一痕清潤，略約美人影。　嫩香無力餘香永。破睡吟眸炯。那堪悵望，天末月明，花底重簾靜。

燭影搖紅題《吳門畫舫錄》

玉往香微，輭痕撩夢鴛鴦誤。倦毫贏得寫娉婷，爭柰傷春句。記取燈宵月午，弄輕柔、紅烟翠霧。十三樓上，十二簾櫳，吳儂十五。　扇底樽前，恁時說甚思量苦。已拚無計惜飄零，有恨和誰訴？一例美人遲莫，更匆匆，風花雪絮。也應憔悴，吹瘦瓊簫，唱低《金縷》。

八六子

暈昏燈。疏窗琴硯，無聊香霧瞢騰。和吹夢西風料峭，作寒晚雨廉纖，睡時不能。　漸涼漸又長更。倦枕恰宜瘦影，薄衾不隔秋聲。纔得句花前，敲棋月底，爲爭幾著，又忘幾字，那堪那無限清娛是夢。依然獨自還醒。冷忪惺。明朝問秋肯晴？

羅敷媚（芳期嫩約年時誤）

（存目，見《第一生修梅花館詞》本《存悔詞》）

鷓鴣天

庭院深深深閉門。嫩雲籠月學黄昏。竹聲到枕清無夢，花影凭簾淡著痕。除只有，篆香温。輕凉如水悄和人。闌干十二銷凝處，一曲闌干一段春。

前調

菊影重簾月上遲。梧桐一葉雨如絲。纔醒又睡尋些夢，將惱還羞錯著棋。狂便醉，肯和誰？西風拚瘦看腰肢。茜窗愁對清無語，除卻秋燈不許知。

前調

鬭笑窗根説翠鈿。看詩袖底換鸞箋。商量移竹闌干北，生怕明朝又作寒。簾不捲，妒嬋娟。和人清夢學人圓。嫩凉扶影秋無著，知在琴中第幾絃。

前調

錦帳重重香夢遥。一樽拚醉到明宵。東風已自無憑準，還倩東風管柳條。　雲悵惘，雨疏蕭。瘦紅憔悴海棠腰。好春不彀愁千斛，爲有輕寒做寂寥。

鳳凰臺上憶吹簫

一任蕭條，再休惆悵，春來寒盡些時。便凭闌極目，不到天涯。是處花枝消息，都還隔、一夢寒梅。房櫳靜，晚來雪意，莫爲春催。　相期。好春又也，應不似今春，孤負芳菲。甚思量無謂，小立徘徊。難道依然惘卻，重簾下、薄煖先知。邀明月，嬋娟笑人，底事淒其。

水調歌頭

明月過牆去，何事照無聊。倩風吹入雲裏，風嬾意蕭蕭。道是和人寂寞，不合籠烟罩霧，做弄可憐宵。梅影隔窗瘦，春又在花梢。　倚簾櫳，增悵望，意迢遥。如斯情緒，爲誰能遣爲誰消？夜夜碧闌十二，略約吴橋廿四，清到玉人簫。更進一杯酒，投我以瓊瑶。

滿江紅己卯正月十二

簾外梅花，暗浮動、春痕脈脈。近元夜，放晴天氣，試燈消息。自笑年時干底事，每逢佳節還憐惜。到而今、不甚著情懷，隨抛擲。　惆悵處，休尋覓。疏狂態，今猶昔。看鬢絲無恙，眉尖生色。滿引屠蘇聊復醉，好春誰是甘岑寂。有和風麗月足清娱，芳菲日。

滿庭芳邛州甌茶

沽酒臨邛，風流真箇，佳茗也似佳人。相如渴矣，即此是文君。不作鳳團撮合，圓和缺、各有前因。含情甚，一方秋水，清可稱精神。　黄昏簾櫳静，月涼琴佇，風輭鑪溫。早疏烟一抹，淡著春痕。略約碧紗窗裏，無多隔、淺笑輕顰。宜人處，味濃香永，風趣共誰論？

鷓鴣天（一抹芳痕上碧紗）

（存目，見《第一生修梅花館詞》本《存悔詞》）

定風波 美人渦

容易花時輾玉顔。柔情如水語如烟。春意欲流人意輭。深淺。藏愁不㲉恰嫣然。　都說箇儂禁酒慣。防勸。無端掩笑綺筵前。吹面東風紅暈嫩。妝晚。鏡波無賴學人圓。

臨江仙 美人耳

蝶板鶯簧巧入，竹風花雨還宜。語聲偎頰故遲遲。半籠蟬翼薄，雙影翠眉齊。　叵耐玉郎調笑，蔥尖拚掩多時。卻憐環重不勝垂。酒邊紅暈熱，琴側粉痕低。

白蘋香 美人肩

鸞鏡平分瘦影，鳳釵斜溜温香。齊花年紀嫁王昌。擔甚閒愁不放。　解識睡情嬌怯，暗中一拍須防。覺來小立竝檀郎。窄窄衫兒宮樣。

風流子美人臂

玲瓏稱結束，拈菱鏡、翠袖倚晴妝。記冰縠褪綃，那人偷覷，錦衾搭玉，阿母疏防。甚情緒、梨雲扶輭夢，藕雪汗清涼。釧影慣鬆，暗憐綠瘦，枕盟拚嚙，又惜紅香。　欠伸凭闌久，橫斜弄素影，撩亂花光。爭奈繫歡未穩，纏恨偏長。恰眉筆運愁，胷酥擁睡，耐寒籠半，和悶支雙。還憶點砂年紀，揮扇蘭房。

巫山一段雲前題

翠縠雙籠輭，紅瓊一段香。闌干十二倚春妝。抱影月昏黃。　比瘦贏阿姊，留溫枕玉郎。小衫側立覺琴長。袖底怯微涼。

陌上花

一春困酒，醒時惆悵，醉時疏嬾。又是芳時，又是一回鶯燕。落花墜絮都無力，不信東風真輭。是紅樓碧榭，萬千情緒，做成春倦。　恨籠烟罩霧，遮愁未肯，卻肯浮沈魚雁。錦瑟華年，那更暗中偷換。淺寒莫放湘簾下，簾外春難拋閃。漸荼蘼，夢怯櫻桃垂小，海棠妝半。

水調歌頭（擁被不聽雨）

（存目，見《第一生修梅花館詞》本《存悔詞》）

生查子　春曉

佳人問海棠，稺婢教鸚鵡。風定霧如香，花在香多處。呼婢說朝寒，且慢尋花去。卻自出簾來，不管禁風露。

浣溪紗

值得春愁瘦也拚。嬲人天氣故偷寒。輭風吹睡上眉山。雨又無聊晴又困，恨春還念做春難。又移花影近闌干。

前調

棋爤今年第二枰。夢回昨夜第三更。思量憔悴甚心情。　翡翠樓臺吹玉笛，芙蓉簾幕按瑤笙。人間何處有飛瓊。

前調

五尺夕陽澹不收。晚來涼意漸颼颼。去年花竹瘦今秋。　有淚零時還少恨，無人憐處最工愁。碧天迢遞怕凝眸。

前調 六首錄四

清到梅花第一儔。那人清韻越輕柔。梅花還要幾生修？　蓮子有心能共苦，芳蘭解語也應羞。受他憐惜儘風流。

其二

晴日簾櫳故故遲。盈盈玉腕倩郎攜。那時誰道是分離。　依樣芙蓉心已變，無情春草夢都非。萬難爲處有天知。

其三

獨坐悲秋秋亦悲。昨宵第一五更遲。倦燈如豆淚零時。　便有情絲千萬丈，怎能穿得淚珠兒。和愁都寄與深閨。

其四

道是無情不敢辭。萬千心緒更誰知？而今真箇隔天涯。　有識早知因破鏡，相逢曾記怕分梨。西風一曲哭相思。

前調

舊事傷心孎更提。繞闌秋意又清淒。芙蓉開向粉牆西。　回憶豔遊花正發，小橋幽徑印香泥。怕風吹去手曾攜。

前調

窗影玲瓏曉氣清。春鐘數杵峭寒生。擁衾微怯翠羅輕。　纔去夢兒尋不得，那堪還憶那時情。待聽嬌鳥哢嬌聲。

鷓鴣天七夕

眉樣月兒分外幽。晚涼又是一天秋。好將韻事酬佳節，都把前歡當夢遊。　何限恨，幾多愁。也無情緒問牽牛。誰家三五輕盈女，和月新妝上小樓。

江南好（憐花瘦）

（存目，見《第一生修梅花館詞》本《存悔詞》）

前調（娉婷甚）

（存目，見《第一生修梅花館詞》本《存悔詞》）

雙調望江南　梅憶

梅花笑，索向小迴廊。且許靜參林叟句，忍教輕點壽陽妝。幾度立昏黃。　飄零盡，無計挽紅芳。輸與鄰家蜂蜜好，不知何處燕巢香。風致耐思量。

采桑子

金猊巧噴沈䙰縷，鳳眼窗紅。鳳脛燈紅。未穩嬌吟態已慵。　珠簾翠幕無重數，繡帳芙蓉。繡被芙蓉。不識春來料峭風。

補遺

憶王孫集詞名

霜天曉角憶餘杭。雁過南樓西子妝。綠意紅情百媚娘。綺羅香。無愁可解應天長。

江南好集詞名

江南好，春霽向湖邊。綠意模糊芳草渡，紅情撩亂杏花天。錦陌醉垂鞭。

浣溪紗

九萬長空一酒杯。醉眼鶴背入蓬萊。好風扶影亂雲猜。　山叟橘中邀弈去，美人林下索詩來。瓊樓高處莫徘徊。

揚州慢集句

楊柳堆烟歐陽永叔，海棠經雨宋子京，歲華忍負清和王和甫。解移宮換羽周美成，記掩扇傳歌吴夢窗。酒醒後王介甫、疏簾淡月張宗瑞，綺窗朱戶賀方回，喚起姮娥韓子蒼。作蓬山春夕汪叔耕，初裁水碧輕羅張玉田。前歡謾省周公瑾，到而今魯逸仲，天闊星河張玉田。算只有殷勤辛幼安，芳心深意柳耆卿，爲著橫波成容若。脈脈此情誰訴辛幼安，減腰圍蘇養直、庾信愁多周美成。試重尋消息李景元，知他心事如何潘曾瑩。

搗練子集句

風乍起馮正中，雨初晴蘇子瞻，樓外涼蟾一暈生万俟詞隱。繡閣鳳幃深幾許周美成，倚闌聞喚小紅聲李知幾。

沁園春蘭花手

綽約弄姿，纖柔作態，非耶是耶。恰輕盈荷露，薄沾櫻顆，玲瓏藕雪，巧逗蘭芽。曲肖紅心，扶將素朵，笑顫重央阿母拏。消凝甚，更留他兩瓣，隨意疏斜。　尋常繡譜休誇。便著手、春成頃刻花。愛故意雙擎，學來並蒂，餘溫一握，旋似含葩。竟體抽芳，同心貪話，不惜宵深還勸茶。郎應妒，妒幽香緊護，翠袖紋紗。

和珠玉詞

一卷

《和珠玉詞》一卷，爲張祥齡、王鵬運、況周頤三人連句詞，有趙尊嶽《惜陰堂叢書》刊本。又上海圖書館藏有鈔本《和珠玉詞》，毛裝，朱絲欄，四周雙邊，半頁十五行二十六字，書耳内刻有『惜陰堂』，鈐有『惜陰堂校定本』、『尊嶽手錄』二印，末題識云：『庚申八月朔日，假第一生脩羅花館藏四印齋本錄寫一過，趙尊嶽書於惜陰堂。』此以刊本爲底本，校以鈔本。

卷前原有揚州晏氏家刻本《珠玉詞目錄》，此不錄。

和珠玉詞

序

馮煦

或曰：詞，衰世之作也。令莫盛於唐季，慢莫盛於宋季，衰乎？否乎？是説也，蒙嘗疑之。宋之爲慢詞者，美成首出，姜、張詣極。片玉所甄，率在大觀、政和間，北宋之季也。白石、玉田連蹇不耦〔一〕，《黍離》之歌，《橘頌》之章，比比有之，南末之季也。慢爲衰世之作，殆有徵邪？小令則不然，溫、韋之深隱，南唐二主之淒咽，亦云衰矣。然而太白、樂天實其初祖，開、天元長，世雖多故，衰猶未也。至宋晏元獻、歐陽永叔則承平公輔也，元獻所際，視永叔彌隆，身丁清時，回翔臺省，間有所觸，爲小令以自攄，與吾家陽春翁爲近，上窺二主，其若近若遠，若可知若不可知，幾幾有難爲言者。然所詣則然，非世之衰否？有以主張之也。半塘老人與子苾、夔笙亦身丁清時，回翔臺省，略同於元獻。夏六月，手《珠玉》一編，字櫽句規，五日而卒業。視元獻不失絫黍，黨亦與蒙相符契，蘄以破或衰世之説邪？爰申此誼於簡端，半塘諸子當不河漢也。昔方千里和清真，今半塘諸子和珠玉，一慢一令，嶷然兩大，亦它日詞家掌故邪？

甲午七夕金壇馮煦。

【校記】

〔一〕耦：鈔本作『偶』，意通。

序

王鵬運

龍集執徐之歲，夔笙至自吳中，爲言客吳時與文君尗問、張君子苾和詞連句之樂，且時時敦促繼作，懶慢未遑也。今年六月暑雨方盛，子苾介夔笙訪余四印齋，出眎近作，則與尗問連句《和小山詞》也。子苾往復循誦，音節琅琅，與雨聲相斷續，遂約盡和《珠玉詞》。顧子苾行且有日，乃畢力爲之，閱五日而卒業，得詞一百三十八首。當賡唱疊和，促迫匆遽，握管就短几疾書，汗雨下不止，坐客旁睨且笑。而余三人者不惟忘暑，且若忘飢渴者，然是何也？子苾瀕行，謀醵金付劂氏。詞之工拙不足道，一時文字之樂，則良有足紀者。重累梨棗，爲有說矣。刻成，寄子苾吳中，儻爲尗問誦之，其亦回首京華夜窗風雨否耶？益信夔笙嚮者之言不我欺也。

光緒甲午荷花生日，半塘老人。

題詞集《珠玉詞》句

況周頤

浣溪沙

一曲新詞酒一杯，小屏閒放畫簾垂，勸君莫惜縷金衣。只有醉吟寬別恨，且留雙淚説相思，舊歡前事入顰眉。

臨江仙

一霎秋風驚畫扇，那堪飛綠紛紛。無情有意且休論。樓高目斷，依約駐行雲。誰把鈿箏移玉柱，不辭徧唱陽春。等閒離別易銷魂。紅箋小字，留贈意中人。

和珠玉詞

漢州張祥齡子苾、臨桂王鵬運幼霞、況周頤夔笙連句

如夢令

珠淚羅巾難滿。長把枕衾留半。子苾。待說不思量，往事上心無限。幼霞。魂斷，魂斷。簾外落花人遠。夔笙。

浣溪沙

喚取銀蟾入酒杯。莫將燈火上樓臺。苾。最難天末故人回。　花影隔簾疏復密，幼。春光如水去難來。江南舊夢莫低徊〔一〕。夔。

【校記】

〔一〕徊：鈔本作『迴』。

前調

羅帳烟輕夢不稠。鏡中雙淚各分流。苾。青驄畫舸少年遊。楊柳關河勞望眼，夔。海棠消息憶從頭。屏山彔曲不遮愁。幼。

前調

花氣通簾暗雨過。上階幽草碧於莎。夔。隔闌燈影入池波。有月可能來古樹，苾。無風也自愛新荷。酒邊滋味少年多。幼。

前調

儘說消愁借酒卮。那知添淚滴羅衣。苾。閒花開到去年枝。約略生香新雨過，幼。依稀情話夜涼時。玉釵聲墮繡簾垂。夔。

前調

記得江樓送去旌。酒醒人散冷金觥。幼。流花暗水斷腸聲。箏柱參差論舊恨，夔。鞭絲迢遞阻歸程。當時何事不關情。苾。

清商怨

高樓涼月桂樹滿。向古簾弄晚。苾。望極關河，量愁寬帶眼。夔。眉彎曾看未展。怎怪得、箇人疏遠。苾。畫燭無言，凝情誰更管。夔。

訴衷情

斜陽烟柳幾絲青。花氣弄陰晴。苾。晝長眠起無賴，拋彈打流鶯。幼。新釀薄，峭寒輕。醉難成。夔。飄殘絮雪，數盡花風，未了春情。苾。

前調

酒痕詩袖隔年香。愁夢感東陽。夔。舊時盟約誰省，花外月昏黄。幼。　情總短，夜偏長。恨茫茫。苾。玳梁釵重，金縷衣輕，曾費商量。夔。

前調

羅衣不似去年新。花落有來春。苾。山塘曾共遊冶，璧月一雙人。夔。　悲落溷，喜飄裀〔一〕。甚冤親。幼。夕陽無語，凭煖闌干，目斷南雲。苾。

【校記】

〔一〕裀：鈔本作『茵』。

更漏子

新緑滿窗，枝上子規啼未了，落花飛絮底紛紛。夔。最撩人。　幾時點檢醉吟身。幼。記得曲闌攜手處，玉釵斜插坐香茵。暗傷春。苾。

前調

不見遥山，陌上飛塵簾外樹，樹頭依約彩雲飛。幼。動花枝。流螢點點上簾衣〔一〕。苾。悵望星河魂欲斷，舊遊回首惜紛披〔二〕。負芳時。夔。

【校記】

〔一〕簾：鈔本作『羅』。

〔二〕紛：鈔本作『芬』。

望仙門

排簷蒼翠樹陰濃。引微風。幼。篆烟花氣隔簾櫳。有無中。夔。音信傳南雁，筝船夢繞垂虹。苾。謝娘樓畔記初逢。記初逢。拈帶爲君容。幼。

前調

水晶雙枕覺新涼。好時光。苾。藍橋何用覓仙漿。醉爲鄉。幼。離恨傳烏鵲，多應倦織雲裳。

夔。舞衣銷盡舊時香。舊時香。宵短夢難長。苾。

前調

暮雲天畔蹙魚鱗。月眉新。幼。小闌烟柳緑含顰。彈花裀。夔。枝上催殘蘂，東風不惜芳春。苾。金鈴一霎底酬恩。底酬恩。香夢繞重門。幼。

清平樂

征鴻南去。莫到銷魂處。夔。薄命應同花上露。一霎光陰難住。苾。歸雲底事匆匆。多應怨寫絲桐。幼。一樣畫堂圓月，問誰獨占東風。夔。

前調

花香粉細。枕畔雙釵墜。苾。未把深杯心已醉。況是海棠新睡。幼。曉來春水吹殘。東風底用相干。夔。留取燭花休翦，淚痕羅帕生寒。苾。

前調

回環喜字。不盡纏緜意。幼。望裏千山兼萬水。縱有錦書難寄。苾。玉容天半朱樓。蛾眉妒煞蟾鉤。夔。料得素馨花底，驚心河漢西流。幼。

更漏子又一體

酒腸慳，詩夢淺。香篆裊愁難翦。夔。疏雨歇，雜花開。箇人來不來。幼。放歌筵，招舞袖。望斷故園烟柳。苾。從握手，憶顰眉。此情君定知。夔。

前調

月移牆，烟約柳。又是上燈時候。幼。梁落燕，樹無鶯。有人幽恨生。苾。試啼妝，扶淺醉。點檢一春情味。夔。尋舊夢，覓餘香。腰圍幫帶長。幼。

喜遷鶯

眉妒柳，臉欺蓮。嬌小白家蠻。夔。問年剛是月初圓。佳夢笑徵蘭。苾。　花窺幕，琴編樂。珍重華年行樂。幼。菱花鏡裏看添香。錦瑟比人長。夔。

前調

千里月，幾絲風。銀漢挂庭中〔一〕。苾。酒雲高暈燭花紅。珠佩想瓏璁。幼。　輕寒煖，愁春遠。珍重玉容千萬。夔。歌前不惜縷金衣。蝴蝶上釵飛。苾。

【校記】

〔一〕庭：鈔本作『亭』。

前調又一體

繡簾垂，銀燭燼，花夢夜涼醒。夔。琵琶誰按別離聲。幽怨劇分明。幼。　與雲飛，和月去。記得畫闌逢處。苾。海棠開後約重來。惆悵到寒梅。夔。

前調

髻攏輕，眉畫淡，羅扇撲螢天。苾。雨餘清潤入琴絃。風裊玉罏烟。幼。　柳絲長，花影重。月午簾波不動。夔。釵頭分贈素馨香。夜促怨歌長。苾。

相思兒令

每到歌前酒後，新恨總難平。苾。遮莫書囊劍匣，容易負平生。幼　綺席更喚金觥。正涼宵、烏鵲無聲。夔。應憐一寸柔腸〔一〕，怎禁多少傷情。苾。

【校記】

〔一〕柔：鈔本作『愁』。

秋蘂香

花冷翠禽嗁瘦。雲薄玉笙吹透。夔。風情約略三春柳。眠起無端時候。幼。　杭州舊淚和新酒。沾衣袖。苾。馬蹏休向蘭臺走。樓上玉顏非舊。夔。

前調

昨夜燈花呈瑞。紅藥曉來翻砌。夔。故園春色憐榕桂。何必璚枝玉蘂。幼。西山過雨横飛翠。涼生袂。苾。儘教花底扶頭醉。月落參横休睡。夔。

胡擣練

料量新句好酬春，莫負珊瑚筆格。夔。桃李休教輕坼，簾外風初息。苾。漫言長爪定嘔心，美景良辰須惜。幼。別有庾郎愁賦，肯付金聲擲。夔。

撼庭秋

隔簾花霧三里。似暗愁難寄。夔。堂空如水。星河案戶，共人無寐。幼。寒雲鴈唳。新霜蛩語，管伊憔悴。苾。相思誰見，海棠應更，化爲紅淚。夔。

滴滴金

香輪九陌無休息。袖招紅，酒浮碧。夔。莫怪狂奴眼常白。問繁華誰惜。幼。新鶯舊燕都如客。帶斜陽，遠山色。夔。簾幙依稀輭塵隔。幾動人思憶。幼。

望漢月

越網彩絲頻結。罥取澄潭新月。幼。無情鷗鷺老汀洲，怎詩鬢，不如雪。夔。好花能幾日，偏又遇、曉風吹折。苾。花間驀憶舊時節。悔與箇人輕別。幼。

少年遊

銀河高挂碧梧枝。鴻鴈向南飛。苾。相思萬里，傷心千古，當日繡羅幃。夔。新愁舊恨知多少，付與酒盈卮。幼。月滿簾櫳，露涼庭院，偏是別伊時。苾。

前調

清歌一曲動梁塵。離夢感參辰。夔。江關愁賦，天涯望眼，惆悵北山雲。幼。　詩闌酒戲當時事，怎奈百年春。苾。寄語花前，春山秋水，妝點要時新。夔。

前調又一體

韶光易老，孤芳自惜，蜂蝶儘紛紛。夔。竹外攜尊，鷗邊選句，樂事一番新。幼。　千紅萬紫，嬌鶯乳燕，送了等閒春。苾。與誰同占月三分。除問夢中人。夔。

前調

秋江一碧，美人何許，誰與采芙蓉。幼。菱歌幾處，汀洲霜晚，涼到藕花風。苾。　芳心休訴，韶華縱好，有酒不須中。夔。羨他鷗夢儘從容。消受夕波紅。幼。

燕歸梁

湖上笙歌月滿堂。鬬金粉隋梁。夔。千燈照夜動花光。留醉客，錦筵張。苾。倦極調鸎，狂來擊缶，多事奏笙簧。幼。曲闌凭處袖痕香。怕闌外，柳絲長。夔。

前調

斷虹劃破碧山烟。正高敞朱筵。幼。茜紗窗外月初絃。橫玉笛，勸金船。夔。流螢幾點，梧風桂露，秋到晚蟲天。苾。拚將歌酒送流年。問誰是，飲中仙。幼。

雨中花

小字牋書半就。寄與慇懃翠袖。苾。算是關山魂夢隔，一寸心長守。幼。媚臉蒨桃心碧藕〔一〕。記那日、玉闌攜手。夔。早寄語、錦帆歸去，總不在，花開後。苾。

【校記】

〔一〕蒨：鈔本作『茜』。

紅窗聽

萬點楊花誰管束。春去也、接天新綠。夔。落紅珍重還留許，護夗央雙宿。幼。甚處銀蟾明滿目。芳隄上、青驄去後，團圓不足。苾。斫地哀歌，問何人能續。夔。

前調

寫到鑾楠無一語。枉抱此、苦心誰訴。苾。好春不是芳菲少，恨無人知處。夔。窗外嘷鶯休報曙。屏山側、錦衾獨自〔一〕，渾忘朝暮。幼。玉驄堤上，問何時歸去。苾。

【校記】

〔一〕自：鈔本作『是』。

迎春樂〔一〕

花枝那不傳香早。十年心、委芳草。夔。願鳴雞樹上，休嘷曉。鳳枕畔、春難覺。苾。空悵望、長安古道。虛負卻、歲華多少。幼。琱鞍玉勒，問訊三河少。夔。

【校記】

〔一〕欒：鈔本作『綠』。

睿恩新

南花肯弄人間色。香自好、何須先坼。夔。算憑教、桃李無言，問東風、恁般消息。幼。簾外銀蟾脈脈。紅燭暗、淚珠長滴。苾。儘瓊樓、更隔蓬山，早消受、雲衣冷逼。夔。

前調

幽花帶露遶庭砌。驚乍見、舊時姝麗。苾。試新妝、豔奪雲英，寫舊怨、句吟花蕊。夔。向晚西風沈醉。誰解得、箇人深意。幼。記尊前、醉擁紅妝，正對鏡、窺盤鳳髻。苾。

玉樓人

愁懷不是耽杯酒。最忺是、正風初月後。幼。枝頭三兩秋花，勸聽歌、休再感舊。苾。雙眉也倦逢場鬬。漫酒痕、綠黯還皺。夔。向時幾許風情，空盈盈、淚滿衫袖。幼。

憶人人

春雲流影，秋花吐豔。幼。依約紅梅乍綻。夔。青銅無計惜銷磨，也誤識、人人嬌面。幼。星河夜靜，梧桐疏雨，幾點流螢亂。茲。天涯容易又秋風，渾不覺、離愁暗滿。幼。

前調

明珠競巧，秋蓉比豔。夔。倚扇檀櫻欲綻。幼。東風畢竟作春寒，莫盡捲、簾櫳三面。夔。嚦鵑喚徧，海棠枝上，歷歷風光亂。茲。狂奴休道總無情，看此際、恩情美滿。幼。

玉樓春

秋光幾日來吳苑。樓上相思穿柳線。茲。將舒桂葉小如眉，未吐芙蓉嬌勝面。夔。知音枉託箏中鴈〔一〕，寄恨難憑釵上燕。幼。閒雲也莫不禁秋，一例人天悲聚散。夔。

【校記】

〔一〕枉：鈔本作『狌』。

春韶苦向　前調

短長亭外天涯路。前日送君從此去。幼。桃花瘦損幾絲風，柳絮愁沾雙燕雨。苾。

愁中度。容易篆烟銷麝縷。夔。撩人芳草碧如茵，那更杜鵑嘷處處。幼。

枉說月明　前調

簾鉤鎮日閑金鳳。嬰武綠衣寒瞢鬆。夔。柳絲嫋嫋受風多，荷葉田田經雨重。幼。

千里共。近日謝郎情不動。苾。夕陽凭燠玉闌干，爲惜前塵思昨夢。夔。

一鐙疏雨　前調

簾衣不隔歌雲燠。乍可聞聲賒識面。幼。欲知尊酒醉醒難，試看林花開落旋。夔。

高梧畔。寶扇生涼銀漢晚。苾。歡期共數月圓時，今夜玉蟾剛吐半。幼。

前調

夢雲分付重門鎖。鄰院笙歌催入破。夔。流螢穿露桂珠香，野鵲驚風梧子墮。蕙。　舊歡觸忤

渾無那。和影花間成兩箇。幼。總然消息隔銀河，孤負南樓鴻鴈過。夔。

前調

粉香墮枕紅霞印。柳眼望春春有信。蕙。酒懷如結倩誰開，夢影無憑休重問。幼。　年時省識

而今恨。底事當歌容易困。夔。樓前芳草接天青，不似園花隨眼盡。蕙。

前調

高樓月落人歸後。簾影沈沈催曉漏。幼。殘紅無分上琴絲，慘綠何緣搴舞褎。夔。　玉奴淺笑

持杯酒。百歲花前爲君壽。蕙。未須樂事逐時新，但祝兩情長似舊。幼。

前調

四絃秋色和愁撚〔一〕。五綵心同紬慢卷〔二〕。夔。玉釵香重怯雲鬟，寶釧病餘鬆翠腕。苾。房櫳靜拚愁無限。記門新詞誇白戰。幼。竭來明月賸情多，慣逐飛花浮酒面。夔。

【校記】

〔一〕色：鈔本作『瑟』。

〔二〕紬：鈔本作『抽』。

前調

江天目送雲飄穩。芳草緜緜波滾滾。幼。休教霜訊報秋知，且喜星期催巧近。苾。西風不管傳花信。抵死樓頭吹別恨。夔。漫拈愁字作生涯，吾生有盡愁無盡。幼。

鳳銜杯

汀洲白鴈無端起。憑望眼、玉樓人倚。苾。恨逐晴絲，和夢搖空際。風乍動，簾波翠。夔。暝雲低，絲雨細。問紅葉、怨題誰寄？幼。但願君恩長記，笙歌地，不惜花顦顇。苾。

前調又一體

花時莫漫惜分飛。算何妨、魂夢相依。夔。昨夜東風，偏也戀南枝。苾。吹嫩蘂，故紛披。苾。回羅袖，掩瓊卮。莫匆匆、卻負芳時。幼。腸斷鶯前燕後，足佳期，有分是相思。夔。

前調

傾城一顧十分春。甚繁花、眼底紛紛。夔。何用清歌，皓齒啓朱脣。倩飛鳥、蹙紅巾。幼。斟美酒，憶良辰。問南鴻、應見朝雲。苾。縱使海棠嬌小，不如人，可奈舊情新。夔。

踏莎行

竹暗烟浮，林疏月露。流螢占取秋多處。夔。經時盼斷故人書，聲聲賓鴈南飛去。幼。琥珀雙鍾，沈檀一炷。傷心莫過藍橋路。苾。迴闌舊約記分明，垂楊好繫華年住。夔。

前調

銀漢秋期，瓊樓夜宴。酒雲紅上人人面。幼。郎心説似燭花開，儂腸訴與箏絃轉。夔。　酒興橫來，吟情不斷。花驄未惜芳堤遠。苾。當歌休訴別離多，篴聲催按《梁州》遍。幼。

前調

夢裏非烟，花邊是路。如何付與春來去。夔。吳頭楚尾隔千山，相思忍見樓高處。苾。　娛綠禁寒，殘紅墮霧。書來怕有詞箋附。幼。神仙年少也多愁，華鬘一別今如雨。夔。

前調

滿引紅鱗，驕嘶紫燕。看花雙眼明於電。夔。雛鬟絃索底關人，一聲消得愁無限。幼。　宋玉工愁〔一〕，班姬善怨。秋風又到南樓鴈。苾。玉輪多事缺還圓〔二〕，深情悔被年時見。夔。

【校記】

〔一〕工：鈔本作『空』。

〔二〕多：鈔本作『底』。

前調

柳絮飛殘，流鶯嘸遍。春光怕向樓頭見。幼。東風萬一不關愁，桃花妒煞佳人面。夔。簾外新蟾，堂前小燕。紅闌一曲千回轉。苾。無端棖觸十年心，秋千影落閒庭院。幼。

蝶戀花

明月塵侵攜寶扇。畫裏乘鸞，驚換當時面。幼。舊日謝池秋草徧。堂空幾誤春來燕。苾。仿佛絲簧調別院。綵袞何人，慣拂歌塵淺。夔。珍重天涯還念遠。尊前遮莫程千萬。幼。

前調

露點檐牙蛛網墜。未到星期，已動思秋意。苾。檻外輕雲低蘸水。遙山欲鬬修蛾翠。幼。心字暗憐香一穗。問訊鐙花，甚日真成瑞。夔。有夢但能搴翠袂。須臾抵得春千歲。苾。

前調

眼底飛花紅作陣。不念芳時，做弄春寒㑊。夔。點檢新妝消酒困。當頭皓月無纖暈。幼。萬里關河愁轉瞬。解識相思，何用量分寸。苾。捲盡珠簾人遠近。可憐嬰武難憑信。夔。

前調

惻惻金風催玉露。簾外輕陰，風約雲來去。幼。不解此心蓮子苦。終宵促織嘑朱戶。苾。幾許天涯搖落樹。何必江潭，才是傷心路。夔。魚鴈儘教傳尺素。舊遊如夢無尋處。幼。

前調

自在翩翩堂裏燕。幾度秋風，莫定香巢亂。苾。絕代芳華今幾見。峭寒珍重閒庭院。夔。漫說蓬山同踏遍。回首華鬘，遽隔人天面。幼。連句至此，聞許鶴巢先生噩耗。鴻鴈不來斜日晚。屏山一角江南遠。苾。

前調

鴻烈倦尋丹枕祕。愛讀《離騷》，消盡湘蘭媚。夔。修短彭殤君莫記。一尊大可忘年歲。幼。且聽清歌招舞袂。隨處看花，莫過西州地。苾。有限年芳隨水逝。舉杯難喚劉伶醉。夔。

玉堂春

東風送煗。綠到舊時池苑。似雪楊花，輕點朱欞。幼。逝水年華，錦瑟無人見，怎向尊前對落紅。苾。夢裏江南何許，笙歌錦繡叢。夔。燕後花前，說起當初約，又負東皇幾番去風。幼。

前調

翠蓬秋早。目極際天瑤草。怕向藍橋，問訊雲英。夔。記得當時，醉共花間宿，脈脈深情滿意傾。幼。囑咐陽關休唱，青驄離別情。苾。一角樓臺，記否山塘路，仿佛銀河傍檻明。夔。

前調

露橋花館。樹底鶯嫌春煗。繡罷紅鴛，彩線添長。苾。舊夢如雲，只在棃花外，卻見輕烟媚綠楊。夔。

桁上羅衣添潤，消殘心字香。幼。枉費啼鴂，到處催人去，冷澹高樓送夕陽。苾。

十拍子

詩裛飄霝吳郡，鞭絲悒悵春明。夔。珍重落花千點淚，底似陽關萬徧聲〔一〕。此情誰重輕。苾。

問訊天涯知己，琴尊幾度將迎。幼。才調漫憐江令減，薄倖還教杜牧贏。新來太瘦生。夔。

【校記】

〔一〕徧：鈔本作『叠』。

前調

海燕易隨春老，涼蟾不共人圓。幼。紅燭有情知別苦，然到中心滴淚難。出門星滿天。苾。往

事非花非霧，柔情如水如烟。夔。一樣年華如錦瑟，五十誰分一半絃。傷心莫箇傳。幼。

前調

誰信倦遊老矣，滄洲思渺西風。幼。休怪見花狂欲死，蛺蝶生來愛粉叢。何堪對落紅。苾。結習破除紈綺，怨歌棖觸絲桐。夔。昨日故人今日别，目斷平蕪冷日中。雲山恨幾重。幼。

前調

記得吳儂門巷，垂楊小小笆籬。夔。長日無人推繡戶，竟夕迴燈照玉卮。釵梁雙燕垂。苾。畫檻藏春曲曲，珍叢惹夢菲菲。幼。尺素難憑蒼鴈問，雙翼徒勞彩鳳飛。相思無了時。夔。

前調

何必鳳脩麟脯，花宫曾記餐英。夔。元是上清珠樹豔，不似倡條冶葉輕。無人知此情。苾。誰譜《霓裳》法曲，宫牆腰篴潛聽。幼。棖觸玉京淪謫感，便抵陽關促别聲。紅牙那肯停？夔。

漁家傲

畫筲銀壺催暮曉。花前幾見他人老。苾。莫負江山風月好。彈古調。蕒洲一曲容吾傲。幼。
鷗夢涼邊空翠杳。山眉得似徐孃少。夔。不見鏡中雙臉笑。唬鳥道。休將此恨今生了。苾。

前調荷花十二首

照影漣漪嬌欲鬬〔一〕。越娥媚臉新妝就。夔。隔浦采菱歌斷後。花如繡。忘機鷗鷺齊回首。幼。
指點宮衣曾別久。箏船熨徧湘帬縐。苾。把酒酹花花入酒。香染袖。風流何必輸韓壽。夔。

【校記】

〔一〕漣：鈔本作『連』。

前調

婀娜風裳低欲卷。盈盈淺笑圓渦綻。幼。化作夗央仙不羨。紘索畔。琵琶半掩如花面。苾。
十萬紅妝陪綺宴。涼鷗世界寬無限。夔。莫學彩雲容易散。深深願。淩波顧影長相見。幼。

前調

寶屧塵香生步步。婹紅消得愁風露。夔。何必清遊陪幕府。饒幽趣。追涼記過盧樓路。幼。

月曉風清生恨處。含情幾見花能語。苾。解意雙鴛招我去。花裏住。不應一別渾如雨。夔。

前調

翡翠擎盤承露穩。江涵鴈字排成陣。苾。指點湖邊花路近。君莫問。六朝陳迹餘金粉。夔。

羅袖半沾秋水潤。遊塵不涴歌雲嫩。幼。待折藕絲情易困。休寫恨。芙蓉幾日秋江盡。苾。

前調

記得青墩牽畫舫。送行特特翻新樣。幼。風雨未須愁一舄〔一〕。休悵望。夗央身世無波浪。夔。

朝日避人紈扇障。雲鬟翠帔紛相向。苾。漸洗鉛華空倚傍。潮欲上。蜻蜓輕逐遊絲颺。幼。

【校記】

〔一〕舄：鈔本作『舃』。

前調

不數春風紅杏鬧。漫誇秋色菱花小。夔。寶釧遠聞花裏笑。誰比貌。紅顏本似朝雲少。苾。

鑄鏡江心真大好。有情仙眷原難老。幼。檀板未停杯又到。花解道。看花幾見人人少。夔。

前調

一葉記曾題冷翠。幾年芳恨縈烟水。夔。蘋末風來絲雨細。人欲醉。池塘睡鴨呼名起。幼。已丑六月二十八日幼霞、夔笙葦灣觀荷本事也。

腸斷柔絲生暗刺〔一〕。青房半脫風前蘂。苾。有限舊歡爭忍墜。深淺意。紅牋字字珍珠淚。夔。

【校記】

〔一〕柔：鈔本作『愁』。

前調

一水盈盈花拍岸。通辭幾費微波便。夔。花底問郎誰比豔。歌轉慢〔一〕。長將淚點常遮面。苾。

襬襶未容愁火爇。追涼自把花前盞。幼。舊夢重尋魂欲斷。殘照晚。紅亭高柳蟬聲亂。夔。

【校記】

〔一〕慢：鈔本作『漫』。

前調

欲託紅鱗傳尺素。千波過盡無人遇。苾。鷺冷鷗閒誰與訴？如怨慕。涼蟬說似多風露。幼。好繫斑騅隄畔樹。明朝怕說花如雨〔一〕。夔。夢逐御溝流水去。應早悟。千金莫買朱顏住。苾。

【校記】

〔一〕明朝：鈔本作『朝朝』。

前調

人影花光嬌一格。畫船只赤聞香息。夔。花外柳絲曾欲摘。烟裏織。對花可奈魂牽役。幼。莫遣露珠和粉滴。秋風不損紅兒色。苾。往事未應愁脈脈。千里隔。花天後日長相憶。夔。

前調

那不天涯鶯沈瘦。紅榆句苦吟難就。夔。過眼繁華催箭漏。鶯永晝。畫船載酒人非舊。幼。

酒面忍教花底鼰。箏前粉汗紅紗透。苾。芳意贈君期永久。詩滿褏。清尊更約花前後。夔。

前調

綠翦新衣誰可綻。蘭橈總繫垂楊畔。苾。香遠任風吹不散。歌莫亂。壽花肯惜杯千萬。夔。

漫說花期渾有限。斜陽還共閒鷗戀。幼。玉鏡曉風開面面。休弄翫。伊人遠隔滄江岸。苾。

瑞鷓鴣 紅梅二首

綠鬟妝鏡記盤雲。曲終人散翠蛾顰。苾。莫問冰心，鐵骨誰真賞，解惜臙脂定幾人。夔。酡顏

幾拚流霞醉，畫中欲喚真真。幼。霜前俗笑山桃，一樹珊瑚滿，隔年新。獨占紅芳第一春。苾。

前調

淺寒才是早春時。未應鵑血上南枝。夔。不是化工，有意呈新巧，煥入瓊肌未許知。幼。　孤山改換繁華景，逋仙夢到還疑。苾。誰憐真色生香，標格天然好，隔清溪。蜂蝶尋常那解迷。夔。

殢人嬌

望望紅樓，不斷生香滿路。漫悵觸、傷春情緒。幼。韶華自好，惜青衫塵汙。寒側側、花前玉驄且住。夔。　一院苔空，半池萍聚。芳期誤、舊時橋柱。苾。相思晝裏，指雲山多處。輸泠鴈、帶得斜陽飛去。幼。

前調

一寸柔腸，怎受思量萬轉。秋葉下、迴廊繞徧。苾。雲涯倦羽，嘆不如飛燕。尋舊約、甚日儻如人願。夔。　紈扇邀螢，寶鈿貼鴈。清夜永、涼生香薦。幼。花間舞蝶，勸休停歌板。魂夢去、萬里關山難限。苾。

前調

遠渚秋蓉，看取深紅未墜。消受者、熯寒天氣。夔。金臺寶帶，説花中祥瑞。香豔絶、珠粉更憑裝綴。幼。　塵汙青衫，香銷紅袂。天涯路、雨斜風細。苾。多情鷗鷺，卻相忘年歲。新釀熟、待約霜楓同醉。夔。

小桃紅

白鴈霜前至。騷客悲秋氣。苾。新涼時候，圓荷謄葉，黄花漸蘂。夔。正吟懷搖落晚晴初，乍銀蟾欲墜。幼。　歌轉朱脣啓。絃按秦箏細。苾。紅兒窺鏡，緑珠厴篴，人間色藝。夔。向尊前一笑萬緣空，問蟠桃熟歲。幼。

前調

莫惜垂楊老。看取寒梅早。夔。人生難得，當歌對酒，韶華正好。幼。自雲英花裏不歸來，似仙山縹緲。苾。　繡説金鴛巧。語惜黄鶯妙。夔。往事如烟，柔情似水，怨歌別調。幼。願良辰美景共相歡，擱閒愁莫道。苾。

長生樂

暈月羅雲澹不圓。銀漢遠於天。夔。好花時候，美酒進箏筵。苾。彈指西風又是，一年容易〔一〕。秋心何許？但見高梧帶疏烟。幼。宵涼似水，漏促如絃。扶頭嬾上臣船。夔。花相似、歲歲又年年。莫尋雲外雞犬，杯酒自稱仙。苾。

【校記】

〔一〕易：當有誤。晏殊詞此處字爲『添』。

拂霓裳

畫難成。遙山一角暮雲平。夔。池塘遠，昨宵佳句逐春生。苾。遠意隨芳草，愁心夢錦屏。幼。鶯燕好，箏銷魂、何必斷腸聲。夔。雲霞洞府，環佩靜，望仙瀛。苾。憶神清，絳桃千樹粲瑤瓊。幼。青鸞招不得，誰與訴衷情。未星星，插花枝、綠鬢映金觥。夔。

前調

奈何天。絳河人渺不團圓。苾。斜陽外，雲山千疊隔秋烟。幼。倩誰調錦瑟，深意託鵾絃。夔。木蘭船，向芙蓉、江上去經年。苾。飛鴻望斷，送愁易，寄書難。幼。知甚日，朱櫻紫筍共璚筵。夔。清尊浮白墮，仙藥駐朱顔。保長懽，再相逢、同在好春前。苾。

點絳脣

盡捲雲羅，團欒幾費姮娥意。夔。玉盆宵啓。寸寸蛛絲綴。苾。漫惜眠遲〔一〕，拚遣涼侵袂。幼。西風起。亂蛩聲裏。一葉飄梧翠。夔。

【校記】

〔一〕漫：鈔本作『慢』。

浣溪沙

數到星期第幾秋。莫教情海更添籌。苾。銀蟾欲下爲誰留？　敂首花前慵乞巧，幼。埽眉燈畔卻工愁。柳邊簾幙暗螢流。夔。

前調

又是秋生桂樹林。洞庭橘柚欲垂金。幼。幾灣流水半晴陰。　箏雁斜飛憐素手，苾。鏡鸞雙照識春心。蓬山未抵此情深。夔。

前調

法曲當年聽羽衣。桂花深處見常儀。夔。夜闌何事斂蛾眉。　爲數歸期釵暗卜，苾。記親舞席袖頻垂。最尋常事耐人思。幼。

前調

樓閣璁瓏繞瑞烟。夜歸傳喚撤金蓮。幼。御街驄馬快於船。　壇坫似聞雄日下，夔。羽書且莫報尊前。海帆秋靜鏡中天。苾。

前調

送盡斜陽樹樹蟬。彩鴛雙宿伴芳蓮。苾。畫舩紅燭促開筵。粉靨有情先替月，夔。罏香欲斷似非烟。誰言良夜不如年。幼。

前調

花外歸來月滿身。清霜殘角最銷魂。夔。澆愁莫惜酒斟頻。過鴈聲中勞望遠，幼。試燈風裏暗傷春。手攀垂柳寄何人。苾。

前調

盡捲珠簾待月華〔一〕。五紋金縷薄於紗。幼。玉階重發去年花。錦瑟華年成逝水，苾。青琴消息隔殘霞。篆烟風定故欹斜。夔。

【校記】

〔一〕珠：鈔本作『朱』。

菩薩蠻

横塘素韈扶新豔。上湖明鏡呈嬌臉。夔。寶瑟動華堂，可憐時式妝。苾。對花頻酹酒。願與花齊壽。幼。花好未應誇。試將人比花。夔。

前調

誰言眼底花長好。西風幾日飄霝早。苾。那及縷金衣。年年如舊時。幼。怨歌紅淚滴。調犯《伊州》側。夔。寶燕動釵鬟。衆中誰羨仙。苾。

前調

秋容漫惜儂家淡。經霜幾簇秋芳豔。幼。濃淡恁般宜。問伊嬙與施。夔。列坐飛觥盞。笑折花枝算。苾。釵股挂臣冠。影從屏上看。幼。

前調

採菱歌斷霞天晚〔一〕。疏星照水燈千盞。幼。鷗夢乍涼時。月移紅蓼枝。夔。　銀河相望久。樓閣仍如舊。苾。緘就錦書兒。恨無南鴈飛。幼。

【校記】

〔一〕晚：鈔本作『地』。

訴衷情

文鴛卅六隔芙蓉。金線繡重重。幼。露涼休墮梧翠，儂處有春風。夔。　紘索畔，酒尊中。別情濃。苾。書殘錦字，譜就迴文，密意難窮。幼。

前調

輕雲如鬢月如眉。涼夜坐花宜。夔。爲誰計線拋卻，雙眼淚珠垂。苾。　人散後，酒醒時。意遲遲。幼。重添麝炷，靜揜珠櫳，特地相思。夔。

前調

晚涼清露裛紅蓮。夔。橫塘空水鮮。幼。移畫槳，敞璚筵。木蘭船。苾。白公隄畔，西子湖頭，最憶當年。夔。

前調

彩鸞惆悵夢中人。前度此星辰。夔。年時花下尊酒，都化楚山雲。苾。風裹袖，雨中巾。是前春。幼。庾郎愁老，浪說年來，思與花新。夔。

采桑子

深杯莫負花前醉，暗惜年芳。鏡裏人雙。苾。看取歌塵繞畫梁。不知消得春多少，幼。人影花光。蝶戀蜂忙。可奈工愁有別腸〔一〕。夔。

【校記】

〔一〕有別：鈔本作『別有』。

前調

梢頭荳蔻經春早，易過芳時。問訊佳期。苾。門巷斜陽鏁玉蕤。　綺羅未算銷魂地，夔。唱徹《楊枝》。歌闋還悲。似水柔情付與誰？幼。

前調

桃花總隔仙源路，一水溶溶。莫遣遊蜂。夔。勾引扁舟入畫中。　問君何處藏春好，幼。幾縷斜風。斷送流紅。逝水還應不向東。苾。

前調

清尊醉倒金荷底，底用相催。難得春來。幼。好趁花時笑口開。　塵香漫惜青衫戭，夔。滿座傾杯。鐵笛聲哀。聽到陽關第幾回？苾。

前調 石竹

秋花莫羨春花好，各自芳妍。占取琱闌。夔。老圃金英欲鬬鮮。　應偕漢使仙槎返，幼。笑立池邊。共道嬋娟。自有繁華謝寶鈿。苾。

前調

相思何必天涯路，簾幙無情。便抵離亭。夔。醉倒花間不願醒。　司勳費盡傷春句，苾。記不分明。欲說還驚。依約陽關第四聲。幼。

前調

舊時簾幙傷心地，記得相思。燕子來時。幼。開盡緗桃又幾枝。　斑騅猶戀蘼蕪徑，夔。露冷苔衣。夢斷金徽，寄盡征衫不見歸。苾。

謁金門

梧葉墜。葉上露和秋淚。夔。解得鵲橋今夕意。階前偏不寐。苾。離別年年歲歲。天上人間無異。幼。弱是菱枝香是桂。暗愁渾似醉。夔。

清平樂

春波春草。賦別江郎老。夔。萬斛清愁猶未埽。那管落花多少。苾。風前喚取深杯。聲聲鵾鳩休催。幼。檻外遙山一角，夕陽紅上金臺。夔。

前調

菱花妝晚。畫閣催開讌〔一〕。幼。趙瑟秦箏都聽徧〔二〕。賸得歌塵一院。苾。銀河挽入金卮。雙成侑我清詞。夔。風景勝如天上，彩鸞不駐奚爲？幼。

【校記】

〔一〕讌：鈔本作『燕』。

〔二〕偏：鈔本作「偏」。

更漏子

月明多，花影滿。分付金尊休淺。夔。窺笑靨，埽纖眉。夜涼人倦時。幼。鳳帷長，鴛枕煖。夜久莫停歌板。苾。歡意贈，不須辭。贈君無別離。夔。

前調

水空流，花暗墮。燕子雙雙飛過，苾。明月上，彩雲開。深深勸玉杯。幼。蝶衣輕，鶯語脆。妒煞小紅歌袂。夔。攀老柳，送行人。橋頭休惜春。苾。

相思兒令

簾捲落花風急，酒面欲生波。夔。笑問乳鶯雛燕，不醉欲如何。幼。客裏聽慣清歌。算名花、誰占春多。苾。春蠶餘幾情絲，等閒休化紅蛾。夔。

喜遷鶯

燈欲燼，漏將窮。幽夢與誰同。幼。休牽別恨酒尊空。花下幾回逢。苾。重簾悄。春多少。明日海棠應老。夔。百年能醉幾多場。心事付蒼茫。幼。

玉樓春

酴醿風到春將去。傷春料理閒情緒，幼。欲知別後夢魂來，試問今朝花發處。苾。啼鵑若是鴛鴦侶。未必好春留不住。夔。飛紅贏得汙羅衣，醉倒芳裀寧有數。幼。

前調

停尊待拍休回首。看花不是愁時候。幼。欲成燈下百篇詩，拚取山中千日酒。苾。隔花朱戶浮金獸。肯爲輪袍低舞褎。夔。閒愁不上十三絃，醉裏合稱千萬壽。幼。

臨江仙

自是桃花千歲實，西風不怕飄零。苾。海山兜率儘關情。雙成何許，望裏綵雲生。幼。數點淩霄紅未了，璚樓也隔長亭。夔。來朝鞭影去春城。故園桃李，鸞鏡曉妝明。苾。

蝶戀花

簾外櫻桃花滿樹。遲日房櫳，費盡兜央縷。夔。塵暗箏衣閒鴈柱。怨春不管春來去。幼。舊日才華傳柳絮。怎到而今，盡付殘風雨。苾。萬種相思誰可語。傷心莫到春多處。夔。

前調

隄上黃蜂兼紫燕。掠柳穿花，歷歷春光亂。苾。畢竟好春誰得見？棠梨開落深深院。幼。九陌麴塵飛欲遍。有限芳菲，悔識春風面。夔。倚偏危闌紅日晚。天涯未比屏山遠。苾。

長生樂

閶闔千門鶯語徧，芳事滿蓬瀛。幼。九重仙樂，正銀蟾空明。苾。過雨天街塵静，花漏聲聲。夔。恆春稱壽，願藉南山獻瑤觥。幼。方壺擁翠，紫陌吹笙。日下光騰五色雲，苾。香吏人共説班清。綵豪深浣薇露，頌金籙長生。夔。

山亭柳 贈歌者

箏語調秦。飛燕掌中身。宫袞窄，舞韡新〔一〕。夔。不借尋常絃管，清謳自解穿雲。何況玉山筵上，勸酒殷勤。幼。吟湘賦楚情無限，天涯容易感騷魂。清狂興，屬才人。苾。爲惜櫻桃聲價，還憐荳蔻芳春。贏得尊前好句，替寫羅巾。夔。

【校記】

〔一〕韡：鈔本作『腰』。

拂霓裳

數芳辰。數芳辰說二分春。扶淺醉、嬌鶯乳燕總相親。夔。忘憂聊頌酒，習静擬垂綸。拜新恩，正龍池、柳色緑連雲。幼。韶華暢好，須共祝，壽如椿。風月裏，揮豪珠玉更何人。苾。何愁紅燭短，莫惜篆香焚。樂誰真。漫華堂歌舞，鬭清新。夔。

跋

况周頤

在昔光緒中葉，鯫生薄遊春明，與漢州張子苾庶常、同邑王半唐給諫相約聯句，盡和《珠玉詞》，僅五夕而脱稾，無求工競勝之見存，而神來之筆輒復奇雋，往往相視而笑，得意自鳴，宜若爲樂，可以終古。蓋後此之不堪回首，誠非當日意料所及也。人事變遷，垂三十稔，子苾、半唐墓木已拱。海濱聱叟，塊然寡儔，大雅不作，吾衰何望？武進趙尗雍精孯聲律家言，出其近箸《和小山詞》，屬爲審定。拙譔《詞話》有云：『填詞要天資，要學力。平日之閲歷，目前之境界，亦與有關係。』尗雍庶幾天人具足，而其閲歷與境界，以謂今之晏小山可也。全和小山，爲《珠玉》續吾儕，昔者志焉未逮，不圖後來之秀有此沆瀣之合，張、王有靈在海山兜率間，或者素雲黄鶴翩然而來下，當亦引爲同調也。《和珠玉詞》曩開雕於廠肆，印行僅數十本。敝簏所有，乃比歲得自坊間者，以示尗雍，爲之循環雒誦，愛不忍釋，輒任覆鍥，俾廣其傳，意甚盛也。昔晏小山自名其詞曰《補亡》，其託恉若有甚不得已者。夫今日而言風雅，所謂絶續存亡之會非歟？尗雍和小山之作，卽亦亟宜付梓，纚屬以行，爲提倡風雅計，勿庸謙遜未遑也。

癸亥五月既望，臨桂况周頤跋於天春樓。

集外詞輯錄

一卷

本卷所收況氏集外詞，或見載他人著述與報刊，或見錄於況氏詞選、詞話、筆記。詞一般以創作或發表時間先後排序，兼顧同一報刊發表者置于一處。

《繪芳詞》前況周頤題詞介紹此集成於壬子（一九一二）。趙尊嶽《蕙風詞史》云：『先生撰輯《繪芳詞》成，媵以小詩，有云：「傾城傾國談何易，爲雨爲雲事可哀。」卽隱詆之也，《繪芳詞》撰錄古今詠美人詞，自髮迄影，幾百餘闋，有前人所未賦者，先生爲補撰之，題曰「周夔」，又有托卜娛之名者。』此集載周夔十六首、卜娛一首（《醉春風·今美人足》『頻換紅幫樣』）。其中卷上周夔撰《定風波·美人渦》、《白蘋香·美人肩》、《風流子·美人臂》三詞見況周頤《存悔詞》（單行本書）。茲錄其餘十四首的詞牌、詞題及首句，全詞詳見《繪芳詞》。

此外，《申報》刊載《餐櫻廡漫筆》，先後錄署名劉承幹詞，或爲況周頤代作。此列詞目如下：《減字浣溪沙》（翦盡釭花坐夜闌），《法曲獻仙音》（高格簪花）（以上《申報》一九二四年九月四日、九日），《高陽臺》（畫筆紆迴）（同上十月一日），《臨江仙》（白藕香中張好好），《如夢令》（莫道闌人情緒），《望江南》（明湖好，沽酒載花來），《望江南》（明湖好，詩思在餘霞）（以上同上十月十七日），《蝶戀花》（影事鬘天時記省）、《蝶戀花》（眼底羣芳齊俛首）、《蝶戀花》（顧傍蘭苕爲翡翠）（以上一九二五年八月二十三日）。

集外詞輯錄

水龍吟

荒江咽遍寒潮，弔忠更酹蘭陵酒。英霛如昨，重圍矢石，孤城刁斗。畫餅偏安，醇醪末路，壯懷空負。說生平意氣，題詩射塔，試旋斡，乾坤手。　炎徼重尋祠墓，瘴雲深、鶴歸來否。瓊崖玉骨，赤溪血淚，鑾神呵守。五百年來，天時人事，淋浪襟褏。聽鼓鼙悲壯，願屠鯨鱷，爲將軍壽。

（《蘭雲菱夢樓筆記》，《蕙風叢書》本）

浣溪沙

捧硯亭亭列十眉。雲涯暫駐絳紗帷。苕華名姓好誰題？　香豔別開金石例，纖穠如見燕環姿。僧彌團扇可無詩。

（《蕙風詞話》卷五，民國惜陰軒刊本）

長亭怨慢甲辰四月廿一日，晚泊鎮江小閘口，閱半塘詞卷葦灣觀荷之作，似甚相憶者。約計明日得見半塘揚州，蓋闊別已十年矣。依韻奉和並索半塘續和。

說無恙、竹作平西佳處。約略年時，夢中幽路。駐馬東華，聽蟬南泊、記曾與。幾程烟柳，金粉地、還同住。翦燭話銅駝，莫更遣、玉作平簫深訴。延佇。勝金焦自綠，那惜雲萍無據。扁舟夜雪，最惆悵、剡溪前度。客臘過江訪半塘不晤。甚情緒、似我蕭條，也岑寂、吟邊今雨。半塘屢有書報，輒謂近日交遊絕少。謾薺麥荒城，重陽番陽詞句。

甘草子用楊無咎韻。四月廿二日晤半塘揚州，半塘出示庚子圍城中相憶之作，依韻奉和。

烟暮。夢裏逢君，約略今簾戶。握手意還驚，瘦馬垂楊路。離恨十年孤吟處。賸亂疊，錦箋慵數。莫惜吳醪重沽去。話黍離風雨。

（以上二闋，見徐乃昌《晚清詞選》稿本，轉錄自郭乾隆《晚清兩大詞人的最後唱和——況周頤佚詞兩首解析》，載《中國典籍與文化》二〇一八年第二期）

埽花遊 和仲可子大

海棠過卻，費寶鴨沈烟，茜窗多暝。暮愁慣領。更樓陰慘綠，罥春如病。皺水前池，別有驚鴻倩影。怯明鏡。說憔悴近來，人比花更。　高處誰共凭。憶俊約年時，月圓風定。采香路迥。祇金鈴未減，惜花情性。杜宇聲聲，不管梨雲夢冷。晚霞靚。唱庭花、隔簾猶聽。

（《小說月報》四卷十一號『文苑』）

高陽臺 題《水繪圖書畫合璧冊》

帽影羞花，襟痕泥酒，匆匆賺卻芳時。半榻書塵，相如倦極誰知。流鶯莫作傷春語，替垂楊、惜起腰肢。問東風底事，殘英欲墜還遲。　長亭早是相思路，更和烟和雨，芳草淒其。最苦登臨，如何樓閣參差。紅牆便抵蓬山遠，說紅牆、更在天涯。倚瓊簫、醉不成聲，不醉休吹。

（《小說月報》五卷五號『文苑』）

齊天樂

舊家文采丹陽集。蘭荃況兼餘事。綺屬思沈，花生筆健，論派浙西渾異。清吟鳳紙。看平揖蘇辛，指揮姜史。自惜嶔崎，竹樊芳約素心幾。　曲高金縷唱徹，問蒲團慧業，誰證彈指。麗製紅牙，遙情鐵撥，漫比尋常宫徵。遺榆料理。有處度摛華，叔原趾美。秀挹當湖，雅詞應署里。

（清光緒乙卯刊《竹樊山莊詞》『題辭』）

菩薩蠻 美人辮髮

（存目，見《繪芳詞》卷上）

減字浣溪沙 美人脣

（存目，見《繪芳詞》卷上）

沁園春美人舌

（存目，見《繪芳詞》卷上）

減字浣溪沙美人頸

（存目，見《繪芳詞》卷上）

鳳凰臺上憶吹簫美人胷

（存目，見《繪芳詞》卷下）

減字浣溪沙美人腹

（存目，見《繪芳詞》卷下）

白蘋香美人腹

（存目，見《繪芳詞》卷下）

減字浣溪沙美人臍

（存目，見《繪芳詞》卷下）

念奴嬌今美人足

（存目，見《繪芳詞》卷下）

醉春鳳今美人足

（存目，見《繪芳詞》卷下）

減字木蘭花美人骨

（存目，見《繪芳詞》卷下）

金縷曲美人骨

（存目，見《繪芳詞》卷下）

減字浣溪沙美人肉

（存目，見《繪芳詞》卷下）

滿庭芳美人色

（存目，見《繪芳詞》卷下）

點絳脣

男女分科，霜紅龕主原耆宿。太原傅青主先生山，以醫名，著有《男科女科》，今盛行。藕香盈匊。何用蔆苓斸。八代文衰，和緩功誰屬。醫吾俗。牙籤玉軸。乞借閒中讀。先生刻精本叢書，名《藕香零拾》。

千秋歲

雲飄萬里，人自日邊至。桑海後，登臨地。湖猶西子笑，江更春申醉。誰得似，董陵澆酒平生誼。九點齊烟翠，指顧停征轡。洙泗遠，宮牆峙。乘桴知有願，淑艾嘗言志。道東矣，蓬山回首呈佳氣。

（以上均一九一五年六月《東方雜誌》載《眉廬叢話》）

臨江仙

家世列仙官列宿，才名小集丹陽。宋葛勝仲，著《丹陽集》二十四卷。當湖雅故在青箱。部郎輯《當湖文繫》。太沖原卓犖，叔度自汪洋。三十六年回首憶，共攀蟾窟天香。己卯同年。幾人寥廓遂翺翔。《瘞鶴銘》：『天其未遂吾翔寥廓耶？』滄洲餘病骨，辛苦看紅桑。

（一九一六年七月《東方雜誌》之《餐櫻廡隨筆》）

鷓鴣天 徐仲可屬題其先德印香中翰《復盦覓句圖》

湖水湖烟付阿誰。老泉詩筆小山詞。當年撰杖題襟處，隔箇雲涯聖得知。　梅偃蹇，鶴䙰褷。記陪黃綺采華芝。直須更築天蘇閣，挹拍雙高一展眉。

（一九二〇年《東方雜誌》第一七卷第二〇期『文苑』）

八聲甘州 女郎李雪芳，毓秀穗垣，蜚聲菊部。己未秋日，來遊滬濱。重陽後六夕，演宋潘生、陳妙常『詩媒舟別』故事，依人說部所記，稍變通潤色之。夫紈質蕙心，古今人何遽不相及，卽雪芳，卽妙常，一聲一容，自然妙造，故能芬芳悱惻，迴腸盪氣，迺至沆瀣乎性靈，非飾貌矜情者可同日而語矣。蕙風是時移寓朱家木橋，猝遘沈珠之痛。撫琴書之棖亂，重骨肉之摧殘。未能達觀，何忍尋樂？漚尹强拉顧曲，當時惘然，越日占此，不自覺情文之掩抑也。

裊珠歌不斷，是傷心、苕苕入行雲。費低徊欲絕，消除無那，省識花真。檀板一聲催徹，離合迹俱陳。翠霧重烟外，蛾月長顰。　對影瓊芳雪豔，悄東風紅豆，觸撥愁根。忍人天悲歌，滿目更濃春。賺春衫、無端雙淚，暗自驚、猶有未銷魂。天涯路、覽江山秀，容易逢君。

（上海圖書館藏彭一原藏本《餐櫻詞》襯頁墨筆題詞）

惜秋華　瘦公薄遊海上，以程郎豔秋小影見貽，賦此以志俊想。

夢綺春明，對黃花秀色，西風沈醉。皎鏡玉去聲霜，漚尹爲題齋榜曰玉霜簃。人天更無紅紫。歌塵盪入雲羅，幻璧月、瓊枝奇麗。應記。記瑤臺舊遊，霓裳仙隊。　芳倩競蓉桂。向梅邊清課，須爲桃李。從梅郎問業。十二翠屏，消得護花心事。多情見說江東，占俊約、陳髯渾似。蘭佩。渺余懷、秋容畫裏。

（同前書夾報刊剪紙，爲鉛印，署名『夔生』）

減字浣谿沙　題《纈華詞》

容易金風到海湄。孏萍吹聚兩詞癡。玉簫聲裏識君遲。　記得淩雲常自惜，劇憐飲水不同時。而今真箇慰輖飢。

又

雁後霜前百不堪。飄鐙何意得深談。賃廬天與近花庵。　祇爲移情來海上，便須連句仿城南。人天慧業好同參。

又

憶昔梅邊失賞音指半唐老人。十年淒絕據梧吟。爲誰重理舊彈琴。　青眼高歌望吾子，素心難得況而今。桃花潭水此情深。

又

彩筆能扶大雅輪。周情柳思更無倫。偶于疏處見蘇辛。　結習盡同成二我，多情不薄到今人。輭紅門外亦珠塵。

（以上均民國元年刊本《钃華詞》）

水龍吟 玉霜簃主人索詞，倚此贈之。

年年海上清秋，者回風露真金玉。瑤臺月下，飛鸞幾佇，嬌鶯一曲。脆管簾櫳，驚鴻綽態，修蛾曼睩。比芙蓉娟倩，黄花標韻，更仙桂爲芬馥。　說似傳歌教拍，坐春風叨陪蕚緑指梅畹華。聰明冰雪，段師曾拜，善財須服。杜牧疏狂，尊前依約，瓊枝心目。數通都絶藝，付誰詞筆，作淵源錄。

（一九二二年十二月三日《星期》第四十期）

沁園春 滄江晚臥，觸緒無聊，偶占小詞，無當大雅。隘堪先生，碩學宿望，今之斗山。下徵巴歈，彌用愧悚。

史體謹嚴，經術通深，名言不刊。更抗懷百氏，周秦而上，麗辭六季，任沈之間。技薄蟲雕，人如鶴立，大塊文章巨眼看。馳聲遠，早弓衣蠻徼，不數都官。　貞姿寫入霜紈。儘寄傲、南牕盟歲寒。任劫餘桑海，塵飛不到，風清栗里，門設常關。蘆子潮聲，梅花雪約，難得靈巖是故山。論風節，比騷壇二妙，弁冕金源。

（一九二四年六月《學衡》第三〇期『文苑·詞錄』）

西江月《玉簪記》『偷詩』齣賓白中有陳妙常《西江月》一首，蓋製曲者所爲，雖雅鄭雜成，卻無晚近纖豔之失，謂之鄭可，謂之俗不可。庚申送春前四日，香南二集，戲用其韻，得九首〔一〕，屬畹華按拍。所謂無聊之極思，抑鬱之奇致耶？

佇月《霓裳》曲怨，隔江玉樹歌沈。春愁一夜落寒衾。瘦損腰圍穩穩。　索笑笑聲誰識，銷魂魂小難禁。善財教服本無心，實副總然名盛。

（一九二〇年五月十四日《申報》）

【校記】

〔一〕《申報》所登載共九首。此組詩共十一首，其中十首見《秀道人修梅清課》。

木蘭花慢

問江山金粉，餘幾許，此鍾靈。儘占斷韶光，華年荳蔻，芳矩榛苓。春鶯。駐雲一曲，更舞楊腰柳妒輕盈。早是天香國色，卻教解語能行。　書生。性格玉瓏玲。絕豔十分清。念公子烏衣，佳人翠袖，約略生平。蘭成。賦情蕭瑟，徧看花容易説傾城。寄語仙人萼綠，者回老眼須清。

（一九二一年四月六日《申報》『劇談』）

清平樂壬戌五月幾望，甘翰臣約梅畹華、李雪芳集非園，蓋香南二集以還，斯爲甚盛會矣。索詞，得十一解。

歲寒芳意。把酒今何世。梅雪清緣天與締。都付狂生狂醉。　片霎錦繡乾坤。十年湖海心魂。花路不知南北，非園合是桃源。

其二

買花載酒。倦極飄零後。桃自紅肥櫻綠瘦。已忍一春孤負。今年不看桃花，並綠櫻花亦未寓目。　總然無主韶光。斷無未斷迴腸。不分江關詞賦，更爲梅雪平章。

其三

聽風聽雨。暫遣愁多許。挹袖拍肩鶯燕侶。下望人寰塵霧。　蒨雪灑落梅邊。媚蘭覗靚人前。都到狂生醉眼，知他魏晉何年。

其四

根蟠仙李。梅亦神仙尉。按譜羣芳稽姓氏。各自天然名貴。　映雪梅更精神。灑蘭雪亦溫馨。省識芳心寸寸，南彊北勝休論。

其五

紅筵促坐。花近香無那。對影瓊枝非計左。明鏡未應如我。讌集與畹對坐雪接席。天涯青鬢成絲。十年前已衰遲。容易芳風吹聚，匆匆見說將離。雪芳明日之杭。

其六

爲梅扶醉。是雪無如膩。莫笑衰翁爲嫵媚。清物人天能幾。或以飾邊幅誚余，然而未也。者回翠蓋珠鈿。從今碧海青天。說似最傷春處，綠陰如夢年年。

其七

何時雪北。更續香南集。誰定輸香誰遜白。等是情芳消得。漫天飛絮游絲。狂楊送盡斑騅。占斷南都北地，唯應石黛燕脂。

其八

玉梅芳節。舊夢幺禽說。蓮子有心須苦徹。何望嵰山甜雪。二難何世曾并。三生著意無情。乞與當筵一顧，要他傾我愁城。

其九

天花剗地。絮亦沾泥矣。吹皺是風儂是水。此是如如真諦。無端蘭茝芳馨。更堪冰雪聰明。忉利情天難問，眼中清淺蓬瀛。

其十

霓裳舊譜。禁得蒿萊否。萬一殘鵑堪共語。商略英雄兒女。江南事事堪哀。抽豪欲豔無才。生怕聽歌看舞，卻教賦雪吟梅。

（以上十詞分別見載於一九二二年六月十五日和十六日《申報》之珍重閣『梅訊』，十五日云：『況夔笙詞宗曰：前允非園主人作《清平樂》，已成十一解，次第錄之，繼聲而起者，當不乏人也。』所載爲前五詞。其餘五首見十六日。與所云『得十一解』實少一首。）

清平樂

衆香國裏。天女非斯是。卻被蘴天青鳥使。道是萼華仙子。劇憐多病休文。維摩萬一前身。畫裏真真喚徹，要他著手成春。

（一九二二年六月二十日《申報》）

清平樂秀道人詠梅詞寄《清平樂》屢矣，惜陰堂香南三集賡續五調，錄就，惜陰先生正拍。

瑤京舊侶。因果皆蘭絮。萼綠華來無定所。總在畫堂深處。尊前詞客清狂。清平何止三章。分付柳絲千萬，一絲一綰韶光。

又

蟾圓廿四。東海桑田矣。無恙年時觴詠地。深話二年前事。婆娑諸老依然。何郎詞筆人天。消得梅花惆悵，雲山遠思誰邊。何詩老於十日前遽歸道山，前年爲畹華畫《香南雅集》、《雲山遠思》二圖。

又

香南雪北。著個傷心客。忉利情天經幾摘。萬一翠禽猶識。本來如鏡非臺。花花相對何哉。非園、南園兩集，道人與畹華對坐。怕聽虞兮怨曲，十年一劍堪哀。道人海濱窮餓，足跡罕涉歌場，畹華南下逾兼旬矣。

某夕演垓下故事，道人實始聞歌，豪行哀絲，紅顏碧血，人天咸愴，掩淚而歸。

（一九二二年七月三日《申報》）

又

華堂倚席。玉映成春色。此日分陰須更惜。何止千金一刻。　暗香疏影詞清。吟梅小晏知名。更有鷗波妙筆，瓊枝寫入丹青。叔雍公子能賦梅詞，其小阮安之工設色花卉，尤喜畫梅。

又

添杯重把。杯灩人如畫。羣玉山頭今見也。復約瑤臺月下。　綵雲捧袂仙仙。西風仞佩年年。晚臥未妨冰雪，餘情都付蘭荃。

（一九二二年七月五日《申報》）

百字令番禺杜貞媛藥漢，懸壺滬上天潼路，專醫婦孺，得海外國工診治真訣，賦此以誌欽佩。

神州鴻術，問跗陀而後，誰窺靈祕。梁媛行高，醫國手，不數玉函金匱。徙柳奇方，浣花舊德，馳譽棻彤史。劉勳有女，拜嘉銘泐膺肺。　何用采藥蓬萊，佛心度厄，省識西來意。肘後陳編，糟粕耳、索隱伽婁仙字。集益瀛談，研精垣見，重譯多新義。昌容紫草，輸君沈痼能起。

（一九二三年十一月二十二日《申報》）

清平樂題王仲屏先生所藏名人手札

琳瑯照眼。仿佛青霞館海鹽吳修編次名人尺牘於青霞館。桑海劫塵知幾換。猶有承平箋管。　鬱岡妙墨精鐫。《鬱岡齋帖》，王損庵樵刻。舊家清事當年。珍重素心延賞，高風如見羣賢。

（一九二三年十二月二十八日《申報》）

百字令武進許君壽如，今之醫國手也。懸壺滬上山海里，夙有半仙品目，輒生滄江晚臥，衰病侵尋，屢蒙診治，輒占勿藥，賦此誌謝。

洞垣窺祕，譒國工調燮，功侔良相。骨抱九仙，寧止半，超軼十全而上。趾美岐黃，孯精難素，鴻術今無兩。醫吾意耳，嗣宗高矩何讓。　遙憶章貢循聲，旌陽宅畔，種杏曾相傍。滄海一壺，風雨外、著手頓教無恙。玉版方奇，青囊濟普，澤共雲溪漾。相如多病，幾回嘶騎蓬巷。唐許嗣宗精於醫，或勸其著傳世，答曰：『醫者，煮也。吾意所解，莫能宣矣。』壽如曾需次江右。

（一九二四年八月八日《申報》）

太常引

翩然便出軟紅塵。來相伴，避秦人。幽路稱棲真。問能幾、高花淡筠。　天機栩栩，孤芳采采，卿月證前身。杯酒莫逡巡。與重話，春明舊春。

（一九二四年九月二日《申報》載《餐櫻廡漫筆》）

八聲甘州

坐南屏、烟翠晚鐘前，摩挲劫餘灰。問金塗幾塔，吴越王俶造金塗塔四萬八千，余曾見拓本。瓊雕萬軸，肯付沈薶。綵鳳無端掣搦，『綵鳳欲飛遭掣搦，情脈脈，行卽玉樓雲雨隔。』吴越後王詞，見《後山詩話》。往事總堪哀。不盡興亡感，窣堵波積。　我亦傷心學佛，演珠林梵説，隨分清齋。掩新亭涕淚，何物不荒萊。儘消磨、藥鑪經卷，忍斷蓬、身世老風埃。湖山夢，散諸香處，圍繞千回。《金剛經》：『當知此處，卽爲是塔，皆應恭敬作禮，圍繞以諸華香而散其處。』

（一九二五年一月九日《申報》載《餐櫻廡漫筆》）

百字令

倚雲撑碧，蔭茜紗青玉，圖書彝鼎。晝罨壺天，塵不到，何似結廬人境。公子烏衣，詞仙黄絹，標格同清夐。桐花奇豔，《衍波》消得名盛。王文簡有《衍波詞》。 佳氣鳴鳳朝陽，舒榮鬱秀，長共椿暉永。不數龍門，高百尺，看取孫枝英挺。大好秋容，最宜商調，《蝶戀花》重詠。趙德麟有商調《蝶戀花》。 鑪薰琴趣，翠陰簾幙深静。

（一九二五年三月十五日《申報》載《餐櫻廡漫筆》）

如夢令

已忽前塵如夢。猶説三生情種。妾是玉梅花，郎是緑毛幺鳳。寒重。寒重。明月一窗誰共。

（一九二五年三月二十七日《申報》載《餐櫻廡漫筆》）

蝶戀花

少日年芳何處去。極目江潭，總是傷心樹。愁到今年誰與語。十年飄泊愁邊住。 杜宇聲聲朝復暮。未必天涯，只有春歸處。往事如塵吹作霧。漂搖獨活悲歧路。

又

庭院陰陰風雨過。人去簾垂，生受淒涼我。欲斷旌懸何日可。輸他銀押偏寧妥。　牽挂早知成課。瘦影寒宵，愁共纖蟾墮。更戛花風驚夢破。吉丁當是招魂些。

（一九二五年三月二十九日《申報》載《餐櫻廡漫筆》）

無調名 改讀唐劉方平《春怨》詩句

紗窗日落，漸黄昏。金屋無人。見淚痕。寂寞空庭春。欲晚梨花滿地，不開門。

（一九二五年四月三日《申報》載《餐櫻廡隨筆》）

八聲甘州 題許奏《云云亭垂釣圖》

足平生、青笠綠蓑衣，披裘笑嚴光。莽塵涯回首，目迷蒼狗，劫趕紅羊。誰識直鉤心事，磯斷古苔荒。岸幘凭闌處，一角殘陽。　瑪瑙坡名證取，悄雲根拂拭，遺恨滄桑。更梅癯鶴怨，金粉恁淒涼。

撼秋聲，挂瓢無樹，算釣游、能得幾鷗鄉。烟波路，覓玄真子，説與疏狂。

（一九二五年四月十二日《申報》載《餐櫻廡漫筆》『附蕙風集外詞』）

蝶戀花

暮春之初，餘寒猶峭，麋仲招同君木、君誨夜集玉暉樓，口占此解。自來比方玉容，輒曰如花，若夫娟靜成韻，令人一見生憐，花亦未易克辦。不圖得之海市泱漭中，而無一言通吾鄭重，則好麗之謂，何矣？水韻二句是否妙肖其人，還以質之木公。

簾幙殘寒春擁髻。靜若紅蕖，無語顰烟水。婉婉情文生茂美。苕華珍重鐫名字。　幾許尊前憐惜意。作箇花旛，拚與分顛頦。老鬢蕭疏無復理。花天苦憶年時醉。

（一九二五年四月十五日《申報》載《餐櫻廡漫筆》）

念奴嬌 題程君姬人儷青墓志後

情天忉利，説蘭因悽斷，坤靈鴛牒。最憶垂楊芳草渡，春水初迎桃葉。綵袖添香，紅窗問字，婉孌人如月。承歡色笑，北堂飴堇馨潔。　高致巾幗誰儔，未荒三徑，歸計關情切。早是江山搖落後，禁得玉容長別。畫舫空波，書舟怨曲宋程垓《書舟詞》。事往堪華髮。鸞驂何許，莫愁湖畔愁絕。

（一九二五年四月二十二日《申報》載《餐櫻廡漫筆》『附蕙風集外詞』）

水龍吟爲鄧爾雅題鄺湛若緑綺琴拓本

故宫遺恨休論，孤桐碧沁萇弘血。甄奇赤雅，解音雲䪍，斯人卓絕。世事悠悠，霓裳羽换，玉笙簧熱。衹名材爨下，英風絃外，堪繞指，成冰雪。　守闕裒殘何憾，數完人、無多清物。情移海上，高山比峻，猗蘭方潔。仙尉梅花，暗香三弄，古懷千結。信陽春能和，同聲相應，似蕤賓鐵。

（一九二五年四月二十四日《申報》載《餐櫻廡漫筆》「附蕙風集外詞」）

水龍吟題《寒泉閣校碑圖》

可無清事消磨，春歸何況多風雨。天涯心目，劫餘文物，斷縑殘楮。觸撥閒愁，絕思已忍，高辭何補。「絕思」、「高辭」，所校碑之殘字。　幾摩挲翠墨，循環珠字，知掐卷，消凝否。中有銅仙清淚，近闌干、泉聲如訴。前塵懷雅，風流不作，歔歌誰與。苦憶承平，金風亭畔，銜杯論古。且焚香閉閣，真傳綵筆，最禁寒處。

（一九二五年四月二十九日《申報》載《餐櫻廡漫筆》「附蕙風集外詞」）

喜遷鶯 游存先生新居落成索賦

徙溟鵬息。正樓倚望京，門題通德。榦國瓌材，填胷傑構，無那眼暈䪏革。乾坤草亭歌歗，天地蘧廬幕席。共尊酒，對山河風影，凭闌今昔。　真逸。今幾見，青瑣綠墀，太半揚雄宅。陶令南窗，謝公北頂，高臥不驚潮汐。湖山更聞割據，占取一天澄碧。丁家山，又名一天山。近南斗，恁壯懷不分，閒居消得。

（一九二五年五月一日《申報》載《餐櫻廡漫筆》『附蕙風集外詞』）

臺城路 題戴錫三《春帆入蜀圖》

大江瓴建山盤錯，扁舟舊經行處。激石鳴榔，乘風挂席，別有綠波南浦。來時細雨。問野館濃花，者回開否？樹老雲荒，拜鵑依約見臣甫。　瞿塘西上更遠，莫黃牛極目，朝暮如故。聚鶴尋峯，啼猿度峽，消得韶華如許。天涯倦旅。待著意酬春，錦官城路。畫裏前塵，放翁曾記取。

（一九二五年五月三日《申報》載《餐櫻廡漫筆》『附蕙風集外詞』）

百字令　某夫人輓詞

金幢西指，到涅柈彼岸，蓮華涌地。靈照云何，鋒𠐊捷，放下漉籬而已。來也無生，冤哉誰説，了了如如諦。祇園接引，淨居何似龍子。　刲股一再殫誠，療親應笑，闇夜多無計。感逝傷神香山老，合是佛光法嗣。明女瞿夷，初禪自在，慧業餘文字。尼陀那竟，導師猶説根利。

（一九二五年五月六日《申報》載《餐櫻廡漫筆》『附蕙風集外詞』）

鷓鴣天　袁母唐太夫人八十壽詞

愛日庭闈景福遐。山河雅度肅笄珈。詞壇牛耳推袁日，荻畫親承憶幔紗。　娥絢采，婺舒華。南薵綠汎流霞。壽人合奏房中曲，記省唐山屬外家。

（一九二五年五月十三日《申報》載《餐櫻廡漫筆》『附蕙風集外詞』）

好事近

茘與利諧聲，藕偶蓮連爲例。便作吾家果論，拜缶翁佳惠。　多情爲我買胭脂，豔奪紫標紫。

風味銅山更好，問阿環知未。

又

風骨信傾城，何止千金當得。十八娘殊媚嫵，帶寶山春色。　小廉吾欲笑髯蘇，日啖僅三百。蘭畹近邊寒峭，問何時挺出。

又

雙蒂水晶丸，劉攽詩：『相見任誇雙蒂美，多情莫唱水晶丸。』得似同心金斷。便擬移根金穴，惜冰肌無汗。垂條疏密亦尋常，不道見寒暖。總被藍紅江綠，把朱顏輕換。

又

荔下有三刀荔或書作茘，利則一刀而已。刀作泉刀解詁，以多多爲貴。　甘如醴酪沁心脾，和嶠最知味。照眼紅雲絳雪，是天然美利。

又

何必狀元紅，老矣名心倦矣。安得珠懸寶錯，似側生連理。　缶翁之缶絕神奇，金合貯爪子。萬一蘭因證果，在先生筆底。

（以上均一九二五年十月四日《申報》載《餐櫻廡漫筆》）

清平樂

斷無塵涴。人境成清可。何必閒雲來伴我。早是天空雲過。　君家嗜睡圖南。一般道味醰醰。斯旨也通禪定，便如彌勒同龕。

（一九二五年十一月九日《申報》載《餐櫻廡漫筆》）

鷓鴣天題《畫丐丐畫圖》

慘綠韶年付酒杯。江關蕭瑟庾郎才。無聲詩筆憑誰識，只合髯蘇作伴來。東坡居士云：『上可以陪玉皇大帝游，下可以伴卑田院乞兒。』　腰帶緩，鬢霜催。吹簫我亦老風埃。勸君莫唱《蓮花落》，水逝風飄太可哀。

鷓鴣天 題王星泉《顧影自憐圖》

返舍羲輪不可期。昔游都付玉簫吹。左徒惆悵餘騷辯，《九辯》：「惆悵兮私自憐。」張緒風流感鬢絲。驚夢蝶，惜駒馳。暫裴回處幾矜持。《漢書》：「昭君丰容靚飾，裴回顧影。」與杯容易邀明月，與我周旋更阿誰？

（以上均一九二五年十一月十五日《申報》載《餐櫻廡漫筆》）

百字令

虎頭三絶，證畫禪金粟，宗風能繼。玉躞瓊題，多妙蹟，不數倪迂清閟。觸目琳瑯，羅胷丘壑，尺幅堪千里。無聲詩筆，野王高矩遺世。《宣和譜》以顧野王畫爲無聲詩。何止寄傲南窗，清芬洛誦，別有蘭臺祕。宗炳臥游，奇勝處、看取牙籤標識。上揖荊關，閒評吳惲，茶熟香溫地。移來花影，素娥應見深致。

（一九二六年二月二十三日《申報》載《餐櫻廡漫筆》）

如夢令

明月一窗誰共。證取羅浮香夢。絲鬢耐吳霜，來作守花幺鳳。珍重。珍重。端合瑤臺移種。

南浦用張玉田體

秀極信能奇，乍凝眸、烟水迷離如許。波路舊歸帆，遙情在、落月霜天籠曙。瑤光歷歷，種榆合傍雲深處。江影平分秋佇雁，依約在、東三五。　仙源誰識支機，恰教人、臥看牽牛織女。望極似涔陽，依南斗、不轉楚騷心苦。貞姿雪濯，聚星消得髯翁句。丘壑胷中堪列宿，骨傲未須憐汝。

（以上均一九二六年二月二十五日《申報》載《餐櫻廡漫筆》）

八聲甘州蕙風生平最憐女，潘女士雪豔，惠然肯爲吾女，快且慰矣。蕙風有兩女，雪豔明慧，殆有過之。昔人所謂女中之王也，爲製詞以張之。

向天涯、能得幾情親，誰知更娉婷。見盈盈一拜，便如真箇，掌上珠擎。念汝人天絕豔，冰雪淨聰明。爲我萊衣舞，宛宛嬰嬰。　準擬香詞按拍，待趨庭付與，不櫛書生。聽珠歌一曲，嬌囀似新鶯。

蕙風少作有《新鶯詞》。好相貽、信芳蘭芰，要萬千珍重慰余情。千金意，佇嬋娟月，來證深盟。

高陽臺 正月十六夕聽歌爲雪豔賦

碧玉年芳，紅牙曲麗，當壚妒煞文君。是夕雪豔飾酒家女。遺世仙姿，蕚華姑射同論。海棠文杏寰中秀，總輸他、玉雪精神。倚新妝、如此韶年，如此初春。　劇憐紈素吾嬌女，度珠聲清歷，皓齒丹脣。左思《嬌女詩》：『小字爲紈素，口齒自清歷。』又：『濃朱衍丹脣。』解駐歌前，吳雲依約閒身。寄生芳草金莖豔，說鍾靈、占斷乾坤。劇場以乾坤名。爲誰消、庾信平生，無限酸辛。

（以上均一九二六年三月十一日《申報》載《餐櫻廡漫筆》）

鷓鴣天 題丁眄庭所著《切夢刀》

非蝶非周夢裏身。蘧蘧栩栩太無因。憑君說法生花筆，喚醒痴迷□劫塵。　風鐸亂，曉鐘頻。梨雲猶自戀芳春。邯鄲枕畔并州剪，消得盧郎一欠伸。

（一九二六年五月二十八日《申報》）

浣溪沙 題金西厓刻竹拓本

莫遺歌塵到扇邊。溫飛卿詠嚬詩：『扇邊歌繞塵。』苕華珍重綠琅玕。篁溪高矩至今傳。畫鐵凝姿成幼渺，鐫筠著骨見芳堅。笑他刻楮幾經年。

（一九二六年六月四日《申報》）

百字令 曲石先生拓地築園奉母闕太夫人，名曰闕園，爲賦此解。

平泉新築，葑葑溪匳翠，蔚然深秀。曾是鐵翁觴詠地，新造橋衖，王鐵夫故居，見《蘇州府志》。近種梅花楊柳。息影摶鵬，雄姿射虎，未肯韶光負。遙山西爽，送青來照尊酒。佳話韋曲難方，外家騰美，緒衍齊卿舊。闕氏，齊卿闕止之後。況復高堂承樂志，得似魏公眉壽。張魏公作眉壽堂，奉母卓太夫人。玉茁庭階，花迎杖履，綵服娛春晝。書聲琴韻，幔亭無此璈奏。

（一九二六年六月七日《申報》）

八聲甘州 題林鐵尊《半櫻簃填詞圖》

數詞名、當代一彊村，餘音洗箏琶。更阿誰占取，暗香疏影，鐵撥紅牙。山水嚮來清遠，吟思渺無涯。畫罨樵歌路，和答烟霞。　芳約瀛壖念省，道句留一半，也爲櫻花。絢春空瓊樹，飛夢欲隨槎。黯箋塵、幾番風雨，倚蒨雲、曾見夕陽斜。雙鬟唱、畫旗亭壁，珍重籠紗。

憶舊游 題鮑花潭中丞《鳩江送別圖》

問清時宦跡，老輩風流，那處停橈。不盡平生意，道承明著述，休要輕抛。辦裝舊日情緒，楊柳拂河橋。算白紵歌邊，青山酒後，都是魂銷。　飄搖。幾風雨，怕滿目蕪城，殘墨難描。殿早靈光圮，共沙沈戟折，空認前朝。百年過客如夢，離恨付回潮。只數疊江峯，相逢似說人未遙。

桂枝香 又題花潭中丞《詒經書屋冬日課孫圖》

菟裘小築。理舊業講筵，人是名宿。□得清芬閱世，老懷差足。年時點頷渾如昨，幾星霜、嶄然頭角，爾曹知否。休耽渴睡，漫誇便腹。　任省識、冬烘面目，念經授瑤宮，暉映天祿。臺省回翔卅載，隙駒何速。工詩早已□貽厥，況青箱、清絶塵俗。古芸凝處，家風無改，故山高躅。

（以上均一九二六年十月一十九日《申報》）

洞仙歌 題《雲窗授律圖》

塵飛不到，甚雲閒如我。放鶴歸來見深坐。有松聲合併，幽澗鳴泉，風動處、依約宫商迭和。一丘聊復爾，桐帽棱鞵，隨分商量到清課。遠致屬聲家，淡墨谿山，君知否、箇中薪火。蚤點檢、秋期記蘭荃，便裊盡鑪烟，付它寒鎖。

（一九三三年十二月《詞學季刊》第一卷第二期插圖趙叔雍藏《況蕙風手書詞稿真蹟》。按：原書蹟有題云：『乙丑重九後九日，蕙風寫於思無邪𡊮之北窻下。』）

減字木蘭花

鳳雙蝶隻。花樣翻新隨意出。宛宛春痕。鉤勒巫雲作軟溫。珠花乞借。瑣録斜行蔆影罅。證取芳時。玉刻苕華孅窟詞。

（此録自百度圖片：《媛妳闌花樣圖》，立軸，水墨紙本。有況氏諸人題詞，況氏所題又有『哲夫先生雅令，蕙風詞隱題於天春樓』云云。又『拍品信息』注云：蔡哲夫舊藏。蔡原名守，一作有守，字成城，號寒瓊、寒翁、寒道人、茶丘殘客、折芙。齋堂爲茶丘、寒廬、有奇堂、味雪庵、磚鏡齋、二條一廛、寒瓊水榭、茶四妙亭。廣東順德龍江鄉人）

高陽臺爲蔭階老前輩題《綠天草庵瀹茗圖》

閣小留香，庭深種紙，旗槍鎮日流連。玉麈同揮，墨林風調翩翩。何須濁酒澆胷臆，指層樓、慵問詩仙。晚涼天，紅滌纖塵，翠裏疏烟。　水西觴詠家風舊，便雲萍小住，也足清緣。花底朝回，懷人句寫鸞箋。春風細啜紅薇露，玉壺清、風味依然。擘龍團，分綠窗紗，長共嬋娟。

（項文彦繪《綠天草庵瀹茗圖》之裱邊題跋，諸題跋之中有況氏題詞，末署「右調《高陽臺》，題奉蔭階老前輩大人政拍，侍表周儀呈稿」，並鈐朱文「玉梅詞人」印。以下十闋，均鄭煒明《蕙風散佚詞編年輯考》，《況周頤研究論集》，齊魯書社二〇一一年版）

水調歌頭題《遯盦集古印存初集》

藏印癖秦漢，愛古信情多。薄今亦近於隘，胡不竝摎羅。近自丁黃而降，幾輩標奇騁祕，遺緒接文何。委竟源斯在，吾趙郎先河。　拓芝泥，紆愛綬，重摭抄。精力各有獨到，爭忍付消磨。六百年來高矩，十二時中清課，鍼度妙無過。解意西泠月，相伴坐烟蘿。

（《遯盦集古印存初集》，是該集題詞之一，署名臨桂況周頤夔笙）

百字令題羅聘《古寺鳴鐘》畫軸詩堂

眼前丘壑，溯鍾陵法乳，冬心高足。舊論桐陰神品重，看取溪藤尺幅。聒耳松聲，盪胸雲影，紺宇層霄矗。鯨鏗數杵，有時飛度林麓。　遙憶僧課花天，烟嵐渲染，寶諦參金粟。鬼趣昔聞工譎幻，仙境更無塵俗。香積禪心，寒山客夢，入畫誰能讀。三臺妙蹟，碧琳合付裝軸。

（羅聘《古寺鳴鐘》圖軸之詩堂題詞，末署『丁巳夏五況周頤』，鈐印兩方，白文『況周頤印』，朱文『夔笙』）

百字令爲隘庵先生題《南窗寄傲圖》

琴書靜對，共素心、除有孤松千尺。一角雲山風雨外，高致幼輿消得。浮海蒼茫，問天沈醉，有恨憑誰識。據梧深坐，篆烟縈損寒碧。　堪嘆陶令當年，義熙題徧，總是傷心筆。萬一東籬尋舊約，吾骨嶙峋猶昔。珍重秋期，料量清課，暫許紅塵隔。羲黃夢到，北窗無此閒逸。

（孫德謙舊藏《南窗寄傲圖》題跋之一，況氏於其詞末題『《百字令》，隘庵先生教拍，臨桂況周頤（時同客海上）。』並鈐『況周頤印』白文方印，以及『夔笙』朱文方印。不題寫作日期）

浣溪沙爲東邁公子題梅畹華合歡綬帶便面

綰結同心綬帶宜。合歡消息好春時。妍風懷袖美人貽。　容易綵毫消玉腕，何如翠羽戀瓊枝。白頭猶自説相思。戲注：白頭，缶也。

（《天春樓漫筆》稿本）

百字令賀周夢坡德配張夫人六十壽，作放生會於西溪本事據馮煦詞序。較早時，夢坡擴充西溪秋雪庵，以祀浙中詞人。

良辰設悦，佇綺筵開處，長生曲奏。見説霞觴資挹注，載物允推坤厚。算鶴籌添，放魚經在，鳳侶坡仙舊。誰傳芳矩，介眉今見嘉耦。　須信美意延年，天和感召，仁者宜多壽。併作恩波加水族，宋毛勝《水族加恩簿》，刻入《説郛》。無量兕觥春酒。蓬島前身，蓮池夙契，文字禪參透。娑婆能幾，唱隨爲此夫婦。

（《敦廬所録詞》，輯者不詳）

減字浣溪沙自題紅梅圖

文采風流易慶之。澄心妙蹟繼徐熙。春空霞綺在瓊枝。　世外仙源如可即，門中人面最相思。爲誰珍重買臙脂。

（况氏《紅梅圖》上的行書題識，末署『乙丑中春況周頤並續』，署名下鈐直行『蕙風』朱文印，圖左下方又鈐有印二：一爲白文『況周頤印』，一爲横行朱文『夔笙』）

沁園春題缶廬詩存

詩人之詩，其心則騷，而筆近韓。似老樹著花，枒杈媚嫵，奇峯拔地，突兀孱顔。節制之師，懈無可擊，當得長城尤五言。論風格，祇東陽乙盦尚書高密太夷方伯，方駕吟壇。　須知天帝胡然。凡淩亂之言皆肺肝。念獨立蒼茫，所遺何世，悲歌慨慷，欲問無天。疊稿如融，長愁如質，略舉家風非等閒。陽春曲，問十年滄海，幾見成連。

（吳昌碩子東邁所編《吳昌碩談藝録》。書中録有吳昌碩著作的題跋，其中《沁園春·題缶廬詩存》一則，標示作者爲況蕙風，詞後有括號説明『録自原作』。吳東邁所引用的資料，顯然是第一手材料，故此詞的作者爲況周頤，本無可疑。但據況氏所撰《餐櫻廡隨筆》的一則筆記，刊載於一九二五年八月二七日《申報・自由談》，卻表示此《沁園春》由劉翰怡所作……綜合各項資料之後當可判斷，此《沁園春》的真正作者，實爲況周頤）

壽星明 徐貞齋七十壽

芝擘商山，菊采酈泉，華筵介眉。譪清風鑿壁，玢璘掌錄，饒原縮轂，邁爽心期。有味青燈，不訾丹穴，合傳儒林貨殖宜。屏書錦，數靈光碩望，於古真稀。　瓣香爭拜人師，蚤馳譽、燕山丹桂枝。溯元成經學，扶陽是式。□□□□，明允之貽。桃李新陰，鯉庭斯在，稱兕摳衣肅絳帷。瑤源遠，俛澄潭鏡澈，千丈漣漪。

（徐珂手抄況周頤、朱祖謀詞稿。其識語云：『徐貞齋七十，況夔笙前輩以《壽星明》詞壽之，前輩自云此詞尚近重拙，詞云……朱漚尹侍郎亦以此調壽之，詞云……右兩詞均乙丑十月五日，馮君木廣文錄示仲可者。』）

（以上九闋，均鄭煒明《蕙風散佚詞編年輯考》，《況周頤研究論集》，齊魯書社二〇一一年版）

春風嬝娜 平仄一字不誤

儘華鬘劫換，只赤人天。樓閣現，綵雲端。幾腸迴訴與，冷鶯知否，晚晴庭院，著意緜蠻。柳絮沾泥，桃花悟道，綺語何傷文字禪。雪北香南殢人處，釵聲隔壁隱嬋娟。　黄九終然俊物，泥梨亦幻，彼髡者、已落言詮。知蘭絜，甚前緣。消凝總在，芳約愁邊。密意波秋波含，與秋俱瘦，妙因蓮證柯蓮孫，佇月成圓。如烟如夢，忍伶俜前事，消磨麝墨，十樣蠻箋。

詞末原有題云：『靈雲志勤禪師在潙山，因見桃花悟道。』

五綵結同心

凰占宜室，燕賀升堂，珊瑚玉樹交柯。風信荼蘼近，芳菲節、嘉耦締結絲蘿。花濃鶯囀藍橋路，知應勝、烏鵲星河。臨青鏡、鶼鶼竝影，一般粉滴酥搓。　玉郎最諳眉樣，把遙山淺笑，寫入雙蛾。香閣催妝句，翻新曲、多麗畢竟誰多。種因得果三生約，鴛盟證、還倩嫦娥。秦簫遠、春城丹鳳，竚雲倚醉金荷。

詞末原有題云：『癸亥三月爲黼秋吾友吉席志喜。蕙風詞隱倚聲。』又云：『或玉霜簃主人，玉霜二字不誤否？』

高陽臺 題王蓴農《十年說夢圖》，自爲圖序，分觭夢、客夢、哀夢、噩夢四說。

錦瑟華年，蓬萊舊事，梨雲回首成癡。栩蝶歸來，碧山一抹修眉。重尋四夢參差是，肯輸它、玉茗香詞。黯消魂，翦燭光陰，磨劍心期。　江湖我亦飄蕭，久念伶俜，已忍栖息何枝。薺麥淒迷，三生杜牧誰知。梧桐慣作西窻雨，費秋聲、各自天涯。問何時、著我梅邊，尊酒同持。

洞仙歌令

朧波只赤，罨山塘如畫。望裏愔愔曲闌亞。竚芸籤點檢，檀或作麝炷溫存，相竝處、應有嫣紅滿架。江南詞賦舊，隨分移家，占取長春好臺榭。未必畫非真，踠地垂楊，似前度、玉驄游冶。更古懽、紉蘭接皋橋，傲秋鬢、吳霜錦箋頻砑。

詞末原有題云：『斷無消息是嫣紅，奈何，奈何。』

（以上四闋，均《趙鳳昌藏札》，國家圖書館出版社二〇〇九年版）

聯句詞

東風第一枝此壬辰二月夔生、伯崇計偕到京，夜過四印齋，用邵復孺均聯句。舊作偶于篋中檢得之，附錄于此。伯崇是年果占東風第一文字，有祥行，爲夔生祝也。時癸巳臘月廿二日雪中。

寒重花慵。燈疏漏短，清吟誰伴孤影。半。故人卻共春來，倦燈暫銷夜冷。夔。天涯舊夢。又盃曲、紅闌催暝。伯。 對玉梅、證取心期，早是宿酲輕醒。半。 檗鳳短、茜紗方靜。箏雁悄、素絃待整。夔。 綵毫怯寫銀箋，暗香尚留寶鼎。伯。 鸞簫鳳籥，看次第、天風吹並。半。 怕倦游、不似年時，負了武陵漁艇。夔。

大酺 詠瓶中芍藥用清真韻同夔笙聯句

又海棠收，荼蘼過，芳事難留華屋。半唐。 紅扶燈畔影，話豐臺消息，舊游悵觸。夔笙。 錦幄香融，玉柈粉暈，吟賞消他絲竹。半唐。 遽憐春婪尾，倚嬌憨莫負，綠醪初熟。夔笙。 記涷徹銅瓶，閉門前度，詠梅人獨。半唐。 番風過迅速。幾回見、蜂蝶隨雕轂。夔笙。 未用說、清吟洛下。影事揚州，便一作平枝、儘供題目。半唐。 十載東華夢，空悵惘、豔翻階曲。夔笙。 將離恨，黯京國。多少鉛淚，襟上猩紅如菽。半唐。 歲華黯驚轉燭。夔笙。

采綠吟綠陰聯句，用蕢洲均。此調《詞律》不載，拾遺于過片次句『絲』字斷句，注韻幾無文理。鄙意『脆』字仄叶，與《渡江雲》換頭正合，因與夔笙賦此，以諗知音者。葉氏《天籟軒詞譜》前段歇拍『寄誰』字誤爲『誰寄』，宜更妄生枝節也。

小苑槐風靜，倦聽去蜀魄林西。餘英蘸水，紋紗換影，涼意生詩。半唐。夢回香篆裏，渾難辨、曲屏幾摺琉璃。似年時，湖山路，垂楊烟艇檥誰。夔笙。　清露滴闌干，湘絃潤，新聲知更幽脆。隔斷軟紅塵，認一桁簾衣。半唐。晝愔愔、猶剩春寒，莓牆暗、慵覓舊時題。閒凝竚、芳樹遠天，烟外徑微。夔笙。

（以上三闋，王鵬運《味梨集》，清刊本）

浣溪沙

冰樣詞人天樣遙。翠衾貪度可憐宵。芾姬人名翠翠。未應箋管換釵翹。　破面春風防粉爪，問。畫眉新月戀香豪。柳鬟花咲奈明朝。笙。

（《香東漫筆》卷一）

舊約

鶯啼序夔笙自夔來舍鶯坊，偕顧印伯、陳伯完譚藝旬日。黃伯香爲圖，合題錄別，夔笙且赴揚州訪王半塘，時癸卯臘會日。

時晴峭寒共忍，鎮商量酒戶。印。況清絕、眉月窺簾，玉梅相對愁暮。完。怨襟共、山屏翠淺，消魂客似長亭樹。夔。蕎飄燈叢玉，鳴窗舊歡重絮。大。　黯說巴山，話雨夜短，墮篷窗淺霧。印。又京國、鳴筑搊箏，綺情題滿縑素。完。剗前塵、鬘天杳約，忍偷換、垂楊金縷。夔。暝隄空，移纜江梅，暗驚眠鷺。大。　西鶼牒在，北鴈書沈，有情枉倦旅。印。頓悟澈、鬢絲金鏡，靚影鸞悄，劍攝癡虹，榻迷花雨。完。華年錦瑟，黃塵烏帽，霑巾同下新亭泣，待孤帆、晚截金焦渡。夔。摶沙幾輩，羈游荷鍤江皋，世外甚處閒土。大。　風嗛颭夕，畫舸乘秋，有豔歌白苧。印。恰鐫琬、離妝晨檢，小印泥封，硯鴝慵揩，渚鴻低舞。完。夔笙乞子大爲其姬人卜娛鐫小印。瓊簫倚鳳，銅槃消蠟，人生安得無聚散，漫驪歌、調損鵾絃柱。夔。分榆憑訊詞仙，帽影邗江，半塘健否。大。

臨江仙同夔笙作八闋

碧樹門闌初過雨，天涯又共芳尊。夔。青衫換卻少年痕。欲回花意嬾，先遣酒情溫。大。湘皋愁解珮，番風不到蘭蓀。夔。登樓切莫怨黃昏。更無芳草外，何處憶王孫。大。

又

樓外斜陽如水潑，垂條掃盡誰來。大。似曾幽夢到莓苔。綠牕紅燭短，莫惜倒金杯。夔。海燕有情商去住，風欞六扇須開。大。尋常門巷亦蒿萊。江南眉樣月，留照庾郎哀。夔。

又

海氣著衣能袚暑，玉驄嘶過銅街。大。綠牕朱戶勝蓬萊。夫容開畫幰，香影暫徘徊。夔。黃雨滿城人中酒，玉盤新薦楊梅。大。流年不換舊情懷。鑪烟如我瘦，辛苦未成灰。夔。

又

側帽行吟滄海上，朝潮夕汐蹉跎。珍珠淚少月明多。夔。牛郎逋後恨，龍女嫁時歌。大。未暝尚看樓閣在，小簾能卷嵯峨。大。倚闌誰唱定風波。癡雲成慘碧，猶自佇姮娥。夔。

又

皺水橫塘風不定，垂楊舊繫吳舲。夔。酒情搖幌向人青。那堪初上月，來照可中亭。大。別後琵琶多怨曲，夢回依約雲屏。夔。更無人與訴飄零。玉猧殘局亂，金雀畫堂扃。大。

又

二十四橋春晼晚，三生杜牧誰知。青青薺麥換芳時。夔。瘦西湖畔柳，猶自鬭腰肢。大。儘有狂名消薄倖，青樓夢覺還疑。簾波笛語各淒其。夔。一鉤金落索，八犯玉交枝。大。

又

曾拾媚香樓半碣，夢迴人倦潮生。隔簾花似鏡中行。大。小名呼好好，薄醉不卿卿。夔。桂槳蘭橈今在否，鴛鴦也莫飄零。夔。海西黿去幾陰晴。庭花江上曲，分付與誰聽。大。

又

掩抑鵾絃彈楚調，舊人新月溫存。者回飛絮到萍根。夔。桃花新換劫，何處問仙源。大。彩筆祇今慳秀句，非干賦別消魂。夔。柔鄉萬一有乾坤。總饒金鑄淚，莫遣麝成塵。大。

（以上二題九闋，程頌萬《定巢詞集》卷十『連句詞』，民國二十四年刊《十髮居士全集》本）

浣溪沙

左顧餘情到酒邊。湖山佳處䩞吟鞭。是日左湖冒雨騎驢游虎丘。蕙。嬰伊軟說嫩涼天。木。風雨茜窗消寶篆，蕙蘭芳意託琴絃。蕙。憑君木石亦纏綿。木。

又

風滿雕櫳月滿樓。玉容清美蕙蘭秋。蕙。紅嬰消息遠天浮。木。切莫四絃悲老大，湖波左計比情柔。蕙。鄂君悵望木蘭舟。木。

（一九二五年九月十八日《申報》載《餐櫻廡漫筆》）

浪淘沙蕙風翁《天春樓漫筆》有記螳螂一則，言藤本花有曰夜來香者，其葉下必有一二小螳螂棲集，纖碧與葉同色，若相依爲命者。曩寓金陵歲，買是花，罔或爽也。詞人體物之微，即小可以見大。余笑語翁，若倣王桐花句例，當云『妾是夜來香，郎是螳螂』矣。翁深賞是語，謂天然《浪淘沙》佳句也。聯詠足成一解。

風雨黯橫塘。著意悲涼。殘荷身世誤鴛鴦。花國蟲天何處所，猶說情芳。蕙風。妾是夜來香。郎是螳螂。花花葉葉自相當。莫向秋邊尋夢去，容易繁霜。君木。

蝶戀花感事連句，次六一韻

剗地殘紅深幾許。彈指東風，暗把流光數。君木。一夜鄉心無著處。濛濛烟雨蘼蕪路。天嬰。天際輕陰成日暮。舊壘紅襟，婉娩和春住。蕙風。珍重玳梁千萬語。夢魂莫向江南去。君木。

又

芳草天涯離別久。襟上愁痕，點檢新兼舊。天嬰。春色已看濃似酒。卻教人在春前瘦。蕙風。

天末春青都上柳。著意低回，消息尋常有。君木。綠意紅情攜滿袖。玉簫聲裏斜陽後。天嬰。

又

容易華筵歌管歇。輭語溫馨，無那情親切。蕙風。酒盡香消寒又徹。他時總悔輕輕別。君木。
惱亂迴腸成百結。鶗鴂聲聲，孤負芳菲節。天嬰。滿地落花無可說。凭闌獨看花梢月。君木。

（以上四闋，馮幵《回風堂詞》，《彊邨遺書》本）

詞一首

到此蕭然未欲歸。雨□嵐樹，混是電影憐舊識。惟茶盃健耐，新涼尚葛衣。換劫河清孤憤，待定心天闊一。□飛隱囊書卷，平生事，此意□君孰會凝。

（錄自孔夫子舊書網，標作『清朝四大詞人之一況周頤書法真跡』，拍品編號：七六五〇一六五』。原詞末題云：『此爲於虎丘山眺，與宴坐□呂美蓀□韻之作，錄呈養泉仁兄先生雅令。周頤，時客上海寄舍。』又鈐印：『況周儀印』，陰文。此詞詞牌不明）

綺羅香斷句

東風吹斷柳眠矣。

（《餐櫻廡詞話》卷六『詞用虛字叶韻最難』條云『憶二十歲時作』云云）